人民共和國文化與文學叢書

五 編

李 怡 主編

第 **26** 冊

影像志
——大陸新世紀革命電視劇的文化觀察

劉 虹 利 著

花木蘭文化事業有限公司

國家圖書館出版品預行編目資料

影像志——大陸新世紀革命電視劇的文化觀察／劉虹利 著 — 初版 — 新北市：花木蘭文化事業有限公司，2017〔民106〕
目 2+188 面；19×26 公分
（人民共和國文化與文學叢書 五編；第 26 冊）
ISBN 978-986-485-097-6（精裝）
1. 電視劇 2. 文化研究 3. 中國
820.8　　　　　　　　　　　　　　　　106013297

特邀編委（以姓氏筆畫為序）：

吳義勤　孟繁華　張　檸
張志忠　張清華　陳思和
陳曉明　程光煒　劉福春
（臺灣）宋如珊
（日本）岩佐昌暲
（新西蘭）王一燕
（澳大利亞）鄭　怡

ISBN-978-986-485-097-6
9 789864 850976

人民共和國文化與文學叢書
五　編　第二六冊　　　　　　ISBN：978-986-485-097-6

影像志——大陸新世紀革命電視劇的文化觀察

作　　者	劉虹利
主　　編	李　怡
企　　劃	北京師範大學民國歷史文化與文學研究中心 四川大學現代中國文化與文學研究中心
總 編 輯	杜潔祥
副總編輯	楊嘉樂
編　　輯	許郁翎、王　筑　美術編輯　陳逸婷
印　　刷	普羅文化出版廣告事業
出　　版	花木蘭文化事業有限公司
社　　長	高小娟
聯絡地址	235 新北市中和區中安街七二號十三樓 電話：02-2923-1455／傳真：02-2923-1452
網　　址	http://www.huamulan.tw 信箱 hml810518@gmail.com
初　　版	2017 年 9 月
全書字數	181479 字
定　　價	五編30冊（精裝）台幣56,000 元

影像志──
大陸新世紀革命電視劇的文化觀察

劉虹利　著

作者簡介

劉虹利，女，1983 年生，漢族，四川省南充市人，文學博士，西南民族大學文學與新聞傳播學院教師，阿來工作室簽約編劇，主要從事當代文學批評、文化研究和電視劇研究，曾在《小說評論》、《文藝報》、《當代文壇》、《四川戲劇》等刊物發表學術論文十餘篇。

提　　要

　　大陸電視劇堪稱當今中國之「新通俗敘事」，這種敘事極富本土色彩和中國氣息。可以說，要瞭解當今大陸之文化狀況，挑選幾部重要的電視劇來看會是一個不錯的選擇。

　　新世紀以來，大陸電視觀眾規模接近 13 億，在觀眾對各類別節目的相對收視選擇比率中，電視劇超過新聞信息和電影居於首位。在當代中國，電視劇作爲社會主義文化建設的重要部分，處於密切的國家行政管制之中，「一手抓繁榮、一手抓管理」的制度，與執政黨從延安時代開始利用傳媒掌握文化領導權的傳統一脈相承，其具體實施也內化爲電視劇從業者的自我審查機制。

　　新世紀初年，革命題材的電視劇逐漸打破主旋律敘事的僵化範式，以一批「口碑劇」贏得了官方和民間的共同認可。在既有的管理體制中，革命電視劇的繁榮一方面是由中國革命本身的獨特歷程決定的，另一方面，也由官方的積極宣導、全球化時代個人與民族身份認同的需求、國內民族主義情緒的持存等因素合力促成。

　　本文從周邊的制度環境、電視劇文化生態以及革命電視劇內在的敘事話語特徵、意義生產方式兩方面入手，全面考察新世紀大陸革命電視劇的整體狀況、細部特徵及其生成原因，爲讀者提供一個對當今大陸進行文化觀察的路徑。

當代的意識與現代的質地——
《人民共和國文化與文學叢書》第五編引言

李　怡

　　我們對當代批評有一個理所當然的期待：當代意識。甚至這個需要已經流行開來，成爲其他時期文學研究的一個追求目標：民國時期的文學乃至古代文學都不斷聲稱要體現「當代意識」。

　　這沒有問題。但是當代意識究竟是什麼？有時候卻含混不清。比如，當代意識是對當代特徵的維護和強調嗎？是不是應該體現出對當代歷史與當代生存方式本身的反省和批判？前些年德國漢學家顧彬對中國當代文學的批評引發了中國批評家的不滿——中國當代文學怎麼能夠被稱作「垃圾」呢？怎麼能夠用作家是否熟悉外語作爲文學才能的衡量標準呢？

　　顧彬的論證似乎有它不夠周全之處，尤其經過媒體的渲染與刻意擴大之後，本來的意義不大能夠看清楚了。但是，批評家們的自我辯護卻有更多值得懷疑之處——顧彬說現代文學是五糧液，當代文學是二鍋頭，我們的當代學者不以爲然，竭力證明當代文學已經發酵成爲五糧液了！其實，引起顧彬批評的重要緣由他說得很清楚：一大批當代作家「爲錢寫作」，利欲薰心。有時候，爭奪名分比創作更重要，有時候，在沒有任何作品的時候已經構思如何進入文學史了！我們不妨想一想，顧彬所論是不是大家心知肚明的事實呢？

　　不僅當代創作界存在嚴重的問題，我們當代評論界的「紅包批評」也已然是公開的事實。當代文學創作已經被各級組織納入到行政目標之中，以雄厚的資本保駕護航，向魯迅文學獎、茅盾文學獎發起一輪又一輪的衝鋒，各

級組織攜帶大筆資金到北京、上海，與中國作協、中國文聯合辦「作品研討會」，批評家魚貫入場，首先簽到，領取數量可觀的車馬費，忙碌不堪的批評家甚至已經來不及看完作品，聲稱太忙，在出租車上翻了翻書，然後盛讚封面設計就很好，作品的取名也相當棒！

當代造成這樣的局面都與我們的怯弱和欲望有關，有很多的禁忌我們不敢觸碰，我們是一個意識形態規則嚴厲的社會，也是一個人情網絡嚴密的社會，我們都在為此設立充足的理由：我本人無所謂，但是我還有老婆孩子呀！此理開路，還有什麼是不可以理解的呢！一切的讓步、妥協，一切的怯弱和圓滑，都有了「正常展開」的程序，最後，種種原本用來批評他人的墮落故事其實每個人都有份了。當然，我這裡並不是批評他人，同樣是在反省自己，更重要的是提醒一個不能忽略的事實：

> 中國當代文學技巧上的發達了，成熟了，據說現代漢語到這個時代已經前所未有的成型，但這樣的「發達」也伴隨著作家精神世界的模糊與自我偽飾。而且這種模糊、虛偽不是個別的、少數的，而是有相當面積的。所謂「當代意識」的批評不能不正視這一點，甚至我覺得承認這個基本現實應當是當代文學批評的首要前提。

因為當代文學藝術的這種「成熟」，我們往往會看輕民國時期現代作家的粗糙和蹣跚，其實要從當代詩歌語言藝術的角度取笑胡適的放腳詩是容易的，批評現代小說的文白夾雜也不難，甚至發現魯迅式的外文翻譯完全已經被今天的翻譯文學界所超越也有充足的理由。但是，平心而論，所有現代作家的這些缺陷和遺憾都不能掩飾他們精神世界的光彩——他們遠比當代作家更尊重自己的精神理想，也更敢於維護自己的信仰，體驗穿梭於人情世故之間，他們更習慣於堅守自己倔強的個性，總之，現代是質樸的，有時候也是簡單的，但是質樸與簡單的背後卻有著某種可以更多信賴的精神，這才是中國知識分子進入現代世界之後的更為健康的精神形式，我將之稱作「現代質地」，當代生活在現代漢語「前所未有」的成熟之外，更有「前所未有」的歷史境遇——包括思想改造、文攻武衛、市場經濟，我們似乎已經承受不起如此駁雜的歷史變遷，猶如賈平凹《廢都》中的莊之蝶，早已經離棄了「知識分子」的靈魂，換上了遊刃有餘的「文人」的外套，顧炎武引前人語：「一為文人，便不足觀」，林語堂也說：「做文可，做人亦可，做文人不可。」但問題是，我們都不得不身陷這麼一個「莊之蝶時代」，在這裡，從「知識分子」

演變爲「文人」恰恰是可能順理成章的。

在這個意義上，今天談論所謂「當代性」，這不能不引起更深一層的複雜思考，特別是反省；同樣，以逝去了的民國爲典型的「現代」，也並非離我們「當代」如此遙遠，與大家無關，至少還能夠提供某種自我精神的借鏡。在今天，所謂的批評的「當代意識」，就是應該理直氣壯地增加對當代的反思和批判，同時，也需要認同、銜接、和再造「現代的質地」。回到「現代」，才可能有眞正健康的「當代」。

人民共和國文學研究，我以爲這應當是一個思想的基礎。

目

次

緒論：作為「新通俗敘事」的大陸電視劇

　　新世紀以來大陸電視劇以其產量之大、收視人群之廣成為考察當代中國文化現象繞不過去的對象。

　　2007 中央電視臺委託國家統計局進行的第五次（每隔五年一次）全國電視觀眾抽樣調查顯示，中國的電視觀眾規模為 12.05 億人，在不同類型媒體的激烈競爭態勢中，電視是人們接觸的主要媒體。而在觀眾對各類別節目的相對收視選擇比率中，電視劇以 24.93%（新聞信息 17.48%，電影 12.69%）繼續居於首位。其中歷史劇、戰爭軍事題材劇和農村生活劇排在觀眾喜愛的國產電視劇的前三位。[註1]

　　與 2007 年相比，2012 年進行的第六次全國電視觀眾抽樣調查分析報告顯示，2012 年我國 4 歲及以上的電視觀眾總人數為 12.82 億人，比五年前增加 7700 萬人，增幅達 6.39%，絕對規模保持擴大趨勢。占 67.44%電視觀眾收視時長與上一年度相比「沒有變化」，電視仍為人們接觸的主要媒體，深度滲透率為 88.76%。我國電視觀眾最喜歡的電視劇中，大陸電視劇占絕大部分，比例為 82.63%。[註2] 根據國家廣播電影電視總局數據統計，2015 年，全國生產完成並獲得發行許可證的電視劇共 394 部 16540 集，近十年來，大陸電視劇基本維持在這一發行數量上；2016 年，全國電視劇拍攝製作備案公示的電

〔註1〕劉建鳴等，「2007 年全國電視觀眾抽樣調查」分析報告〔J〕，電視研究，2008（3）。

〔註2〕徐立軍，王京，2012 年全國電視觀眾抽樣調查分析報告〔J〕，電視研究，2013（2）。

視劇爲 1207 部，共 44353 集〔註3〕，數量非常龐大。就電視臺的經濟效益而言，大陸電視劇的廣告收入佔了大部分的份額，就社會效益而言，大陸電視劇既豐富了人們的業餘生活，又在文學日漸小眾的今天重新凝聚了大眾話題的焦點，而較之中國電影來說，大陸電視劇的本土色彩和中國氣息在令人倍感親切的同時具有強大的社會整合能力。

上述種種，都說明電視劇在今天具有不可替代的研究價值。正如戴錦華所說，「迄今爲止，我認爲電視劇是今天在世界上具有獨特地位，眞正的大眾文化，是當代最有效的敘述形式。」〔註4〕

由於科技發展水平的不均衡，對電視及電視劇的研究最早在西方展開。20 世紀 50 年代，電視在歐洲和北美逐漸超過電影，成爲最流行的媒介，伴隨著工業化進程和生活水平的提高，又迅速蔓延到整個世界。而早在 40 年代，對電視的研究就已經興起。早期的電視研究主要在社會學視域中進行，考察新型媒體對社會的影響，此後社會學家著重對電視觀眾的分析，進行「社會效果」和「收視及滿意度」的研究，並不斷優化相關研究路徑。社會科學取向的媒介研究主要採用經驗主義的研究方法（如定量分析和個案分析），其主要領域包括媒介政治經濟學、受眾分析、傳播效果分析、媒介發展史、媒體機制與其他社會機制的互動等等。50 年代德國法蘭克福學派開「文化研究」之先河，將文化和傳播納入社會、政治和歷史研究的廣闊視野，將社會批判理論運用在對傳播本質和效果的研究中，極大豐富了施拉姆等傳播學先驅們開創的社會學研究方法。1970 年代英國伯明翰當代文化研究中心對法蘭克福學派的理論做了強有力的修正，電視觀眾研究從過份注重「社會效果」中扭轉過來，他們不再被看作是行尸走肉般的被動消費者，研究者開始探究觀眾如何從電視「文本」中獲得意義這個問題。同時，符號學的興起使諸如「文本」、「語碼」、「敘事方式」等概念深入人心，媒體理論和文化分析的發展帶來了對電影、流行音樂、青年亞文化、時裝等的新闡釋，也改變了電視研究的格局，其中之一是從對「嚴肅」電視（戲劇、紀錄片、新聞、時事等）的關注到對流行的娛樂方式（肥皂劇、情景喜劇、流行音樂錄像帶、體育、廣

〔註 3〕國家廣電總局主頁 http://dsj.sarft.gov.cn/tims/site/views/applications/announce/view.shanty?appName=announce&id=01533668b99665274028819a522fa312。
〔註 4〕戴錦華，當代「說書人」故事敘述的宏觀脈絡〔J/OL〕，2012-07-14，當代文化研究網站：http://www.cul-studies.com/index.php?m=content&c=index&a=show&catid=39&id=235。

告、遊戲節目等）的轉變。因此，對電視劇的專門研究 80 年代才出現，如關注肥皂劇中性別的構成、電視劇和輕喜劇中對種族的刻板描述、電視劇中暗含的政治和文化價值觀等等。而這些研究成果一開始也往往是以獨立的文章或章節的形式出現在電視研究的著作之中的。

如《電視的真相》（〔英〕安德魯・古德溫，加里・惠內爾編著）一書集合了系列文章，敘述電視機構和政策、觀眾研究和節目製作等多方面的歷史，剖析了英國和美國電視的歷史沿革，電視與政府、電視與文化和種族的關係以及電視的未來，也描述了電視對社會、文化、教育、家庭和人們意識形態和思維方式的影響，同時對電視系列劇、連續劇、肥皂劇、情景喜劇和戲劇紀實從社會學、歷史學、政治經濟學和符號學等角度進行了深入的研究。其中，由威莉娜・格萊斯納撰寫的《肥皂劇——為女性而作？》一章，對肥皂劇的歷史、定義做了梳理，同時指出肥皂劇是在電視上為婦女角色和探討婦女關心的問題、展示婦女生活特色而開闢的一塊園地。肥皂劇體現的是獨特的「女性」看待問題和存在的方式。米克・鮑斯的《只有當我開懷大笑時》涉及到情景喜劇的情節結構、人物特徵定式、場景模式等方方面面的內容。作者指出，情景喜劇常常是以一種較溫和的方式再現社會不安，並常用家庭作為社會凝聚體的概念，暗示完美的家庭模式是人們夢寐以求的美好願望。另一方面，情景喜劇維護和接受共有的主導文化的經歷和觀點，取消了個體、群體、文化、信仰和態度的多樣性。情景喜劇善於從我們自己或少數民族的文化習慣中提取幽默的題材，既具有娛樂性同時又具有真正的重要性，這使它值得分析、批評和評價。美國著名文化批評家蒙福德的專著《午後的愛情與意識形態——肥皂劇、女性及電視劇種》，以美國婦女所熱衷收看的肥皂劇為研究對象，從女性主義理論的視角，揭示了肥皂劇所具有的強化主導意識形態的功效——其中包括協力「教誨」男性的支配地位，以及與之相關的種族主義、古典主義和異性戀主義的壓制行為。洪美恩《〈豪門恩怨〉與大眾文化意識形態》（收入陸揚、王毅主編的《大眾文化研究》）也是電視劇研究中很有名的成果，文章通過受眾反應分析，揭示粗糙的經濟決定論的「大眾文化意識形態」的流佈和缺陷，提倡一種大眾主義立場，以拒絕大眾文化意識形態的權力，並啟發我們在討論作為大眾文化產品的電視劇時，既要避免簡單的經濟決定論思維習慣，又要避免精英化的純理論批評和指責，充分注意到大眾文化在公眾社會生活和文化實踐中所扮演的角色。

　　西方的相關研究雖然早於中國大陸，在理論上也得風氣之先，但由於大陸電視劇的產生和形態與西方有很大差別，因此國內的相關研究往往能直接回應本土性問題，因而更能切中肯綮。實際上，國內的電視劇研究一直有兩條路徑，研究電視劇的學者，很多原本是做文學研究或文化批評的，因此，他們更多地將電視劇作為文化文本來展開分析，另一方面，一批專門從事媒體研究的學者則從廣播電視新聞學、傳播學等角度展開對電視劇的研究。前者的研究實質上偏重於對於已經處於流通階段的電視劇成品的意識形態和社會效應分析，後者則著力於培養電視劇從業人員以及直接指導電視劇生產和流通。

　　在前一種研究路徑中，人們將電視劇看作一種社會性文化文本，採用文學研究、文化研究以及電影研究中的各種理論和方法，對電視劇的意義生產、改編狀況、敘事話語以及形象構成等展開分析，如林風雲《中國帝王電視劇敘事研究》、張濤甫《紀實與虛構：中國當代社會轉型語境下的電視劇生產》、張斌《鏡像家國──現代性與中國家族電視劇》、張育華《電視劇敘事話語》、周靖波《電視劇文本特性研究：話語與語境》、杜悅《新世紀國產電視劇的中國特色──有關中國電視劇「民族性建構」問題的探索》、李琦《影像與傳播──1990 年代以來中國電視劇文化研究》、李勝利《電視劇敘事情節》、李勝利、范小青《中韓電視劇比較研究》、鞠斐《喧嘩與嬗變──世紀之交的中國電視劇與當代思潮研究》等專著，以及一批博士論文如趙淑梅《論東北農村題材電視劇》、趙彤《新中國影視創作中帝王形象的流變》、張永峰《中國電視劇的生產體制與人格形象（1979～199（3））》、張兵娟《電視劇：敘事與性別》、王俊秋《當代影視劇中的「清宮戲」研究》、楊鼎《「後革命」時代的革命歷史影視劇研究》、項仲平《影視劇的影像敘事研究》、吳秋成《中國古典文學名著的香港電視劇改編研究》、任志明《「紅色經典」影視改編與傳播研究》、宋潔《論中國電視劇的崇高範疇》、陳林俠《敘事的智慧：當代小說的影視改編研究》等等。

　　在另一種研究路徑中，電視劇作為一種節目形態，被放置在電視藝術學、電視文化學等學科範疇中接受考察。如高鑫《電視藝術學》中對「電視藝術」的定義是，「以電子技術為傳播手段，以聲畫造型為傳播方式，運用藝術的審美思維把握和表現客觀世界，通過造型鮮明的屏幕形象，達到以情感人為目的的屏幕藝術形態。」〔註5〕書中第八章「電視劇的創作」專門討論電視劇，

───────────

〔註 5〕高鑫，電視藝術學〔M〕，北京：北京師範大學出版社，1998 年，第 12 頁。

總結了「電視劇觀念」從直播電視小戲、電視單本劇、電視連續劇、多種樣式的電視劇到長篇室內劇幾個階段的發展變化，〔註6〕這種概括主要是從技術手段、內容特徵和審美風格幾個方面展開的。戴清《電視劇審美文化研究》將電視劇作為「當代最具影響力、覆蓋面最廣的一種審美文化形式」進行研究，〔註7〕將電視劇藝術的外部文化研究與內部審美研究結合在一起。歐陽宏生《電視文化學》將電視劇放置在「電視文化」的研究場域中進行考察，據此書的不完全統計，國內提倡「電視文化」研究思路的學者包括田本相、苗棣、范鍾離、崔文化、陳默等人，有關「電視文化」的定義達30多種。書中認為，「電視文化」是電視傳播所產生的一切社會效應的總和，包括電視物質文化、電視制度文化、電視精神文化三個層面。從人文學科的視角出發，「電視文化」研究以電視傳播的內容為核心研究對象，包括電視文化理念與電視文化形態，電視文化環境和電視文化責任，電視文化消費與電視文化接受，電視文化審美與電視文化批評等內容。〔註8〕同時，符號學是解讀「電視文化」的重要方法。在「電視文化」的視野中，電視劇是電視傳媒在以宣傳為主的方針指導下的產品，宣傳主流意識形態是其重要職責，同時，它也是大眾文化的產物，主流文化和大眾文化共同構成了電視劇這一文化產品的特徵。〔註9〕在另一本歐陽宏生等著的《電視文藝學》中，「電視文藝」是指運用文藝的藝術思維，按照一定的理念，創作出來的具有審美意味的節目形態，電視劇是電視文藝中主要的一種，它作為一種節目形態有三層內涵：第一，電視劇是一種現代視聽藝術，其二，是一種文化屬性的精神產品，具有文化審美意義；其三，是一種需要資金和技術支持的內容產品，具有文化產業屬性。〔註10〕

　　雖然大陸的電視劇研究從本體研究、美學研究、分年代或題材類型研究等方面展開，已經有了豐碩的成果，但電視劇研究中的首要問題，似乎還在困擾著眾多研究者，即，究竟應該以什麼方法來展開對電視劇的研究。

〔註6〕高鑫，電視藝術學〔M〕，北京：北京師範大學出版社，1998年，第214～325頁。

〔註7〕戴清，電視劇審美文化研究〔M〕，北京：中國廣播電視出版社，2004年，第37頁。

〔註8〕歐陽宏生等，電視文化學〔M〕，成都：四川大學出版社，2006年，第4～6頁。

〔註9〕歐陽宏生等，電視文化學〔M〕，成都：四川大學出版社，2006年，第269頁。

〔註10〕歐陽宏生等，電視文藝學〔M〕，西安：陝西師範大學出版總社有限公司，2012年，第198頁。

　　總體來說，電視劇主要是作爲一種社會文化現象、大眾文化角色和虛構性敘事活動的產物來被認識的，這促使研究者竭力求新求變，「目前國內關於電視劇文化的整體研究嚴重滯後於影像傳播實踐的發展，眾多的單篇文章大多停留在電視劇文本的淺層，未能深入文本背後……現有研究視野較爲狹窄，大多局限在影視藝術學領域，而未能展開多學科、跨學科的研究……現有研究方法也比較單一，多採用量化的內容分析法和文學的文本描述法……研究方法的單一以及方法本身存在的局限直接導致當前電視劇研究領域重覆性研究普遍存在，諸多研究僅限於表面化的描述和話語式的批判而無法在廣度和深度上取得建設性、創新性的成果。」〔註11〕儘管現有研究成果顯示，「未能深入文本背後」或「缺乏跨學科研究視野」的批評顯得有失公允，作者本人也未能在自己的著作中實現方法論上的突破，但這也說明電視劇研究中研究方法單一的情況不僅被察知，而且也廣泛存在，似乎是難以突破的。

　　實際上，研究方法上的「不約而同」或「約定俗成」並非是件壞事，因爲它意味著研究對象的範圍和性質都較爲確定，比如對文學作品的研究，雖然文學理論對「文學」一詞的界定不盡相同，各種主義流派也各領風騷若干年，但在具體的文學研究和批評活動中，人們所使用的也總不出社會—歷史、形式—敘事或文化—性別、文化—政治等有限的幾種方法，其間雖有創新的舉動，但總體上並不存在方法論的焦慮。而電視劇在中國發展得較晚，80 年代後期才開始建立起「自己」的理論，在具體研究中，人們大多操持著文學研究、文化研究、電影研究的方法，似乎獨獨缺少「電視劇方法」，這一事實，首先是由電視劇這種綜合性文化／藝術形式的跨學科屬性決定的，其次則意味著研究者必須對它的身份作出最基本的認定。戴錦華在 2012 年 7 月上海舉行的「第八屆中國文化論壇」上的發言很能代表人文學者在基本方法論上的困惑：人們或者從社會學意識形態批評的角度把電視劇看作是社會文化文本，或者把它作爲拉長版、放大版的電影，運用電影研究的方法去分析，或者把它視爲影視版、視聽版的長篇小說，用文學的方式去研究，「而我們沒有考慮現代說書人他所借助的東西，他的講述方式，每天固定的播出時段，電視在現代生活當中，作爲日常空間性的存在。電視觀看不再是一個觀看行爲，而是我們日常生活的基本動作。每一部電視劇是夾雜在如此多的廣告和諸多

〔註11〕 李琦，影像與傳播——1990 年代以來中國電視劇文化研究〔M〕，長沙：嶽麓書社，2011 年，第 3 頁。

其他電視欄目相關上下文當中，對於這樣一個文類，對於這樣一個敘事類型，我們怎麼去處理？我認為迄今為止在世界範圍之內，我們沒有在方法論有一個有效的回應，這也是我覺得無法很有把握來討論電視劇的一個重要的原因。」〔註12〕

電視劇獨特的存在形態和觀看方式，的確意味著方法論上的召喚，其空白尚待填補，但是，要完全擺脫文學的、電影的、社會學的研究方法當然也是不可能的，其實，從電視劇的生產／傳播手段、文本特性及其受眾特徵來看，不妨將它命名為今天中國的「新通俗敘事」：電視劇是一種「講故事」的敘事行為，其特徵是濃厚的「通俗」意味，而與傳統通俗敘事直至 20 世紀通俗敘事的現代轉變相比，電視劇之「新」則是由媒介的發展演進決定的，它是人類敘事行為從口傳到書面再到電子媒介的革命性發展的產物。

對於電視劇的敘事性質，已有學者從不同方面觸及，論述較為充分，也並不存在太多分歧。如歐陽宏生等著的《電視文藝學》中認為，電視劇是一種敘事藝術，絕大多數重視故事情節、人物、結構等敘事元素，敘事是衡量電視劇成功與否的重要標準，在對電視劇作分析時，可以從三個層面展開：敘事符號（包括聲音、畫面）、故事（包括人、主題、事件、線索等構件）、敘事結構（指故事情節的邏輯、句法與行動等方面問題）。〔註13〕另外如上文所提及的張育華《電視劇敘事話語》、周靖波《電視劇文本特性研究：話語與語境》、杜悅《新世紀國產電視劇的中國特色——有關中國電視劇「民族性建構」問題的探索》、李琦《影像與傳播——1990 年代以來中國電視劇文化研究》、李勝利《電視劇敘事情節》、項仲平《影視劇的影像敘事研究》等論著也都側重對電視劇的敘事特徵做分析。

電視劇的「通俗」特徵，人們也早已有所察覺。電視劇與中國傳統通俗敘事之間最一目了然的關聯是它連續性的敘事形式，「中國電視劇的故事性敘事方式符合中國大眾對文化的接受習慣和文藝欣賞習慣。中國人過去有聽評書的傳統，有閱讀章回小說的興趣，中國人喜歡故事性強的敘事作品，而今天的電視劇正是一種借助視聽、表演等手段來完成一個故事性敘事的文藝式

〔註12〕 戴錦華，當代「說書人」故事敘述的宏觀脈絡〔J〕，2012-07-14，當代文化研究網站：http://www.cul-studies.com/index.php?m=content&c=index&a=show&catid=39&id=235。

〔註13〕 歐陽宏生等，電視文藝學〔M〕，西安：陝西師範大學出版總社有限公司，2012年，第 211 頁。

樣。這種傳統的文藝觀賞習慣，與當今現代傳播技術的結合，是今天電視劇擁有眾多觀眾的一個重要的形式特點。」〔註 14〕「電視觀眾對連續劇的興趣如果追溯源頭，差不多可以認為像從前的人們去胡同口聽說書的興趣。說書人每天晚餐後定時出現在胡同口，所講的內容就是前一天最後留下的『且聽下回分解』的懸念。後來另一種長篇連續說書的形式出現了，就是『廣播書場』這種節目。這些敘事活動的形式與電視連續劇的相似之處就在於它們的定時和連續性，由這兩個條件培育起了聽眾或觀眾的期待，即把聽說書或看連續劇當做每天到了時候就要進行的一項文化活動。」〔註 15〕戴錦華把電視劇直接稱為「說書人」，認為它是以現代媒體、媒介的方式，重現了說書人的角色，不僅「且聽下回分解」的方式是古老說書人的技藝，還在於「電視劇在今天的社會，事實上很大程度上履行著一個說書人的功能，就是它在敘事。它在通過故事給予常識性的高度共識的日常生活邏輯，而這個邏輯背後是一個強有力的意識形態。電視劇是如此興論，電視劇是如此單純，電視劇是如此說教，但是正因為如此，它是最有效的意義賦予。」〔註 16〕

而李雲雷則將電視劇的成功歸因於它的通俗性質，「與電影、小說、話劇等敘事藝術形式相比較，電視劇的一個最大特點在於，它所直接面對的是中國觀眾尤其是中國的底層觀眾，也正是因此，長期以來，電視劇被視為一種通俗或庸俗的藝術形式，而為研究者所忽視，但也正是因為深深植根於底層民眾之中，重視他們的審美趣味、習慣、偏好，才使今天的電視劇煥發出了生機與活力，這是值得我們總結的重要經驗。」〔註 17〕

因此，將當今大陸電視劇定義為「新通俗敘事」，其中一個重要原因就在於它對傳統通俗文藝形式（主要是通俗文學）是一種繼承，並通過新的媒介方式重新激活了這一在文學（和其他藝術形式中）中日漸萎縮的傳統。鄭振鐸在《中國俗文學史》中將「俗文學」定義為通俗的文學、民間的文學和大眾的文學，是不登大雅之堂、不為學士大夫所重視，但流行於民間，被大眾所嗜好的

〔註 14〕李京盛，電視劇與當代文化建設〔N〕，人民日報，2007-11-17（007）。

〔註 15〕高小康，夢入江湖，大眾文化中的敘事〔M〕，天津市：百花文藝出版社，2003年，第 169～170 頁。

〔註 16〕戴錦華，當代「說書人」故事敘述的宏觀脈絡〔J〕，2012-07-14，當代文化研究網站：http://www.cul-studies.com/index.php?m=content&c=index&a=show&catid=39&id=235。

〔註 17〕李雲雷，中國電視劇：為什麼這麼火？〔J〕，藝術評論，2009（11），當代文化研究網站：http://www.cul-studies.com。

東西。他認為中國古代差不多除詩與散文之外，凡重要的文體，像小說、戲曲、變文、彈詞之類，都要歸到「俗文學」的範圍裏去，而後來被目為正統文學的作品或文體，有許多是由俗文學發展而來的。「俗文學」的特質是大眾的、無名的集體創作，是口傳的、新鮮但粗鄙的、想像力奔放的、勇於創新的；其缺點在於民間的習慣與傳統的觀念頑強地黏附於其中，因此更封建、更保守，又因為是流傳於民間的，其內容、題材或故事，往往是輾轉抄襲、互相模擬的。但這種模擬不同於正統文學的章仿句學，是被融化了的。〔註18〕

應該說鄭振鐸所提到的通俗文學、民間文學和大眾文學本身是三個不同的概念，互相之間既有區別又有交叉，通俗文學既包含民間文學的敘事要素和視野情懷，又與大眾文學共同依託商業型消費社會的環境。往上追溯，中國通俗性的敘事作品是在南宋以來高度商業化的城市文化和市民文化中蓬勃發展起來的，元雜劇以來走向成熟的戲劇敘事和元末明初在話本基礎上發展起來的白話小說，是其重要的兩個標誌。〔註19〕到了清末民初，由於大眾傳播媒介的勃興和西方小說的刺激，古典的通俗敘事經歷創造性的轉化，完成了現代轉型的過程：小說從文學結構的邊緣向中心移動，不僅小說市場得到極大的拓展，而且中國文學史上第一次有了真正意義上的職業作家，其創作也向商品化和書面化方向進一步發展。然而也正是由於依賴於市場和市民的消費，這些從小說界革命發軔而來的、曾經挑戰了傳統的「新小說」走完了一段「由俗入雅」、「回雅向俗」的曲折歷程，在五四新文學興起後俗化為嚴格意義上的通俗小說，〔註20〕並為此後中國的通俗敘事奠定了基本格局。其後，中國社會長期的戰亂局面、民族救亡的迫切要求，使雅、俗共存的平衡被逐漸打破，「俗」陷於受壓制、不入流的境況。新中國成立後，社會文化的高度政治化以及市場經濟被遏制的狀況，也使嚴肅文學、高雅文學作為有擔當的文學高踞文學廟堂的主流席位，直到 90 年代商品經濟的快速發展帶來大眾文化的勃興，借助於影視及互聯網等媒介平臺，通俗敘事也盛大回歸。隨後，傳統紙質文學閱讀群體日漸萎縮，電視劇有效地接續了傳統，成為古典

〔註18〕鄭振鐸，中國俗文學史（上冊）〔M〕，北京市：作家出版社，1954 年，第 1～6 頁。

〔註19〕高小康，市民、士人與故事：中國近古社會文化中的敘事〔M〕，北京：人民出版社，2001 年。

〔註20〕陳平原，中國現代小說的起點——清末民初小說研究〔M〕，北京：北京大學出版社，2010 年，第 62～119 頁。

和現代通俗（文學）敘事的延續。

從這個角度看，文學的「失落」也就不成其為問題了，因為從內部看它是文學自身盛開和凋零的生命週期，是一種文體盛極之後被另一文體取代的自然過程，從外部看，它是人類敘述和記憶形式在科技發展推動下借助新媒體不斷獲得新生的歷程。「有大批的大學教授在哀歎電視已經使西方社會暗啞失聲。大學也招來了異乎尋常的痛恨，因為它們不去研究『偉大的書籍』，卻轉而去研究電視和視覺媒體。這種批評似乎沒有意識到電視如今備受指責，這和啟蒙時期小說遭到敵視，其實是出自同一種反應，在那個時候，文學也曾被指責敗壞了道德和智力。」〔註 21〕朱大可認為以千禧年為界碑，文學在經歷了「口頭文學」和「書面文學」兩次嬗變後又一次「蝶化」：「基於個人作坊式的書面文學正在迅速老去。文學已經動身離開這種二維書寫的寄主，進入全新的視語文學時代。這是文學幽靈的第三次變形，它要建造新的媒體家園，並從那裏獲取年輕的生命。但我們卻對此視而不見，我們完全沉浸在對書本、文字和個人書寫的習慣性迷戀之中。我們對文學的劇烈變革置若罔聞。……文學正在像蝴蝶一樣蛻變，它丟棄了古老的軀殼，卻利用新媒體，以影視、遊戲和短信的方式重返文化現場。」〔註22〕

朱大可發現了文學作為一種基礎性的語法，幽靈般地在電影、遊戲和短信中的迴蕩，其實，相比電影，電視劇與文學敘事具有更切近的親緣關係。電視劇尤其是長篇連續劇從分集的敘述形式上回應了章回小說的模式，它講述一個特定長度的故事，注重情節而不專注於對敘事語言的創新，這是通俗小說與先鋒寫作的區別，也是電視劇與電影的最大區別。尤其在數字技術高度發達的今天，電視劇與電影使用同一套設備和技術手段，突破了介質上的根本性差異之後，電視劇與電影的區別也許除了屏幕尺寸不同之外，也就只剩下對敘事語言的態度問題了。

當然，不論文學作為基礎性語法在電視劇中的成分有多大，除開這一親緣關係，電視劇與過去的通俗敘事（尤其是文學中的通俗敘事）還另有更多的相通之處：它們都是依託大眾傳媒的發展而興盛起來的文化形式，具有鮮

〔註21〕 〔美〕尼古拉斯·米爾佐夫，視覺文化導論〔M〕，倪偉譯，南京：江蘇人民出版社，2006 年，第 12～13 頁。

〔註22〕 朱大可，孤獨的大多數〔M〕，北京：中國書籍出版社，2012 年，第 125～126 頁。

明的「媒體性」特徵，其特點是大眾化、市場化、類型化，注重市民趣味、
尊崇民間道德、受商業利益驅使，它既能縫合當下社會的文化裂隙，又具有
無可否認的保守特性，並且有明顯的媚俗傾向。從受眾群體規模來看，電視
劇的通俗性和大眾性也是電影、文學、戲曲等其他敘事形式無可匹敵的。電
影以城市市民為目標群體，通俗小說則大多由網民消費，戲曲的接受人群更
為有限，只有電視劇真正做到了雅俗共賞、老少咸宜，2007 年調查顯示，在
全國電視觀眾中，農村觀眾占 55.31%，城鎮觀眾占 44.69%。觀眾的文化層次
以初中以下學歷為主，占觀眾總數的 69.06%，高中與中專文化水平的觀眾占
20.49%，具有大專以上學歷的觀眾占 10.46%。﹝註 23﹞2012 年，城鎮電視觀眾
比例首次超過農村。電視觀眾學歷提升，以初中和高中／中專／技校為主，
占比超過 60%。﹝註 24﹞

而稱其為「新」通俗敘事，則緣於媒介的更新：傳統通俗敘事由口傳、
民間講唱發展到紙媒的書面敘事是第一次革命，而隨著影視傳媒的興起，二
維的書面敘事再一次發生革命性轉變，成為依靠視、聽覺的三維立體傳播形
式，這也使它有別於文學中二維的通俗敘事。而電視劇較長的篇幅、以情節
為中心的特點，又使它在修辭和話語方式上區別於電影的敘事。調查顯示，
電視劇吸引觀眾的最核心要素是情節，高達 56.7%，遠遠超出其他要素，而目
前業界較為看重的演員和導演因素僅在提及率中排名第三和第七位。情節、
題材、演員和人物造型等元素是觀眾認為最吸引人、最重要的幾個方面，提
及率均超過 20%。﹝註 25﹞電視劇的敘事是以內容／情節為王的，這也是為什
麼多年以來，人們在對電視劇進行類型劃分的時候，總跳不出以「題材」為
分類標準的框子，只有早期才會出現如「電視小品／短劇、電視單本劇、電
視連續劇、電視系列劇、通俗電視劇、電視歷史劇、紀實性電視劇」這樣內
在標準略顯混亂的分類法，至於「通俗電視劇」這樣的類別在今天看來更是
缺少單獨列出的必要條件。﹝註 26﹞在電視劇這一新通俗敘事形式中，內容／

﹝註 23﹞ 劉建鳴等，「2007 年全國電視觀眾抽樣調查」分析報告﹝J﹞，電視研究，2008
（3）。

﹝註 24﹞ 徐立軍，王京，2012 年全國電視觀眾抽樣調查分析報告﹝J﹞，電視研究，2013
（2）。

﹝註 25﹞ 徐立軍，王京，2012 年全國電視觀眾抽樣調查分析報告﹝J﹞，電視研究，2013
（2）。

﹝註 26﹞ 高鑫，電視藝術學﹝M﹞，北京：北京師範大學出版社，1998 年，第 227～325
頁。

情節而非話語修辭、美學風格才是居於主要地位的要素。因此，將電視劇作為「新通俗敘事」是可以成立的，假如這一身份能夠確立的話，雖然從研究方法和理論視野上看，並不一定能帶來改天換地的變化，但至少可以使人們緩解長期以來的方法論焦慮，理直氣壯地將傳播學、文學以及文化的研究理路綜合運用起來，從而取得更有價值的研究成果。

當然，即便對研究對象做出了較為明確的定位，但研究者卻常常會對這樣的問題難以釋懷：我的研究對電視劇的發展會產生影響嗎？我所得出的結論是有效的嗎？如何驗證這種有效性？很多時候，我們看到電視劇研究者自信地談論著某部電視劇中人物形象設置出現了偏差或者故事邏輯不夠嚴密，但生產、製作、銷售、採購、播出電視劇的人能聽到這些聲音嗎？他們認同並願意吸收這些意見以促進未來的工作嗎？可以說，電視劇研究中的方法論焦慮也源自這種對研究結論有效性的拷問和質疑。

當筆者雖完成本書的主要內容，卻依然無法擺脫上述焦慮之時，因機緣巧合，接收到社科院青年學者楊早的建議，決定親自深入到電視劇生產的具體流程之中，去證實或證偽此前的結論。我應聘了茅盾文學獎獲得者、四川省作協主席阿來成立的工作室，成為其中的簽約編劇，參與一部表現四川近代史的電視劇本的創作，並對工作室的其他專業編劇作了近距離的觀察。在此過程中，我深感大陸電視劇的生產既有消費時代大眾文化產品的一般特徵，又有特殊行政管控氣氛下的特殊屬性。簡而言之，新世紀大陸絕大多數的電視劇屬於資方定制產品，出於編劇個人文學創作衝動的原創之作少之又少；如果說口碑會對電影票房產生直接影響，很多電視劇在開拍之前即已獲得了投資，等到播出面世時則已經完全從電視臺或網絡平臺這樣的買家手上拿回了盈利，所以製作方對觀眾和評論者的聲音並不會特別在意，當然，收視率會影響製作團隊後續產品的市場前景，但大陸播出平臺對電視劇的需求量之大，暫時給了粗製濫造一些生存的空間，由此導致跟風現象十分嚴重、創新精神和精品意識相對匱乏；相對觀眾和評論者對電視劇的微弱影響，製片人、投資方、導演、演員等諸多要素都會直接決定一部電視劇的最終面貌，而更為終極的影響則在於廣電總局的審查制度和行政口令，這使從編劇到製片人都練就了戴著鐐銬跳舞的本領。

當我們注意到這些情況，就會自覺地降低以電視劇理論研究來指導電視劇生產實踐的渴望，也會更重視制度研究和經濟學分析在大陸電視劇研究中

的重要意義。其實，從 90 年代以來，大陸電視劇就是一種非常「有趣」的存在：在官方，它是宣傳教化、掌握文化領導權的意識形態工具；在大眾，它是娛樂消遣的消費品和人際溝通中的話題來源；在市場，它是電視臺的主要經濟支柱和各方資本謀利的手段；從它本身的發展歷程來看，它起始於對文學文本的改編，因此又保留了人文關切的一鱗半爪，越是成熟的編劇越強調電視劇的價值觀和人性關懷。

瞭解其內部運作狀況之後，我們會感覺大陸電視劇似乎是當代中國人生活的「影像無意識」，因為很多時候，「傑作」的橫空出世都更像是意外事件，《大明王朝 1566》意外遇冷、《士兵突擊》突然走紅恰是正反兩方面的例子，說明導演編劇和熱切湧入的各路投資者一樣，都在摸著石頭過河，他們還沒有掌握電視劇成功的制勝法寶，沒有美日韓等影視強國在技藝上的爐火純青。當觀眾被某一部電視劇撥動心弦之時，對劇作進行「成功學」的分析很可能陷入一廂情願，但研究者卻可以從對此類「意外事件」的分析中，繪製出當下大陸人精神生活和文化生活的地形圖，在心與影的交匯處捕捉他們無意識狂歡的本心，以及白日夢裏折射出的普羅大眾的主體鏡像。新世紀以來，革命歷史劇的突然升溫則使我們看到，當電視劇涉及到中國最為獨特的革命現象和革命歷史的時候，其間政治與文化、歷史與記憶、官方與民間、商業與美學、通俗與高雅之間的齟齬與頡頏、妥協與共生的微妙之處，是多麼的意味深長。

第一章　文藝制度與文化領導權

第一節　電視劇管理機構與文藝政策

　　電視劇作為中國電視產出量最多、中國收視人群最廣的通俗敘事方式和文化生產方式，一直以來被納入到社會主義文化建設、精神文明建設的範疇之中，受到國家相關部門的重視和行政管理。這種管理方式一方面延續了「講話」精神，另一方面又隨著時代的演進而不斷地調整策略，但始終不變的是電視劇被管控的事實。這主要是因為，自從建國以來，電視傳媒首先是作為執政黨的宣傳喉舌，其次才是大眾文化傳播工具，這和共產黨充分利用傳媒掌握文化領導權的勝利傳統一脈相承，因為傳媒是帶著一定的觀念走進現代社會的，它並非僅僅只是一種完全中性、透明的工具，「現代傳媒在中國的出現，是被現代化的追求呼喚出來的，它適應了社會政治動員的需要，國家與民族的共同體認同，被現代傳媒整合起來，或者說，是現代傳媒推動和支配了中國思想文化的發展動向。……傳媒被稱為『一種新型的權力』。這個權力不止是話語權力，在其傳播的過程中如果為民間社會所認同，它也就獲得了『文化領導權』。傳媒和文化領導權的關係是密切地聯繫在一起的。」〔註 1〕儘管隨著市場經濟形勢的變幻，電視劇生產最終也成為資本力量角力的場所，並在官方行政管理與市場自由競爭的撕扯中形成了略帶「分裂」症候的獨特狀態。

〔註 1〕孟繁華，傳媒與文化領導權〔M〕，濟南：山東教育出版社，2003 年，第 2 頁。

一、管理機構設置及其職能

　　大陸電視劇的直接主管部門是國家廣播電影電視總局（2013 年 3 月與原新聞出版總署合併爲國家新聞出版廣電總局）。由於電視的發展較晚，這個機構在 1949 年 6 月名爲「中國廣播事業管理處」（隸屬於中宣部），11 月更名爲「廣播事業局」（隸屬於政務院新聞總署），除 1952 年名爲「中央廣播事業局」（隸屬於政務院文教委員會）之外，從 1954 年到 1966 年一直沿用「廣播事業局」的名稱，並分屬國務院和中宣部。1967 年至 1981 年更名爲「中央廣播事業局」，1982 年爲「廣播電視部」，1986 年 1 月名爲「廣播電影電視部」（1982〜1997 年爲國務院組成部門），直到 1998 年 3 月更名爲「國家廣播電影電視總局」，爲國務院直屬機構。〔註2〕2013 年 3 月 22 日，由原新聞出版總署、原廣電總局整合而成的國家新聞出版廣電總局掛牌亮相。〔註3〕

　　對於國家廣播電影電視總局在廣播電影電視及網絡視聽節目方面的主要管理職能，在其官方主頁上大致有如下描述：（1）擬訂宣傳、創作的方針政策，把握輿論和創作導向。（2）起草法律法規草案，擬訂技術標準和部門規章，推進體制改革。（3）推進公共服務，實施重大工程，扶助老少邊貧地區廣播影視建設和發展，指導、監管重點基礎設施建設。（4）制訂廣播影視事業、產業發展規劃，指導、協調其發展，管理全國性重大廣播影視活動。（5）負責相關服務機構和業務的監管和管理，指導對相關民辦機構的監管工作。（6）監管各媒體平臺的視聽節目，審查其內容和質量。（7）指導相關科技工作，監管節目傳輸、監測和安全播出。（8）指導、管理對外及對港澳臺的交流與合作，負責節目的進口和收錄管理。（9）直接指導、協調和管理中央人民廣播電臺、中國國際廣播電臺和中央電視臺的重大事項。〔註4〕

　　隨著電視機的普及和電視臺、電視頻道的增多，對電視節目的需求也持續增長，其中電視劇數量的增長尤其令人驚歎，爲此，廣電總局 2004 年成立了電視劇管理司，作爲廣電總局負責電視劇管理工作的內設機構，其主要職責包括：擬訂電視劇、廣播劇創作、生產、審查、發行的有關政策、規定和

〔註 2〕國家廣電總局主頁 http://www.sarft.gov.cn/articles/2007/08/02/20070904091519930141.html。

〔註 3〕中國國家新聞出版廣電總局掛牌〔N/O〕，2013-03-24，新華網：http://news.xinhuanet.com/zgjx/2013-03/24/c_124496449.htm。

〔註 4〕國家廣電總局主頁 http://www.sarft.gov.cn/articles/2008/08/07/20070919194959740037.html。

電視劇產業發展規劃；負責電視劇的備案公示，指導、監管電視劇的生產製作；負責總局電視劇審查委員會及複審委員會、重大革命和歷史題材影視創作領導小組電視劇組的日常工作，組織審查電視劇內容；發放和弔銷國產電視劇的發行許可證；指導、調控全國電視劇播出工作。〔註5〕

除了內設的電視劇管理司，在對電視劇進行管理的機構中還有一個直屬於廣電總局的事業單位「中國電視藝術委員會」。1982年其成立之初名為「中國電視劇藝術委員會」，1988年更名為「中國電視藝術委員會」。委員會的職能是「嚴格遵循黨的文藝工作方針，致力於引導電視文藝發展方向，繁榮電視文藝創作，加強電視文藝理論建設」，負責中國廣播影視大獎電視劇「飛天獎」、電視文藝、少兒電視節目政府獎的評選組織工作，承擔全國電視劇題材規劃立項、合拍劇本審看等工作，編輯、出版、發行電視文藝理論刊物《中國電視》。〔註6〕

長期以來，廣電總局對電視劇生產堅持一手抓「繁榮」，一手抓「管理」，一方面通過擬定方針政策、頒佈法律法規草案、制定技術標準和部門規章進行管理，一方面通過組織會議、研討以及評獎活動等方式進行直接指導，並且對電視劇的播出情況進行實時的監控調整。從廣電總局的職能描述和歷年出臺的各種規章制度來看，大陸對電視劇的管理包括題材規劃管理、完成片審查管理、電視劇評獎管理、播出調控、電視劇製作許可證管理、製片人管理以及對廣播電視節目製作經營機構的信譽等級評定等，涉及到了電視劇生產、發行、播出等各個環節。

可以說，這樣立體的管理體制和根據實際情況適時發佈的各種行政命令，對大陸電視劇的生產具有非常直接的影響。2005年非公有資本被允許進入電影電視製作發行領域，電視劇生產進入一個繁榮的新階段；2009年廣電總局發佈《關於認真做好廣播電視製播分離改革的意見》，明確提出「製播分離」，這一改革動作促使更多的民營資本湧入電視劇市場，一時間蓋房子的、辦廠的都來拍電視劇了。統計數據顯示，「我國電視劇市場總規模由2010年的62億元增至2014年的130億元。」〔註7〕2015年1月1日，「一劇兩星」

〔註5〕國家廣電總局主頁 http://www.sarft.gov.cn/articles/2008/08/07/2007090900420062
20420.html

〔註6〕國家廣電總局主頁 http://www.sarft.gov.cn/articles/2007/06/01/2007090410441853
0141.html

〔註7〕2016年中國電視劇製作行業現狀及發展趨勢分析〔N〕，中國產業信息網，

政策開始實施，其中規定：「同一部電視劇每晚黃金時段聯播的衛視綜合頻道不得超過兩家，同一部電視劇在衛視綜合頻道每晚黃金時段播出不得超過二集。」〔註8〕這使影視公司不能像「一劇四星」時期迅速賣劇收回成本，而必須專注到生產更優質的電視劇產品，當然，視頻網站的興起，也意味著對優質內容的競爭更為激烈。

二、題材規劃制度及其變化

（一）電視劇題材規劃的歷史

對於電視劇的重要性，管理者歷來有著清醒的認識。「電視劇肩負著培育有思想、有道德、有文化的社會主義新人，激勵人民群眾積極投身建設有中國特色社會主義的重要責任。」〔註9〕電視劇不僅受眾面廣、接受便捷，而且電視劇生產「在電視產業中佔據著相當大的比例，在整個文化產業佈局中也佔有極為重要的地位，它是我們堅持先進文化方向，大力弘揚和培育民族精神，滿足人民群眾多層次文化需求的有力手段。」〔註10〕2010年中宣部部長劉雲山在影視創作座談會上的講話中指出，「電影電視劇已成為當今中國最活躍、最有影響的文藝樣式，成為群眾日常文化生活的『主餐』。影視藝術正以巨大的魅力吸引、感染著億萬觀眾，對滿足人們文化需求、豐富人們精神世界發揮著不可替代的作用，對人們的價值取向、審美情趣、生活態度產生著潛移默化的影響。」〔註11〕

由此觀之，電視劇「反映現實」、「寓教於樂」以及「培養民族精神」、「影響價值取向」的功能堪比教科書，它受到重視和管制也不足為奇。在「為藝術而藝術」與「為人生而藝術」之間，後者是社會主義文藝一貫的路線和傳統，「電視劇是我們黨領導的社會主義文藝重要組成部分，是精神文明建設的重要

2016-6-12。

〔註8〕國家廣電總局主頁 http://dsj.sarft.gov.cn/article.shanty?id=0145692aa6c70c3140 28819a455060a8。

〔註9〕唱響主旋律　多出精品劇——吉炳軒同志在2000年電視劇題材規劃會上的講話要點〔J〕，中國電視，2000（7）。

〔註10〕胡占凡，抓住機遇　深化改革　確保導向　促進繁榮——在2004年全國電視劇題材規劃會議上的講話〔J〕，中國電視，2004（4）。

〔註11〕劉雲山，堅持思想性藝術性觀賞性有機統一　創作更多深受群眾喜愛的影視精品〔N/OL〕，2010-9-26，國家廣電總局主頁 http://www.sarft.gov.cn/articles/2010/10/14/20101014113448660613.html。

載體。電視劇工作者不要僅僅認爲自己只是個文藝工作者，應該認識到首先是黨的新聞工作者，其次才是電視傳媒的文藝工作者。」〔註12〕「電視劇是社會主義文藝的重要藝術形式，是黨的宣傳思想工作的重要組成部分，是社會主義精神文明建設的重要載體。拍什麼，不拍什麼，播什麼，不播什麼，都要從黨和人民的整體利益需要出發。」〔註13〕另一方面，在經濟全球化的浪潮中，強勢文化所攜帶的價值取向對處於發展轉型中的社會顯示出了巨大的吸引力，在思想、文化面臨「嚴峻考驗」的時刻，電視劇也要成爲警惕和抵制種種文化侵蝕的陣地，「一些崇尚資產階級道德標準、奉行霸權主義的勢力，從來沒有放棄他們的政治圖謀：通過各種方式向我國灌輸其文化價值觀念、道德標準和生活方式。國內一些人也正極力把資本主義國家的意識形態文化思想不分良莠，特別是一些有害的並與社會發展進程相左的人生價值觀、道德觀，不遺餘力地販運到我國來。我們要充分注意有些電視劇價值導向出現的偏差。」〔註14〕應該說，執政黨的文化管理者的確清楚地看到了文化產品所蘊含的巨大的意識形態力量。在對歷年的管理經驗進行總結、提煉之後，廣電總局將更爲精鍊的電視劇創作方針寫入 2010 年發佈實施的《電視劇內容管理規定》：「電視劇內容的製作、播出應當堅持爲人民服務、爲社會主義服務的方向和百花齊放、百家爭鳴的方針，堅持貼近實際、貼近生活、貼近群眾，堅持社會效益第一、社會效益與經濟效益相結合的原則，確保正確的文藝導向。」〔註15〕

　　正是由於重視電視劇的宣傳教化功能，管理部門對何種內容的劇目搬上熒屏十分重視，而對電視劇內容進行行政管理、確保導向正確，最直接的辦法就是從源頭入手，實施題材規劃立項制度。在國家廣播電影電視總局令第2 號《電視劇管理規定》（2000 年 6 月）第十二條中明確規定：要通過題材規劃，「加強表現改革開放的現實題材，加強反映中華民族優秀文化傳統、高尚情操和百餘年來反對外來侵略的革命歷史題材的電視劇創作生產。同時，要最大限度地壓縮表現宮闈鬥爭、爾虞我詐、男歡女愛、追殺打鬥、血腥暴力

〔註12〕唱響主旋律　多出精品劇——　吉炳軒同志在 2000 年電視劇題材規劃會上的講話要點〔J〕，中國電視，2000（7）。

〔註13〕吉炳軒，弘揚五種精神，奏響時代強音——在 2001 年度全國電視劇題材規劃會上的講話〔J〕，中國電視，2001（4）。

〔註14〕胡占凡，抓住機遇　深化改革　確保導向　促進繁榮——在 2004 年全國電視劇題材規劃會議上的講話〔J〕，中國電視 2004（4）。

〔註15〕電視劇內容管理規定〔J〕，司法業務文選，2010（28）。

的武打戲和古裝戲題材，杜絕創作思想和創作傾向有明顯偏差的電視劇。」
〔註16〕通過題材管理，「弘揚主旋律、加強現實題材電視劇創作，要從全面建
設小康社會和社會主義和諧社會的現實生活當中去挖掘提煉，要表現經濟發
展、民族團結、社會和諧穩定、人民安居樂業，要反映人民群眾創造美好生
活的高尚情操、美好心靈和火熱情懷。」〔註17〕另一方面，由於電視機在家
庭中的普及、電視劇產量的激增，廣電總局試圖通過題材規劃制度來對電視
劇製作機構盲目立項、題材雷同的現象進行指導和規避，對於特定題材進行
鼓勵和扶持，對於過於泛濫的題材加以控制。這一制度從 1983 年 12 全國電
視劇題材規劃會議召開開始實施，一直到 2006 年才改為立項備案，是電視劇
管理中實施較長的一項政策。

（二）電視劇題材規劃的具體舉措

電視劇題材規劃辦法的提出，體現出一種文化管理領域內的計劃經濟思
路，認為由於電視劇的迅猛發展，如果「再不開會進行規劃，勢必出現盲目
生產，出現題材撞車等現象，造成人力、物力的很大浪費。也會影響電視劇
的健康發展和質量提高。」對電視劇進行題材規劃主要出於如下考慮：（1）
不進行規劃，容易產生單調乏味、不適合四化建設需要、甚至不健康的作品；
（2）不進行規劃，很難完成電視文藝的宣傳任務，甚至會出現失誤；（3）進
行規劃，可以增加創作題材上的交流學習，避免重覆，便於集中力量創作出
精品；（4）電視劇中現實題材較少，使人看不到社會主義時代風貌和當代社
會生活特色，從而減弱了電視文藝的戰鬥力，因此，有必要進行題材規劃工
作。〔註18〕這種思路一直延續到新世紀最初的幾年，「抓規劃、抓管理，就是
為了多出精品，促進電視劇創作的繁榮、電視劇市場的規範。規劃，就是從
客觀上把握電視劇創作的總體情況，使生產與需求之間達到和諧，使各種題
材之間達到協調。管理，就是使規劃真正落到實處，使電視劇創作、生產、
播出、發行規範化。」〔註19〕儘管 90 年代電視劇生產已經達到了較高的產業

〔註16〕唱響主旋律　多出精品劇——吉炳軒同志在 2000 年電視劇題材規劃會上的講
　　　　話要點〔J〕，中國電視，2000（7）。
〔註17〕胡占凡，在 2006 年度全國電視劇規劃創作座談會上的講話〔J〕，中國電視 2006
　　　　（4）。
〔註18〕趙尋，題材規劃與題材規劃的指導思想——在全國電視劇題材規劃會議上的
　　　　講話〔J〕，電視文藝，1984（2）。
〔註19〕唱響主旋律　多出精品劇——吉炳軒同志在 2000 年電視劇題材規劃會上的講

化水準，而且「電視劇市場」的提法也越來越多見，但電視劇還是作爲國家新聞傳媒的產物，傾向於定位爲宣傳品而不是大眾文化產品。

　　從官方的角度來看，電視劇題材規劃審批是爲了確保電視劇導向、繁榮創作、促進發展而採取的主要管理手段之一。「電視劇題材規劃是經國務院批准施行的行政許可項目，具有國家法規的嚴肅性。」根據規定，持有廣電總局核發的電視劇製作許可證的社會機構可申報立項，製作單位將申報材料上報給相應的省級主管部門審批後，上報中國電視藝術委員會。申報材料中包括內容提要和故事梗概等要素便於審查。所有涉案劇目和涉及重大政治、軍事、外交、民族、宗教等內容的劇目，須徵得省級主管部門的審查意見，內容涉及重大革命歷史事件、重要革命歷史人物的須上報重大革命歷史題材影視創作領導小組審查。〔註 20〕總局對每期題材規劃劇目都要進行引導性調控，對電視劇內容進行審查把關，「一是從總體上把握電視劇的政治導向、思想導向和價值導向，防止在基本內容上存在重大原則問題的電視劇流入市場；二是在總體內容沒有原則問題的情況下，對電視劇基本構成元素如具體情節、語言、畫面、音樂等內容審查把關，防止不良內容和有違宣傳紀律的內容在熒屏上展現」。〔註 21〕

　　以 2000 年爲例，廣電總局總編室、社管司、藝委會對全國各地上報的電視劇選題計劃進行審核和分析，其中「有 108 部電視劇的申報單位不具備獨立領證資格，不能列入本年度的規劃；另有 111 部電視劇存在下列四種情況：一是申報材料沒有電視劇的故事梗概；二是本年度不能開拍；三是題材比較敏感，有爭議；四是數量過於集中的一般歷史題材。這些電視劇有的需要更改選題，有的不列入今年的選題規劃。同時，有 19 部屬於重大革命歷史題材的電視劇和 5 部屬於與境外合拍的電視劇，應報有關部門審批立項，通過後再列入題材規劃。」〔註 22〕也就是說，規劃立項審查包括對申報單位資格、申報材料規範度、拍攝條件的考察，電視劇內容方面的審查包括題材篩選、題材佈局指導以及對重大革命歷史題材和合拍劇的單獨處理。其中，對紅色經典改編、涉及敏感歷史事件和人物、網絡遊戲改編、脫離現實生活

　　　話要點〔J〕，中國電視，2000（7）。
〔註 20〕關於全國電視劇題材規劃申報工作的問答〔J〕，中國電視，2003（1）。
〔註 21〕胡占凡，在 2005 年全國電視劇題材規劃會上的講話〔J〕，中國電視 2005（4）。
〔註 22〕唱響主旋律　多出精品劇——吉炳軒同志在 2000 年電視劇題材規劃會上的講
　　　話要點〔J〕，中國電視，2000（7）。

實際的選題以及以欣賞的態度表現「不健康」情感關係的選題尤其嚴格把關審查。

同時，廣電總局每年召開題材規劃會，總結過去一年的工作情況，布置當年的工作重點，分析當年的題材申報情況和管理中存在的問題。在每年的題材規劃會上，管理者試圖糾正的問題幾乎都集中在：唯利是圖，忽視社會效益；不健康的價值取向和低級趣味；情節虛假、內容空洞、節奏拖拉的粗製濫造之作；同類題材跟風複製；「戲說」歷史、濫拍「經典」，「主旋律」題材精品及農村題材數量較少等等。如果說在題材規劃階段電視劇生產中的問題是在官方召開的會議中歸納、總結和指正的，那麼，當題材規劃制度調整爲備案公示制度之後，電視劇中的「問題」則更多地依賴於電視劇播出調控的直接管制、電視劇評獎的正面激勵以及平面媒體話語空間的批評活動。

2001 年中國加入世貿組織，意味著經濟全球化的影響更加深入。大力發展電視劇產業、推動三網融合、加快數字化建設等事項被提上議事日程。改革開放推進到這個階段，市場經濟發展得更爲成熟，在電視劇的生產中，市場的力量日益凸顯出來，「收視率」成爲電視人討論的熱點話題。從實踐角度看，東亞近鄰日、韓電視劇流行所帶來的文化、經濟效益也對管理者造成了極大的觸動。在這種情況下，題材規劃制度開始鬆動。

實際上，電視劇關乎執政黨對輿論陣地的掌握，關乎意識形態問題，但是電視劇與國家輿論喉舌的電視傳媒載體上的其他文化形態不同，把它和新聞節目或其他文藝節目籠統地歸於「宣傳」的話語閾中，並不恰當，相反，理解電視劇應該在「文化」的大範疇之中進行。隨著中國越來越深地嵌入全球性經濟、政治、文化格局之中，文化的力量逐漸被發現，黨的十六大報告指出，「當今世界，文化與經濟和政治相互交融，在綜合國力競爭中的地位和作用越來越突出。」十六大報告明確提出了「文化事業」和「文化產業」分野，提出「國家支持和保障文化公益事業，並鼓勵它們增強自身發展活力。發展文化產業是市場經濟條件下繁榮社會主義文化、滿足人民群眾精神文化需求的重要途徑。完善文化產業政策，支持文化產業發展，增強我國文化產業的整體實力和競爭力。」〔註 23〕一方面是國家支持和保障的公益性的「文

〔註23〕江澤民，全面建設小康社會，開創中國特色社會主義事業新局面──在中國共產黨第十六次全國代表大會上的報告〔N/OL〕，2002-11-08，人民網 http://www.people.com.cn/GB/shizheng/16/20021117/868421.html。

化事業」，另一方面是推向市場、按照法律法規管理、運行的經營性的「文化產業」，前者由政府主導，後者則是逐步放開和大力發展的產業領域。十六大報告爲整個文化領域的發展提出的戰略方向，對此後廣播影視管理政策的制定和文化事業、文化產業發展影響深遠。「去年年底召開的廳局長會議上，今年 7 月召開的廣播影視局長座談會上，中宣部副部長、廣電總局局長徐光春明確提出三個分開，即宣傳跟經營分開，事業與產業分開，管和辦分開。三個分開將對於社會資本和人才的進人，有重要的促進作用。爲電視劇產業的繁榮創造一個良好的發展環境。」〔註 24〕此後，隨著國家整體文化體制改革的發展和電視劇產業的日趨成熟，根據電視劇市場的實際情況和國家對於行政許可環節政務公開、透明高效的要求，以及行政審批制度改革的大方向，2006年廣電總局將電視劇題材規劃管理由「題材立項審批管理」調整爲「電視劇投拍備案公示管理辦法」，取消一般題材電視劇製作的題材規劃立項審批，根據製作單位級別分別由省級管理部門和廣電總局進行甄別、分類，由廣電總局每月按期在網上匯總、公示。但對特殊題材包括敏感題材、宣傳上不適宜的題材、階段性需要調控的題材以及出現糾紛的題材、有爭議的題材等，總局採取調審劇本、徵求有關部門的意見、宣傳提示、個別打招呼、直至制止拍攝等不同辦法處理。對明顯不當的投拍備案劇目總局有否決權。〔註 25〕2010 年，這一制度寫入了廣電總局《電視劇內容管理規定》的第八條：「國產劇、合拍劇的拍攝製作實行備案公示制度。」具體執行方案爲：省、自治區、直轄市人民政府廣播影視行政部門、直接備案製作機構向國務院廣播影視行政部門申請電視劇拍攝製作備案公示，提交相關表格和劇目簡介，重大題材或者涉及政治、軍事、外交、國家安全、統戰、民族、宗教、司法、公安等敏感內容的（簡稱特殊題材），應當出具省、自治區、直轄市以上人民政府有關主管部門或者有關方面的書面意見。」〔註 26〕

應該說，題材規劃立項制度的取消並不是一個孤立的舉措，而是在整個

〔註 24〕機遇　挑戰　壓力　創新——電視劇產業發展的四個關鍵詞——訪國家廣電總局社管司司長才華〔J〕，中國電視 2004（9）。

〔註 25〕胡占凡，在 2006 年度全國電視劇規劃創作座談會上的講話〔J〕，中國電視 2006（4）。

〔註 26〕國家廣播電影電視總局令（第 63 號）《電視劇內容管理規定》，自 2010 年 7月 1 日起施行。國家廣電總局主頁 http://www.sarft.gov.cn/articles/2010/05/19/20100519175650130586.html。

新世紀初國家文化建設的整體思路和氛圍中聯動中的一環：2004 年，電視劇製作業行業准入門檻降低，電視劇生產製作、經營流通領域向社會開放；2006，「電視劇拍攝製作備案公示」制度開始實行；2008 年，合拍劇的限制放寬，基本等同於國產電視劇。「這些措施激發了社會參與電視劇製作經營的熱情，大量社會力量、社會資金進入電視劇領域，電視劇製作機構由 2001 年的432 家迅速發展到今天的 2511 家，電視劇製作資金投入加大，市場交易活躍，目前電視劇產業規模已超過 50 億元。電視劇作爲廣電領域產業化運作程度最高的一個項目類型，它的藝術和商品的雙重功能都得到了彰顯。」〔註27〕

題材規劃制度的取消，是電視劇產業化程度提高的標誌，它賦予了電視劇生產者較大的創作自由，但這並不意味著國家放鬆了對電視劇生產的監管，電視劇創作仍然要以社會效益爲第一位，「提倡文以載道、以文化人，強調寓教於樂、寓美於樂，講品位、講格調，棄粗鄙、棄惡搞，抵制低俗。要以培育高尚道德、倡導文明風尚爲己任，著力展現大情大義、傳遞溫暖溫馨，讓最美好的道德與情感成爲人們的精神營養，給社會以正義、給人們以力量、給生活以希望。」〔註28〕對影視劇的這種要求，基本脫離了「宣傳」、「歌頌」、「唱好主旋律」等僵化的工具論句式，顯示出對電視劇「藝術」特徵的尊重。但電視劇生產中一系列漸趨寬鬆的政策，對電視劇產業的繁榮具有十分顯著的推動作用，這與 2005 年左右電視熒屏上出現大批官方和民間都認可的口碑劇是密切相關的。

但是，電視劇製作的審查制度以及對電視劇播出的監管還繼續在發揮作用。2010 年 7 月 1 日，《電視劇內容管理規定》正式施行，此前廣電總局發佈的《電視劇審查管理規定》（2004 年）和《〈電視劇審查管理規定〉補充規定》（2006 年）同時廢止。在 2016 年 5 月最新修訂的《電視劇內容管理規定》中有如下條款：「國產劇、合拍劇、引進劇實行內容審查和發行許可制度，未取得發行許可的電視劇，不得發行、播出和評獎；已經取得電視劇發行許可證的電視劇，國務院廣播影視行政部門根據公共利益的需要，可以作出責令修改、停止播出或者不得發行、評獎的決定。」〔註29〕已通過電視劇審查委員

〔註27〕胡占凡，訪談錄〔J〕，中國電視，2008（12）。
〔註28〕劉雲山，堅持思想性藝術性觀賞性有機統一　創作更多深受群眾喜愛的影視精品〔N〕，2010-9-26，國家廣電總局主頁 http://www.sarft.gov.cn/articles/2010/10/14/20101014113448660613.html。
〔註29〕國家廣電總局主頁 http://dsj.sarft.gov.cn/article.shanty?id=0128c8768295021a40

會審查的電視劇，在劇名、劇情等發生變更時需要重新送審。

正如知名作家、編劇石鍾山對學員的告誡：「電視臺播出前，要經過立項部門審查和廣電總局對劇本的審查，不合格的砍掉。這一系列的程序關起門來操作行不通。你只有懂得這些規矩了，在這個圈子裏摸爬滾打之後，才能成為一個可以勝任的編劇，否則還是專心寫小說的好。……我對編劇這個行業、對現在社會的需求，還有審查的尺度要求都比較清楚了，所以寫作的時候已經替製作人作了考慮，讓這個作品順利過關，通過審查。」〔註30〕可以說審查的要求已經內化於編劇的寫作過程之中，從故事情節、人物身份到邏輯架構，編劇都會主動進行自我審查，也總結出了許多規避風險的實戰經驗。而對於可能觸礁的題材和寫法，一般編劇沒有勇氣也沒有實力去嘗試，播出後大獲成功的《北平無戰事》是著名編劇劉和平耗時七年完成的作品，因其講述國民黨反腐而遇到「7次投資、7次撤資」，「有兩個一線導演的建組、籌備，臨到開機一刻又被叫停，劉老師一個人大概賠了100多萬，這7年沒掙什麼錢，一直為這件事忙碌。我（著名導演、製片人侯鴻亮）就問這7個出品方其中一個，為什麼你們要投又要撤？他回答大家都在說，這部戲是好戲，劉老師的作品我們都很重視，甚至臺裏開了黨委會研究究竟上不上，最後統一意見沒上，因為他們認為是有風險的，這個風險很大。」〔註31〕

（三）「重大革命歷史題材」電視劇管理

在電視劇一般題材生產取消題材規劃立項制度、製作管理大幅度放寬的同時，「重大革命歷史題材」電視劇的創作管理辦法並沒有發生太大的變化。2000年國家廣播電影電視總局令第2號《電視劇管理規定》第十三條中規定：「電視劇製作單位製作重大革命歷史題材電視劇，必須按照國家廣播電影電視總局的有關規定報批後，方可開展攝製工作。」〔註32〕2006年以後電視劇題材規劃立項制度被拍攝製作的備案公示制度取代，但《電視劇內容管理規定》第四十條規定「重大革命和重大歷史題材電視劇的管理，以及合拍劇、

2881a1289562a3。

〔註30〕高滿堂等著，編劇課堂：著名編劇、導演、製片人傾囊相授編劇的秘密〔M〕，北京：作家出版社，2016年版，第146頁。

〔註31〕高滿堂等著，編劇課堂：著名編劇、導演、製片人傾囊相授編劇的秘密〔M〕，北京：作家出版社，2016年版，第234頁。

〔註32〕國家廣播電影電視總局令（第2號）《電視劇管理規定》，國家廣電總局主頁 http://www.sarft.gov.cn/articles/2000/07/08/20070922145320110817.html。

引進劇審批和播出管理，分別依照國家有關規定執行。」〔註33〕

重大革命歷史題材影視創作的內容是有嚴格界定的，1990 年 8 月 28 日中央宣傳部、解放軍總政治部、廣播電影電視部和文化部發出《關於重大革命歷史題材影視作品拍攝和審查問題的規定》指出，「凡表現我黨、我國、我軍歷史上重大事件，或以描寫擔任和曾經擔任黨中央政治局常委（包括黨的創始人、和相當於常委的領導人）、國家主席、副主席、國務院總理、全國人大常委會委員長、中央顧問委員會主任、中央紀律檢查委員會書記、全國政協主席、中國人民解放軍元帥職務的黨、政、軍領導人生平業績爲主要內容的故事影片、電視劇和紀錄影片、電視專題片，均屬於重大革命歷史題材影視作品。」〔註34〕2006 年廣電總局《關於調整重大革命和歷史題材電影、電視劇立項及完成片審查辦法的通知》中指出，「凡以反映我黨我國我軍歷史上重大事件，描寫擔任黨和國家重要職務的黨政軍領導人及其親屬生平業績，以歷史正劇形式表現中國歷史發展進程中重要歷史事件、歷史人物爲主要內容的電影、電視劇，均屬於重大革命和歷史題材影視劇。」〔註35〕具體內容主要包括兩個方面：其一是反映 1921 年中國共產黨成立到中華人民共和國成立期間，黨領導的革命鬥爭和共和國成立之後的重大事件。其二是反映中國共產黨老一輩無產階級革命家的革命生涯和光輝業績。

從重大革命歷史題材的取材內容範圍來看，其重心在於以一種藝術化的方式對執政黨——中國共產黨的歷史進行整合與梳理，通過對政黨執政歷史的生動講述，強化大眾在情感上的認同和承認，召喚出民族情感和國家意識，「以唯物史觀回答爲什麼歷史選擇了中國共產黨、選擇了社會主義道路。用強大的正面聲音，覆蓋少數學者、作品的奇談怪論，以正視聽。」〔註36〕「重大革命歷史題材影視創作的任務是再現中國革命波瀾壯闊的歷史畫卷，展示革命領袖和先輩百折不撓、爲國爲民的高尚精神和光輝業績。我們要從講政

〔註33〕 國家廣播電影電視總局令（第 63 號）《電視劇內容管理規定》，國家廣電總局主頁 http://www.sarft.gov.cn/articles/2010/05/19/20100519175650130586.html。

〔註34〕 關於重大革命歷史題材影視作品拍攝和審查問題的規定〔J〕，電影，1990（11）。

〔註35〕 關於調整重大革命和歷史題材電影、電視劇立項及完成片審查辦法的通知〔N〕，廣東廣播影視網 http://www.rftgd.gov.cn/node_15/node_42/2006/09/01/115707340952.shtml。

〔註36〕 胡占凡，抓住機遇　深化改革　確保導向　促進繁榮——在 2004 年全國電視劇題材規劃會議上的講話〔J〕，中國電視 2004（4）。

治的高度來認識這類題材的重要性，力求高質量地拍攝、製作這類影視劇
（片），眞正做到思想性、藝術性、觀賞性的完美統一。」〔註37〕

　　在文化機構和電視劇的管理者看來，重大革命歷史題材電視劇作爲主旋律
文藝的重要樣式，通過塑造巨變的歷史時代中那些運籌帷幄的大人物，通過選
取中國共產黨領導下的自由解放和建設新中國的大事件，不僅要「眞實」再現
中國歷史發展的進程，而且必須傳遞出「只有共產黨才能救中國、只有共產黨
才能發展中國」的信息，它既有助於弘揚和培育民族精神、提高全民族精神文
化素質，又能以歷代先賢爲了理想矢志奮鬥、英勇獻身的品格和情懷，激發人
們思想情感上的共鳴，它是振奮民族精神的文化源泉，也是對廣大群眾特別是
青少年進行愛國主義、集體主義、社會主義思想教育的有效形式。〔註38〕

　　正是將重大革命歷史題材放置在一種「正史」的視野中，這一類電視劇
的創作一直受到高度重視、嚴格管制。1985 年中央書記處會議提出的《革命
歷史題材必須遵循四條原則》，包括：（1）爲塑造老一輩無產階級革命家的光
輝形象，再現歷史眞實，在反映革命歷史題材的作品中用文藝形式塑造當時
領導人的形象，原則上是允許的；（2）嚴格把握歷史的眞實，不要拔高。凡
出現我國領導人形象的電影、電視劇，在公演之前一律須經中央領導同志審
看；（3）建國以後的現任黨和國家領導人，一般不要以文藝的形式表現；（4）
以各種文藝形式出現的黨和國家領導人，一律講普通話，不宜用方言。〔註39〕
爲加強和規範重大革命歷史題材影視劇創作，1987 年經中共中央書記處批
准，成立了以原廣電部副部長丁嶠爲組長、徐懷中爲副組長的「重大革命歷
史題材影視創作領導小組」。重大革命題材影視創作領導小組由中央文獻研究
室、中央黨史研究室、軍事科學院和影視藝術專家四部分組成。1996 年中宣
部對領導小組進行了調整，任命楊偉光爲組長，趙實、李準、徐懷中、滕進
賢（常務）任副組長，小組成員由 10 人增加到 22 人，並成立了電影辦公室
和電視辦公室，負責日常工作。〔註40〕

〔註37〕楊偉光，堅持先進文化前進方向　繁榮重大革命歷史題材影視創作〔J〕，中
　　　　國電視2001（4）。
〔註38〕李從軍，弘揚中華民族偉大精神　書寫人民群眾奮鬥詩篇──在重大革命和
　　　　歷史題材影視創作研修班上的講話〔J〕，中國電視，2003（10）。
〔註39〕「重大革命歷史題材影視創作領導小組」工作會議紀要〔J〕，電視研究，1997
　　　　（1）。
〔註40〕楊偉光，堅持先進文化前進方向開創重大革命歷史題材影視創作新局面〔J〕，
　　　　中國電視，2001（10）。

　　2006 年，經中央批准，廣電總局對重大革命歷史題材影視劇的立項審批和完成片審查辦法進行了調整，並下發了《關於調整重大革命和歷史題材電影、電視劇立項及完成片審查辦法的通知》，規定由「國家廣電總局成立的重大革命和歷史題材影視創作領導小組，負責重大革命和歷史題材影視劇創作的組織指導、劇本立項把關和完成片審查。領導小組在中宣部的指導下，由國家廣電總局具體開展工作。在立項申報環節，描寫黨政軍歷史上重大事件和重要領導人及其親屬生平業績的重大革命歷史題材電視劇，劇本要經省級廣電部門和黨委宣傳部門初審通過後，報領導小組審批。完成片要經省級廣電部門初審，報領導小組審查通過後，由國家廣電總局核發《電視劇發行許可證》。此外，凡屬軍隊系統製作機構單獨攝製的此類題材電影、電視劇，須經攝製單位所屬軍隊各大單位政治部初審同意後，再按規定程序報批。」〔註41〕

　　領導小組主要是要保證此類題材電視劇的導向正確、政治正確，允許藝術加工，但絕對禁止戲說，而是要「堅持用歷史唯物主義的觀點來認識黨史、軍史、重要歷史人物和重大歷史事件，堅持用科學的態度評價重大歷史事件和重要歷史人物，嚴禁戲說和胡編亂造。按慣例師長以上的幹部應用真人真事。必須按照中央『兩個』歷史問題的決議把握口徑，符合歷史的真實，符合黨、國家和人民的根本利益。」〔註42〕從 1981 年 6 月 27 日中國共產黨第十一屆中央委員會第六次全體會議通過的《關於建國以來黨的若干歷史問題的決議》來看，統一「歷史口徑」是對歷史的重新編排和整理，當然這並不意味著重新撰寫歷史事件，而是說在對事件秩序的排列中加以篩選、有所側重，對特定事件的理解有自己的視角，重大革命歷史題材領導小組的工作正是要確保這種側重和視角在具體的電視劇中得到體現，這充分顯示出執政黨的文化自覺和對意識形態國家機器的牢牢把握。因此，「在反映黨的輝煌歷史的過程中，對黨在歷史上的某些失誤不能誇大渲染，要站在黨和人民根本利益的角度，站在歷史的高度，站在黨 80 年來在艱難困苦中不斷探索、不斷前進的高度，做正面表現，堅決防止以錯誤的歷史觀、價值觀醜化、貶低、否定黨領導的革命和建設的歷史以及民族優秀文化傳統。特別要防止誇大渲染

〔註41〕關於調整重大革命和歷史題材電影、電視劇立項及完成片審查辦法的通知〔N〕，廣東廣播影視網 http://www.rftgd.gov.cn/node_15/node_42/2006/09/01/115707340952.shtml。
〔註42〕楊偉光，堅持先進文化前進方向繁榮重大革命歷史題材影視創作〔J〕，中國電視 2001（4）。

黨內鬥爭，把黨的歷史寫成權力鬥爭史的現象。」〔註43〕國家廣電總局原副局長胡占凡在 2004 年全國電視劇題材規劃會議上講話，指出重大革命和歷史題材影視劇創作要樹立正確的創作觀，其中包括：「(1) 正確處理研究和宣傳的關係。研究無禁區，宣傳有紀律，決不允許以學術之名傳播錯誤觀點。必須嚴格遵守黨的政治紀律和宣傳紀律。(2) 正確處理歷史和現實的關係。不能把現實社會中的問題，隨意搬到歷史題材影視劇中作不恰當、不負責的聯繫，甚至加以渲染、調侃，嘲笑、詆毀現實社會。(3) 正確處理史實和藝術的關係。重要歷史事件不能篡改、重要歷史人物基本特徵不能歪曲，不能模糊正面和反面、進步與反動的界限。(4) 正確處理文藝和政治的關係。決不能片面強調反面人物的「人性」而掩飾其階級性，抹殺其行為的政治立場和政治動機。」〔註44〕

另一方面，重大革命歷史題材電視劇創作的管理還在於將執政黨認定的重大革命和歷史事件、人物作為一種特殊的文化資源，對其進行合理規劃，優化配置，避免浪費。「要著力表現鴉片戰爭以來中華民族不屈不撓地抗擊外侮，特別是在中國共產黨領導下前仆後繼爭取民族獨立和解放、萬眾一心建設美好生活的奮鬥歷史。要不斷填補空白，用一系列優秀的影視作品形成一部完整而光彩奪目的歷史畫卷。」〔註45〕在創作資源的選取方面，主要以中國共產黨的成立，第一、二次國內革命戰爭，八年抗戰、解放戰爭到新中國成立、抗美援朝、以及社會主義建設時期的重大斗爭和重大歷史事件，〔註46〕作為創作的重中之重。因此，如《中國命運的決戰》、《長征》、《解放》、《解放大西南》以及反映領袖人物和革命先輩的作品，如《開國領袖毛澤東》、《周恩來》《朱德元帥》等，都是被官方高度評價的劇作。

可以說，從 90 年代開始電視劇生產，融入到市場化運行過程中，重大革命歷史題材電視劇作為國家意識形態完全控制的最後一塊領地，成為弘揚「主旋律」的主要形式，在電視劇評獎中也得到相應的政策傾斜，重大革命歷史

〔註43〕中宣部文藝局局長李牧，在全國電視劇題材規劃會上的講話〔J〕，中國電視，2001（4）。

〔註44〕胡占凡，抓住機遇　深化改革　確保導向　促進繁榮——在 2004 年全國電視劇題材規劃會議上的講話〔J〕，中國電視，2004（4）。

〔註45〕李從軍，弘揚中華民族偉大精神　書寫人民群眾奮鬥詩篇——在重大革命和歷史題材影視創作研修班上的講話〔J〕，中國電視，2003（10）。

〔註46〕孫家正，關於重大革命歷史題材影視創作的幾個問題〔M〕，電視研究，1997（9）。

題材的生產在有「獻禮」需要的時候也特別旺盛，而每當此時，一些以革命歷史爲講述對象、但不屬於「重大」範疇的劇目也會趁機「搭車」上馬，而那些叫好又叫座的電視劇，仔細辨別則似乎是一種介於革命「正史」與革命「演義」之間的曖昧面容。

第二節 「主旋律」與電視劇評獎

在我國的文藝方針中，以毛澤東的「二爲」方向和「雙百」方針爲核心，80 年代末文藝管理者在此基礎上又提煉出了「弘揚主旋律，提倡多樣化」的指導思想。執政黨文藝政策中「主旋律」和「多樣化」的類型分野，使文化產品既能承擔國家建構主流意識形態認同的職責，又能呼應文藝政策中的「雙百」方針，並在商品市場中爲製作和播出單位帶來經濟效益，以此來解決國家政治宣傳任務與製播單位經濟利益要求之間的矛盾。「主旋律」和「多樣化」的理論區分是可以成立的，但是，在實踐中它如何得到體現？隨著電視劇生產的進一步市場化，「主旋律」電視劇如何留住觀眾、抵抗「多樣化」的侵蝕？更加追本溯源的問題是：何爲「主旋律」？它的邊界在哪裏？這是亟待清理的一個問題。

一、「主旋律」的涵義

（一）「主旋律」概念的提出

「主旋律」一詞在音樂術語之外的使用，較早見於文學批評領域。劉國清 1980 年發表《偉大時代樂章的主旋律》一文中將蘇區的新詩在比喻的意義上描述爲「最本質地反映了偉大時代的主流，是中國革命進軍曲的主旋律。」〔註 47〕另外如胡從經《愛國主義——魯迅早期文學活動的主旋律》（《江淮論壇》1982 年第 2 期）、李貴仁《主旋律：社會主義的人道主義——張抗抗小說創作漫論》（《社會科學》1983 年第 3 期）中都用「主旋律」來概括、指代研究對象的主要特點。應該說，這種「主旋律」只是作爲一個比喻的符號，還不具備自身獨特的內涵。

1986 年衛建林在《文藝理論與批評》上撰文討論社會主義文學的主旋律

〔註 47〕劉國清，偉大時代樂章的主旋律〔J〕，南昌大學學報（人文社會科學版），1980（1）。

問題，他認為社會主義文學「是伴隨著無產階級和勞動群眾以歷史自覺創造者的姿態登上社會舞臺而產生的文學。藝術地認識、把握和再現這種自覺的歷史創造活動、人民的主動性和首創精神，使社會主義文學同其他一切文學區別開來。這就構成社會主義文學的主旋律或基本特色。」〔註48〕因此，「主旋律」是一個時代或社會中文學所共有的某種特徵，而從他文中所舉的我國文學史上的「漢唐氣象」、19 世紀俄國現實主義等的例子來看，「主旋律」更像是對一種文學主潮和總體時代精神氣象的概括。而且他認為，「主旋律」並不等於文學的全部，也不會損害社會主義文學的豐富性，從中也可以看到「主旋律」與「多樣化」的影子。

另一方面，「主旋律」一詞也廣泛地用於經濟、政治領域，代指國家政策部署的重心和社會發展的主要方向，「改革，是當代中國氣勢磅礴的交響曲的主旋律。」〔註49〕「走改革之路，建設有中國特色的社會主義，是我們時代的主旋律。各項工作都要在改革的主旋律中高歌猛進。」〔註50〕「改革與開放是我們時代的主旋律，是建設有中國特色的社會主義的必由之路。」〔註51〕「堅持四項基本原則，堅持改革、開放、搞活的方針，建設具有中國特色的社會主義，是我國社會生活的主旋律。作為群眾性最廣泛的電視藝術，義不容辭地要用自己的藝術精品深刻地反映這個改革時代的沸騰生活，推動改革事業前進，鼓舞、團結人民信心百倍、百折不撓地為實現我們的偉大目標而鬥爭。」〔註52〕

因此，與社會發展方向和執政重心相對應，電視文藝創作的表現領域也應該有主次、輕重之分，既要表現改革所提供的豐富素材，又要將自身匯入改革的洪流，推動改革的進程。「主旋律」的提出，就是在社會主義現實主義文藝觀的視野中，對文藝創作能動反映社會生活現狀的要求，它同時也對文藝作品的主要內容劃定了邊界線，「社會主義的文學家、藝術家，特別是黨員作家，當然都必須積極投身於改革的『時代潮流』之中，用自己的彩筆去表現改革

〔註48〕 衛建林，社會主義文學及其主旋律〔J〕，文藝理論與批評，1986（2）。
〔註49〕 丁振海，李準，文藝反映改革三題〔J〕，天津社會科學，1985（5）。
〔註50〕 張嗣澤，政治民主　學術自由　理論繁榮——紀念雙百方針發表三十週年〔J〕，上海黨校學報，1986（8）。
〔註51〕 當代電視編輯部，強化改革意識　奏響時代的主旋律〔J〕，當代電視，1987（3）。
〔註52〕 當代電視編輯部，在改革浪潮面前〔J〕，當代電視，1987（4）。

為社會主義現代化建設帶來的生機和活力，歌頌改革潮流中湧現出來的成千上萬的社會主義的創業者、改革者。」〔註53〕但是，對「主旋律」的提倡不能有違「雙百」方針，從政策初衷和理論設計上說，反映改革作為電視劇創作的主旋律與題材多樣化並不衝突。而且，文藝創作既「有主導、有主旋律、有總體上的共同目標」，又包含「多成分多層次多樣化的結構」，這是與我國社會主義初級階段的政治結構、經濟結構相呼應的，文藝創作上的「主旋律」就是那些積極面對改革和四化現實的題材、主題、風格等要素。〔註54〕「主旋律」就是「在中國共產黨的領導下，我國11億人民遵循黨在社會主義初級階段的基本路線，同心同德，艱苦奮鬥，積極進行建設有中國特色的社會主義的偉大實踐。這個『主旋律』是現時代中國社會的客觀存在，並不是哪個人主觀臆造出來的。文藝要反映時代、反映客觀生活，就不能無視這個主旋律的存在。」〔註55〕

1987年3月3日賀敬之在中國視協舉行的《凱旋在子夜》、《長江第一漂》兩個劇組獻身精神表彰大會上的講話中說：「我們所理解的雙百方針不是沒有主旋律的，不是沒有我們應該提倡的東西，因為這是我們社會義主文藝最本質的表現。」〔註56〕同年3月，全國電影工作會議上，電影局長滕進賢第一次提出「突出主旋律、堅持多樣化」的說法，〔註57〕這一提法即為「弘揚主旋律，提倡多樣化」的雛形。它是對此前文藝界不同涵義的「主旋律」概念的一次提煉，另一方面，這一概念的出現，也有著特殊的文化氣候。

實際上，「主旋律」的提出是國家文藝政策應對80年代國內思想文化變動的直接舉措之一，是執政黨加強領導、統一思想的表現。十一屆三中全會以後，國內工作重心向發展經濟轉移，改革開放成為一項基本國策，這使思想文化界有更多機會接觸到來自外面的世界的訊息，另一方面，相對70年代以前，執政黨對思想文化的管制有所鬆動，這使文藝界對極左思潮的反思和批評也得到了更大的自由空間。知識分子的精神就在於質疑和批判，一旦獲

〔註53〕丁振海，李準，文藝反映改革三題〔J〕，天津社會科學，1985（5）。
〔註54〕李準，關於社會主義初級階段文藝問題的思考〔J〕，文藝理論與批評，1988（6）。
〔註55〕孫家正，加強改善黨的領導，正確執行文化政策〔N〕，人民日報，1989-07-11。
〔註56〕賀敬之，社會主義文藝的主旋律〔J〕，當代電視，1987（1）。
〔註57〕袁蕾，周華蕾，離不開主旋律的日子〔N〕，南方周末，2007-6-14 http://www.infzm.com/content/6991。

得了相應的空間，這種學術上的爭鳴逐漸地涉及到了黨的文藝政策。對於建國以來一直倡導社會主義意識形態的左派政黨來說，這種變化是猝不及防甚至是危險的，這種狀況被描述爲理論戰線和文藝戰線的「嚴重混亂」、違反了毛澤東文藝思想和背離了社會主義方向，上升到政治高度，則是懷疑和否定四項基本原則的「精神污染」和「資產階級自由化」的傾向。80 年代分別有兩次較爲集中地對思想文化界這種「危險」傾向做出矯正，一次是 83 年的「清除精神污染」，另一次是 1987 年的「反對資產階級自由化」。

　　「資產階級自由化」思潮在「文革」結束之後初見端倪。1979 年 3 月鄧小平在理論務虛會的第二階段會議上，發表了《堅持四項基本原則》的講話，樹起反對資產階級自由化的旗幟。1980 年 1 月 16 日鄧小平第一次正式使用了「資產階級自由化思潮」的提法，指出必須肅清這一思潮。1983 年 3 月，周揚在馬克思逝世 100 週年紀念會上的報告是一個轉折點，理論界關於人道主義和異化問題的爭論在這之後溢出了學術爭鳴的邊界，被認爲性質發生了變化。鄧小平在同年 10 月 12 日十二屆二中全會上作了《黨在組織戰線和思想戰線上的迫切任務》的講話，指出「思想戰線不能搞精神污染」，「精神污染的實質是散佈對於社會主義、共產主義事業和對於共產黨領導的不信任情緒。」精神污染就是資產階級自由化觀點泛濫的表現。但是，由於黨內存在不同的聲音，「資產階級自由化」思想沒有受到遏制，在十二屆六中全會上，鄧小平主張將「反對資產階級自由化」寫進中央全會的決議中去，他認爲這種思潮如果與社會開放之後必然進來的「許多烏七八糟的東西」結合起來，會對社會主義四化建設造成衝擊。1986 年底學潮之後，12 月 30 日，鄧小平對中央紀委的領導層作了《旗幟鮮明地反對資產階級自由化》的談話，將學潮定性爲「幾年來反對資產階級自由化思潮旗幟不鮮明、態度不堅決的結果。」指示對搞資產階級自由化的人要堅決處理。之後，中央將這一談話以及他在十二屆六中全會上反對資產階級自由化的講話迅速傳達到全黨。〔註 58〕1987年 1 月 6 日，《人民日報》發表社論《旗幟鮮明地反對資產階級自由化》指出，「旗幟鮮明地反對資產階級自由化」「是改革、開放得以順利進行所不可缺少的條件。」「反對資產階級自由化，立場要鮮明，態度要堅決，但也不能採取簡單化的辦法。各級黨委要把思想理論隊伍的思想統一到中央的方針、政策

〔註 58〕周新城，對二十世紀八十年代我國反對資產階級自由化鬥爭的回顧——過程、性質和基本經驗〔J〕，貴州師範大學學報，2011（3）。

－33－

上來。這樣，才能把青年引上正確的軌道，才能有持久的安定團結的政治局面，才能加快社會主義現代化的進程。」〔註59〕1987年1月28日，中央發出《關於當前反對資產階級自由化若干問題的通知》，指出「反對資產階級自由化的鬥爭，關係到黨和國家的命運以及社會主義事業的前途。」在解決問題的具體方法上，對學術和藝術上的問題，採用討論、批評和反批評的辦法解決；新聞輿論方面，「黨的新聞報刊、國家的廣播電視和有關出版物，是黨和人民的喉舌，必須在黨的領導之下，無條件地宣傳黨和政府的路線、方針、政策。過去傳播了嚴重政治性錯誤東西並在群眾中造成較大影響的，應採取適當方式澄清是非，挽回影響。今後，輿論部門都要嚴守黨紀國法和工作紀律，嚴格實行責任制，建立必要的檢查和審查制度。」〔註60〕

在文藝界，1983年11月16日至28日，文化部召開了全國文化廳（局）長會議，時任文化部長朱穆之向會議作了題為《堅持正確方向，清除精神污染，努力開創文化藝術的新局面》的報告。他在報告中指出，「在理論戰線和文藝戰線存在相當嚴重的混亂，特別是精神污染的問題。」其具體表現在：

> 一是宣傳抽象的人性、人道主義、異化、存在主義、現代派，散佈對社會主義、共產主義和共產黨領導的懷疑和不信任。一些人鼓吹抽象的人性、人道主義和社會主義異化應該成為文藝創作的「重大主題」、「時代的巨大題材」，認為這才能打破所謂的「公式化」、「概念化」。他們宣揚社會主義也產生異化，把實際工作中存在的各種缺點都叫作異化，要文藝提出「抗議」。他們要歌頌「生活在異化狀態中」的「合乎人性的人」，要「召喚人的價值的復歸」，「追求人性的自由表現」；鼓吹「新的美學原則」，就是「不屑於作時代精神的號筒，也不屑於表現自我感情世界以外的豐功偉績」，「甚至於迴避寫那些我們習慣了的人物的經歷、英勇鬥爭和忘我勞動的場景」；主張要有「獨特的社會觀點，甚至與統一的社會主調不和諧的觀點」。這些錯誤的思潮在文學、電影、戲劇、音樂、美術等等方面都有反映。〔註61〕

〔註59〕旗幟鮮明地反對資產階級自由化〔N〕，人民日報，1987-1-6，紅網：http://news.rednet.cn/c/2008/04/23/1491356.htm。

〔註60〕關於當前反對資產階級自由化若干問題的通知〔N〕，新華網：http://news.xinhuanet.com/ziliao/2005-02/05/content_2550951.htm。

〔註61〕堅持正確方向　清除精神污染　努力開創文化藝術的新局面——朱穆之同志

　　此外，宣傳「封建迷信」、「色情鬼怪」、「低級下流」的內容以及「一切向錢看」的傾向都被定義為「精神污染」，他認為，其產生的原因在於（1）「極左」思潮傷害的「後遺症」；（2）改革開放狀態下資產階級和其他剝削階級的思想乘機侵入；（3）文藝領導部門政治上不敏銳，把許多問題看作學術上或文藝思想上的問題，忽視了其政治上的影響和危害。因此，他強調，我們的文藝就是要「宣傳工人階級的、馬克思主義的世界觀和科學理論，共產主義的理想、信念和道德，同社會主義公有制相適應的主人翁思想和集體主義思想，同社會主義政治制度相適應的權利義務觀念和組織紀律觀念，為人民服務的獻身精神和共產主義的勞動態度，社會主義的愛國主義和國際主義」。〔註62〕《電視文藝》1983年第12期刊出短論《防止和清除電視劇中的精神污染》，將電視劇中的「精神污染」概括為「反映革命歷史和現實鬥爭缺乏感情，不去努力塑造典型環境中的典型形象，或是歪曲歷史，或是胡編亂造，或是情趣低下。特別值得注意的是抽象的人性、愛情至上、自我表現等錯誤思想傾向也在電視劇創作中有所表現。」另一方面，電視劇生產中存在著「一切向錢看」的風氣，文章號召「從事電視劇藝術事業的靈魂工程師們，要努力不辜負黨和人民的期望，在這場反對精神污染的鬥爭中，高舉社會主義文藝的旗幟，把『革命的政治內容和盡可能完美的藝術形式的統一』的作品獻給觀眾，在『四化』建設中，作出更大的貢獻。」〔註63〕

　　1988年11月全國第五次文代會舉行，代表在小組會上提的一些意見，《文藝理論與批評》將其部分摘錄整理後發表，在「關於文藝領導工作」的問題上，代表們的意見包括：（1）在健全和完善文藝領導工作方面，仍需深入總結經驗教訓；（2）作為社會主義國家，應提倡什麼、反對什麼，在文藝創作上應該有明確的規定和要求，不能不敢管或撒手不管；（3）精神產品要有「衛生」法，要講社會效益。在「領導對文藝的『干預』」問題上：（1）一方面，黨應該保證文藝在「二為」方向下蓬勃發展，不要亂加干涉，另一方面，文藝家和文藝工作又不能脫離黨的領導和社會主義道路；（2）文藝界工作者不要動不動就往上報材料，造成「應邀」的領導干預；（3）一概反對「干預」，

　　　　在全國文化廳（局）長會議上的報告（摘要）〔J〕，文藝研究，1984（1）。
〔註62〕堅持正確方向　清除精神污染　努力開創文化藝術的新局面──朱穆之同志
　　　　在全國文化廳（局）長會議上的報告（摘要）〔J〕，文藝研究，1984（1）。
〔註63〕防止和清除電視劇中的精神污染〔J〕，電視文藝，1983（12）。

失於片面，容易犯不要黨的正確領導的錯誤；（4）現在對文藝衝擊最大的是商品化傾向，對此，黨的領導要及時干預。〔註64〕從雜誌所摘選的小組討論的內容看來，基本上，代表們認為過去對文藝的領導過嚴過細，而現在又無所作為，由此導致文藝界存在「嚴重問題」，因此，他們認為儘管提倡創作自由，但文藝的社會主義方向不能變，黨對文藝要有「必要的、正確的、得當的」倡導和干預，才能正確地貫徹雙百方針。如果說這些言論不能完全代表1500多名與會代表的心聲，但至少是代表們的聲音之一種，而且也是雜誌本身立場和態度的表徵。

孫家正在1989年7月11日《人民日報》上發表《加強改善黨的領導，正確執行文化政策》，文中認為，「堅決地貫徹執行黨的基本路線，是社會主義文化工作的本質要求。黨委在黨政職能分開以後既不能去代替政府管理文化的職能，去包辦群眾文藝團體的活動，使自己陷入具體事務之中，影響了政治領導；也不能撒手不管，放棄領導。黨委集中力量於政治原則、政治方向的領導，就能在宏觀上保證文化工作朝著正確的方向發展。」〔註65〕

同年10月李準撰文指出，「面對著資產階級自由化思潮和其他錯誤思潮的泛濫所造成的種種思想混亂，面對著各種腐敗現象的蔓延和大面積的精神滑坡」，應該強化文藝創作的主旋律，除了依靠號召、提倡，以及評論的引導和一定的獎勵等手段，還要採取組織措施和經濟措施來扶持主旋律作品的創作和傳播。這也是黨和國家政權對文藝創作的一種必要干預。西方一些資本主義大國，用法律的方式、撥發文藝捐助基金的方式來扶持他們所需要的作品，社會主義國家政府和執政黨能夠而且應當比他們做得更好，應當在放手發動創作競賽的同時理直氣壯地採取各種有力措施來強化我國文藝創作的主旋律。〔註66〕

（二）「主旋律」概念的提煉

對「主旋律」的要求是和社會主義文藝的功能、定位相聯繫的。由於社會主義文藝是社會主義「整個革命機器的一個組成部分」（毛澤東《在延安文藝座談會上的講話》），弘揚文藝的主旋律，是糾正80年代末文藝界「混亂」

〔註64〕第五次文代會代表部分意見綜述〔J〕，文藝理論與批評，1989（2）。
〔註65〕孫家正，加強改善黨的領導　正確執行文化政策〔N〕，人民日報，1989-7-11
　　　　（6）：http://rmrbw.net/read.php？tid=834069。
〔註66〕李準，在多樣化發展中強化主旋律〔J〕，理論與創作，1990（1）。

狀況的理論努力，在宏觀上保證文化工作朝著正確的方向發展，是黨領導文藝事業、佔據意識形態高點的表徵。對「主旋律」的倡導，也是執政黨掌握文化領導權的標誌：「鞏固馬克思主義的指導地位，就要確保黨對意識形態工作的領導。這是我們黨的寶貴經驗，是我國政治制度的重要優勢。無論形勢和環境發生怎樣的變化，黨管意識形態不能變。」〔註67〕當然，這並不意味著，在「主旋律」概念提出之前，執政黨對文藝事業沒有要求，相反，「主旋律」概念就孕育在執政黨一貫的文藝方針當中，其內涵有一個逐漸明晰的過程。國家領導人和文化管理者對「主旋律」越來越清晰、詳細的表述，是這一概念不斷提煉的過程。

從1942年毛澤東講話發表開始，執政黨對意識形態領域的管理逐漸形成了更為清晰的思路。在1979年第四次文代會上，鄧小平提出了對社會主義文藝「主旋律」的要求，即「對實現四個現代化是有利還是有害，應當成為衡量一切工作的最根本的是非標準。」因此，文藝工作者要同各種妨害四個現代化的思想習慣作鬥爭。雖然他沒有明確提出「主旋律」的概念，但是對於社會主義文藝應當加以「弘揚」的主導內容，他有著明確的要求：文藝創作必須表現人民的優秀品質、讚美人民取得的勝利，描寫和培養社會主義新人，真實地反映社會生活和人們在各種社會關係中的本質，表現時代前進的要求和歷史發展的趨勢，努力用社會主義思想教育人民，給他們以積極進取、奮發圖強的精神。〔註68〕

在毛澤東《講話》和鄧小平《祝詞》的基礎上，文藝管理者和文藝工作者對「主旋律」概念進行了闡發和細化。賀敬之1987年3月3日在中國視協的表彰大會上講話，認為雙百方針不是沒有主旋律的，「我們的文藝應該表現社會主義的思想內容，應該表現社會主義的時代精神，應該表現社會主義新時代的先進人物、英雄人物。」〔註69〕在1989年全國電影、電視劇、錄像題材規劃會上，廣播電影電視部部長、部黨組書記艾知生指出，影視劇創作中的「主旋律」是凝聚和活躍於作品中的，激發人們奮進、振奮民族精神、推動時代變革的精神力量。當這種精神化作藝術工作者的自覺追求並貫注於創

〔註67〕中共中央政治局委員、書記處書記、中宣部部長劉雲山2004年9月22日在全國宣傳部長座談會上的講話摘要〔J〕，理論學習，2004（11）。

〔註68〕鄧小平在中國文學藝術工作者第四次代表大會上的祝詞〔N〕，中國作家網：http://www.chinawriter.com.cn。

〔註69〕賀敬之，社會主義文藝的主旋律〔J〕，當代電視，1987（1）。

作中，由此產生出的一切利於現代化建設和全面改革的優秀之作，一切有利於激發人們奮發圖強、開拓創新、積極進取的優秀之作，一切有利於陶冶人們道德情操的優秀之作，就是我們社會主義文藝創作的主旋律。〔註 70〕1990年 2 月，文化部藝術局在北京召開直屬院團創作規劃會議，時任文化部黨組書記、代部長賀敬之在講話中進一步強調了「突出主旋律，堅持多樣化」的方針。他認為理解「主旋律」涉及到形式和內容、主題和題材等問題，但主旋律首先表現在思想內容上，就是要表現社會主義的思想內容，體現社會主義時代精神、社會風貌和先進人物，其間可以表現共產主義理想、共產主義風格。〔註 71〕

　　1991 年，江澤民《在慶祝中國共產黨成立七十週年大會上的講話》中指出，「反映社會主義時代精神應該成為主旋律。」〔註 72〕1994 年 1 月，《在全國宣傳思想工作會議上的講話》中，江澤民指出，弘揚主旋律，就是要「大力倡導一切有利於發揚愛國主義、集體主義、社會主義的思想和精神，大力倡導一切有利於改革開放和現代化建設的思想和精神，大力倡導一切有利於民族團結、社會進步、人民幸福的思想和精神，大力倡導一切用誠實勞動爭取美好生活的思想和精神。」〔註 73〕江澤民在 1994 年 12 月 27 日紀念梅蘭芳、周信芳誕辰 100 週年時在中南海懷仁堂舉行的座談會上的講話中進一步詳細闡釋了「主旋律」的涵義，「我國當代文藝的主旋律應當是由那些能夠幫助人們感受、認識社會主義制度的確立與發展是中國現代社會運動的客觀規律，有力地體現團結一致、振奮精神、堅韌不拔、勇於開拓地從事改革開放和現代建設的時代精神，因而能夠鼓勵人們自覺地獻身於建設有中國特色的社會主義的偉大實踐的作品所形成的領導整個文藝發展趨勢的創作潮流。」〔註 74〕

〔註 70〕一九八九年全國電影、電視劇、錄像題材規劃會議綜述〔J〕，中外電視，1989（4）。

〔註 71〕藝通，突出主旋律　堅持多樣化　一手抓整頓　一手抓繁榮〔J〕，中國戲劇，1990（4）。

〔註 72〕江澤民，在慶祝中國共產黨成立七十週年大會上的講話〔N〕，新華網http://news.xinhuanet.com/ziliao/2005-02/17/content_2587463.htm。

〔註 73〕以科學的理論武裝人　以正確的輿論引導人　以高尚的精神塑造人　以優秀的作品鼓舞人──江澤民同志在全國宣傳思想工作會議上的講話摘要〔J〕，黨建，1994（2）。

〔註 74〕江澤民，1994 年 12 月 27 日紀念梅蘭芳、周信芳誕辰 100 週年時在中南海懷仁堂舉行的座談會上的講話〔J〕，中國戲劇，1995（7）。

1996 年 12 月 16 日他在中國文聯第六次全國代表大會、中國作協第五次全國
代表大會上講話，指出「文藝要謳歌英雄的時代，反映波瀾壯闊的現實，深
刻地生動地表現人民群眾改造自然、改造社會的偉大實踐和豐富的精神世
界。文藝工作者要努力在自己的作品和表演中，貫注愛國主義、集體主義、
社會主義的崇高精神，鞭撻拜金主義、享樂主義、個人主義和一切消極腐敗
現象。」〔註 75〕2001 年 12 月 18 日，在中國文聯第七次全國代表大會、中國
作協第六次全國代表大會上，他指出，文藝工作者應該「創作出弘揚中華民
族的民族精神和我們時代的進步精神的作品」，「積極宣傳愛國主義、集體主
義、社會主義思想，堅決抵制拜金主義、享樂主義、極端個人主義思想，積
極倡導先進文化，努力改造落後文化，堅決抵制腐朽文化。廣大文藝工作者
應堅持追求真理、反對謬誤，歌頌美善、反對醜惡，崇尚科學、反對愚昧，
堅持創新、反對守舊，成為先進文化發展的骨幹力量。」〔註 76〕

　　上述所引顯示出，「主旋律」首先是指向文藝作品內容的一個概念，其次，
它的提出是出於社會主義文化建設和國家意識形態建設的考慮，因此，其著
眼點主要在於維護民族—國家利益和執政黨利益，顯示出宏觀的政治色彩，
而較少涉及微觀的個體情感和認知問題。

　　在 2003 年的全國電視劇題材規劃會上，中宣部副部長、國家廣電總局局
長兼中國電視藝委會主任徐光春做了講話，指出要把弘揚主旋律與提倡多樣
化統一起來。在電視劇創作和生產中，所謂主旋律就是正確的世界觀、人生
觀、價值觀。要鞭撻假惡醜，提倡真善美，這都是主旋律。〔註 77〕將「主旋
律」定義為「對世界的看法，對人生的看法」，是以正確的「三觀」作為精神
支柱的作品，這無疑是對「主旋律」原有涵義的拓寬，能被納入「主旋律」
序列的電視劇作也因此大大增加。

　　2009 年 10 月 29 日時任中宣部部長劉雲山在中國作協召開的文學創作座
談會上講話，他指出作家應該記錄、表現、謳歌民族復興的偉大時代，反映
時代的歷史巨變，描繪時代的精神圖譜，為時代寫史、為時代畫像、為時代

〔註 75〕 江澤民在中國文聯第六次全國代表大會、中國作協第五次全國代表大會上的
　　　　講話（一九九六年十二月十六日）。
〔註 76〕 江澤民在中國文聯第七次全國代表大會、中國作協第六次全國代表大會上的
　　　　講話〔N〕，人民網 http://www.people.com.cn/GB/shizheng/20011218/629941.html。
〔註 77〕 與時俱進，開創電視劇創作新局面——全國電視劇題材規劃會綜述〔J〕，中
　　　　國電視，2003（5）。

立言。他認為，主旋律代表著一種精神，反映著社會主流價值取向。有了這種精神、這種價值取向，不論什麼題材都可以體現主旋律、反映主旋律，成為主旋律的鮮明樂章。〔註78〕2010 年 9 月劉雲山在影視創作座談會上進一步指出：「主旋律是人們思想觀念和價值取向的主流」，影視藝術要「大力弘揚一切有利於國家統一、民族團結、社會進步的思想和精神，一切有利於改革開放和現代化建設的思想和精神，一切用誠實勞動爭取美好生活的思想和精神，使之成為時代最強音。」〔註79〕這無疑是對「主旋律」外延的又一次拓寬。

2011 年 11 月，胡錦濤在中國文學藝術界聯合會第九次全國代表大會、中國作家協會第八次全國代表大會上講話，將社會主義核心價值體系作為「主旋律」的內核，要求文藝工作者以國家發展和民族進步為念，把藝術創作融入改革開放和社會主義現代化建設偉大實踐，反映國家發展、社會進步、人民創造，奏響時代主旋律。〔註80〕

從國家領導人和文藝政策制定者的理論表述來看，「主旋律」概念在被提煉出來之後，其內涵和外延是逐漸擴大的，從對黨和國家以及時代的「歌頌」到「提倡真善美，鞭撻假惡醜」，以正確的人生觀、世界觀、價值觀作為作品的精神支柱，再到弘揚愛國主義精神、改革創新精神和高尚道德情操，「主旋律」的政治意味和宣傳教化色彩逐漸淡化。

（三）「主旋律」意義的轉折

對「主旋律」的提倡是黨對文藝這一意識形態領域實施管控的手段，可以看做對「雙百」方針的有力補充，雖然有「二為」方向這一全局性的要求，但是在具體實施中，「雙百」方針所給予的自由卻有些過度了，「主旋律」無疑是對「雙百」的有力限定，收緊了文藝政策的管控口徑。但是，在具體實施中，如何才能既做到「百花齊放，百家爭鳴」，又有「主旋律」和「多樣化」，卻並不是那麼簡單的事情。在對「主旋律」的闡發中，文化管理者十分強調

〔註78〕劉雲山，反映偉大時代歷史巨變 描繪人民群眾精神圖譜 創作更多思想性藝術性相統一的文學精品〔J〕，文藝研究，2009（12）。

〔註79〕劉雲山，堅持思想性藝術性觀賞性有機統一 創作更多深受群眾喜愛的影視精品〔N〕，2010-9-26，國家廣電總局主頁 http://www.sarft.gov.cn/articles/2010/10/14/20101014113448660613.html。

〔註80〕胡錦濤在中國文學藝術界聯合會第九次全國代表大會、中國作家協會第八次全國代表大會上的講話〔N〕，人民日報 2011-11-23（02）。

「主旋律」的包容性和概念的寬泛性，認為「主旋律」並非僅僅是一個題材方面的要求。

1990 年文化部藝術局在北京召開直屬院團創作規劃會議，賀敬之講話指出「題材決定論」是不對的，「無論古代生活題材，還是幻想題材的作品，都是可以具有時代感、時代精神的。一個作家、藝術家只要他是真正關心時代，認識了時代精神，他的作品就不可能沒有一點時代感。有責任感、有出息的作家、藝術家總會在任何題材中體現強烈的時代感。」〔註 81〕也就是說弘揚「主旋律」不是只能創作某一類題材的作品，而是指作品要富有時代精神。

1994 年 12 月 27 日在中南海舉行的紀念梅蘭芳、周信芳誕辰 100 週年座談會上，江澤民在闡述「主旋律」這一概念的含義之後，進一步解釋說，並不是只有正面表現、正面歌頌的作品才能進入主旋律的行列，揭露現實生活中的陰暗面也可以成為主旋律，只要創作中灌注了時代精神和歷史使命感，只要揭露陰暗面幫助人們正確認識了社會主義初級階段的社會矛盾和面臨的困難，其社會效果不是使人們喪失信心，而是激發起他們投身改革和現代化建設的豪情。〔註 82〕也就是說，「主旋律」作品最重要的是要有「時代精神和歷史使命感」，要能產生正面的、積極向上的社會效應，而與其所取材的歷史時期或者所採用的講述形式沒有直接的關係。由此可見，最高決策者和文化管理者一直都試圖糾正按題材類別劃分主次、輕重的狹隘做法，但是，在實際管理工作中，由於「主旋律」的尺度相對較難把握，而最能體現「時代精神」的莫過於現實題材，所以，在管理方和製作單位出於權宜的考量之中，勢必出現對「主旋律」的窄化理解。

如在 1989 年全國電影、電視劇、錄像題材規劃會議上，電視藝委會秘書長阮若琳就指出要把深化改革和反映現實題材的創作放在重要位置，「這種作品不可置疑地是我們電視劇的主導方面，通過朝夕和人民接觸的電視劇激勵當代人們的奮鬥激情，同時以新的價值觀、人生觀、道德觀促發我們民族的活力，促進改革的深化。」〔註 83〕1995 年孫家正在第十四屆「飛天獎」研討

〔註 81〕藝通，突出主旋律　堅持多樣化　一手抓整頓　一手抓繁榮〔J〕，中國戲劇，1990（4）。

〔註 82〕江澤民，1994 年 12 月 27 日紀念梅蘭芳、周信芳誕辰 100 週年時在中南海懷仁堂舉行的座談會上的講話〔J〕，中國戲劇，1995（7）。

〔註 83〕一九八九年全國電影、電視劇、錄像題材規劃會議綜述〔J〕，中外電視，1989（4）。

會上講話指出,「弘揚主旋律,提倡多樣化」,在總體把握上應注意在創作的
題材規劃上進行宏觀調控,以便突出一批更富於鮮明時代精神的重點題材;
既要防止對主旋律作狹隘的理解,即僅僅把直接表現改革開放和現代化建設
生活的某些重大題材當成主旋律而排斥其他一切題材,又要防止對主旋律進
行泛化的解釋,導致抹殺了主旋律對題材選擇的要求。〔註84〕

　　對電視劇創作、生產的具體總結和實際調控在2006年以前一般是通過題
材規劃會來實施的,廣電總局的領導會在規劃會上對一年來電視劇生產的現
狀、取得的成就、存在的不足以及下一年的管理措施作出說明。由於規劃會
上傳達的精神直接關係到製作機構申報的投拍計劃是否能夠通過審查、順利
立項,所以,它的作用也是較為直接的。從規劃會上的重要領導講話來看,
它正是高屋建瓴的文藝思想在具體文藝管理中如何操作、執行的生動例子。
而歷次規劃會上對題材的傾斜是顯而易見的。「在審查今年各地申報的選題規
劃時,我們發現宮廷戲、古裝戲、武打戲的比重仍然偏高。根據武俠小說改
編的劇目仍然不少,甚至還有兩家同拍一個題目。許多長篇連續劇表現的仍
然是封建帝王、後宮嬪妃、青樓女子、遊仙大俠,描寫風花雪月的多,反映
打打鬧鬧的多。這些內容不是我們所要弘揚的主旋律。」〔註85〕另外,反腐
倡廉和涉及公檢法領域的電視劇都屬於敏感題材,而凡是涉及外交、宗教、
民族、名人題材的電視劇在製作時也都要慎重把握或申報批准。實際上,這
種關於「審慎」的提醒往往變相地壓制了製作者的投拍熱情,減少了這類劇
作的生產。歷年規劃會上,管理者對武俠、宮廷、公案等題材電視劇大多不
予提倡,對電視劇中的豪華風、戲說風、三角戀等不良傾向更是持否定態度,
對現實題材和農村題材則是大力提倡和扶持,在「屢禁不止」和「勉力維持」
之間,也可以看出政黨意識形態與商業資本力量之間所進行的角力。市場和
大眾總是偏愛「下里巴人」的通俗貨色,此類劇目猶如雜草般野火燒不盡、
春風吹又生。而那些承擔塑造靈魂、激勵愛國熱情、助力社會主義現代化建
設的高雅之作,往往在收視率上敗走麥城。由此也引發了管理者對於「收視
率」指標意義的質疑,以及如何將「主旋律」電視劇拍得好看的憂思。

　　除開規劃會上的指導意見,對「主旋律」的「窄化」處理隨處可見。「電

〔註84〕孫家正,關於電視劇創作的三個問題〔J〕,中國電視,1995（1）。
〔註85〕唱響主旋律　多出精品劇──吉炳軒同志在2000年電視劇題材規劃會上的講
　　　　話要點〔J〕,中國電視,2000（7）。

視是宣傳，是陣地，電視劇的創作與播出必須堅持『二爲』方向，必須堅持弘揚主旋律，提倡多樣化，奏響時代的最強音。在今後的電視劇生產與播出中，必須注意要突出唱好共產黨好、社會主義好、改革開放好的主旋律。必須要用典型地、藝術地手法，生動形象地宣傳中國共產黨的光輝歷史，宣傳黨的領導地位和光輝業績，進一步堅定全國人民跟黨走建設有中國特色社會主義道路的信心。」〔註86〕弘揚主旋律被簡化爲唱響「三好」和黨史宣傳。

實際上，「主旋律」這一概念產生的初衷的確是對文藝作品題材內容的規約，雖然理論闡述上盡力擴大它的內涵和外延，試圖使其更具包容性和涵納能力，但一種抽象又「普世」的「時代精神」與執政黨掌握意識形態生產的目標不盡合拍，因此「主旋律」和「多樣化」在理論設想上不可謂不完美，但「管理」與「繁榮」的矛盾潛藏其中，難以化解，這使管理者和生產者與其在「窄化」與「泛化」之間小心地走鋼絲，不如一勞永逸地確保政治上的正確性。因此，對「主旋律」的提倡往往被簡化爲對特定題材的倚重和扶持，也就不足爲奇了。另一方面，「主旋律」從題材內涵來看，也發生過一次明顯的轉移。「主旋律」剛提出來的時候，主要是指反映黨帶領人民進行改革開放、進行社會主義建設的實踐，題材上是現實主義的改革題材，「不是只有直接表現改革開放和現代化建設的現實題材的作品才算是主旋律，其他題材包括歷史題材的作品也能無愧於主旋律的桂冠，關鍵是作者能否用今天的時代精神去照亮他所選擇的題材創作，能否通過對歷史與現實之間的內在聯繫的藝術揭示去激發人們對社會主義的熱愛，增強人們把四化和改革進行到底的信心。」〔註87〕這個否定性的解釋，正好說明在許多人眼裏，主旋律作品約等於直接表現改革開放和現代化建設的現實題材。但在 2005 年左右，隨著一大批革命歷史題材電視劇熱播，「主旋律」作品則基本等同於「紅色題材」。

胡占凡在 2005 年全國電視劇題材規劃會上說，電視劇「承載著重要的宣傳職能，必須遵守宣傳規律和黨對宣傳工作的原則要求，必須弘揚愛國主義、集體主義、社會主義的主旋律。要大力提倡反映改革開放和現代化建設、反映社會和諧、反映當代中國人高尚情感和積極向上的精神面貌的優秀電視劇的生

〔註86〕吉炳軒，弘揚先進文化塑造美好心靈——在第二十屆全國電視劇「飛天獎」頒獎會上的講話〔J〕，中國電視，2001（5）

〔註87〕江澤民，1994 年 12 月 27 日紀念梅蘭芳、周信芳誕辰 100 週年時在中南海懷仁堂舉行的座談會上的講話〔J〕，中國戲劇，1995（7）。

產和播出，引導電視劇的創作與生產健康順利地進行。」〔註88〕這種要求實際上強調了現實題材在主旋律中的主導地位，但是緊隨其後的變化在於，現實題材的主旋律之作逐漸讓位於革命歷史題材作品，以至於管理者不得不再一次提醒人們走出誤區：「那種把主旋律作為一種題材，等同於紅色歷史、革命戰爭、英雄人物，其實是一種誤解。主旋律代表著一種精神，反映著社會主流價值取向。有了這種精神、這種價值取向，不論什麼題材都可以體現主旋律、反映主旋律，成為主旋律的鮮明樂章。」〔註89〕「社會生活多姿多彩，影視創作的繁榮也應以題材的豐富多樣為重要標誌。把主旋律與革命歷史題材、英模人物題材劃等號，其實是一種誤解。主旋律代表著一種精神，不僅革命歷史題材、英模人物題材可以體現，其他各類題材都可以體現。」〔註90〕

如果說「主旋律」曾經更多地是反映改革開放的作品，那麼現在的「主旋律」則幾乎專指「革命歷史」劇，參照多年來對現實題材的提倡，這種涵義的轉折是意味深長的。中國的改革開放進行到現階段，它的成果和代價尚待評估，而現代性的不確定性所導致的問題也不在少數，對於今天的觀眾來說，只有陽光不見陰影的浪漫主義的現實主義，已經不能描寫世道、撫慰人心了。現實主義路線雖然是社會主義文藝的法寶，但它本身卻有著自己的閾限。《蝸居》的曲折走紅，說明了現實主義所具有的力量往往並不是文化管理者所能夠完全控制的。而在廣電總局無處不在、靈活機宜的行政手段管制下，除了雞飛狗跳的婆媳大戰和柴米油鹽的家長里短之外，我們還希望能在電視屏幕上遭遇到何種現實呢？另一方面，革命歷史題材的走紅直接受惠於政策傾斜和鼓勵：涉案劇、反腐劇等敏感劇目被嚴格限定播出時段，武打、戲說不在「主旋律」的範疇之中，而重大革命歷史題材則一直得到政策扶持，在政治上的正確和評獎中的優勢，某種程度上促使了這一類「主旋律」的繁榮。當大家都想在電視劇評獎中「爭吃主旋律飯」〔註91〕時，就會發現革命歷史這一碗端起來總歸會沒那麼燙手。因此，「主旋律」從現實題材向革命歷史的

〔註88〕 胡占凡，在 2005 年全國電視劇題材規劃會上的講話〔J〕，中國電視 2005（4）。

〔註89〕 劉雲山，反映偉大時代歷史巨變　描繪人民群眾精神圖譜　創作更多思想性藝術性相統一的文學精品〔J〕，文藝研究，2009（12）。

〔註90〕 劉雲山，堅持思想性藝術性觀賞性有機統一　創作更多深受群眾喜愛的影視精品〔N〕，2010-9-26，國家廣電總局主頁 http://www.sarft.gov.cn/articles/2010/10/14/20101014113448660613.html。

〔註91〕 王萬舉，推極求反　改「獎」歸「評」──文藝作品評獎非改不可了〔J〕，社會科學論壇，1999（Z2）。

轉折，可以看做是一種倒退，是電視劇回應現實的能力弱化的標誌。但是，另一方面，爲什麼這類「叫好又叫座」的「主旋律」電視劇會在新世紀頭十年的中葉蓬勃興盛起來，卻並不僅僅是解讀文化政策所能解釋的，它還有著更爲複雜的文化症候等待我們的解讀。

二、電視劇評獎管理

「弘揚主旋律，提倡多樣化」的內涵不斷發生的變化，既是一個「純化「的過程，也是一個「窄化」的過程。在 2006 年電視劇題材規劃制度取消、電視劇生產管制放寬之後，「主旋律」的「弘揚」無法通過行政手段直接進行，「主旋律」電視劇日益捲入到市場機制當中，越來越注重娛樂性和市場效益，其內涵和外延不斷拓寬，形式也更爲多樣，「主旋律」與「多樣化」之間的界限日漸模糊，此時，電視劇評獎成爲弘揚主旋律、引領社會風尚的一個重要手段。電視劇評獎所引發的社會效應、學術探討以及有意識的市場引導，客觀上也使「主旋律」的影響逐漸擴大。

在大陸電視劇評獎中，最爲重要的獎項包括：政府獎性質的電視劇「飛天獎」、「五個一工程獎」以及以大眾投票爲主的「金鷹獎」。「評獎是一種有效的激勵手段，體現著導向和引導作用。」「評獎的目的是激勵和引導，促進電視劇的發展繁榮。評獎要評出導向，評出幹勁，評出發展和繁榮。要特別加強政府獎的評比和獎勵，要搞得更加規範，更有影響。」〔註 92〕「評獎是提高電視劇質量和引導欣賞的重要手段，評獎工作不僅要重視作品的思想性和藝術性，還應該考察作品的觀賞性和收視率；要進一步提高評獎質量，增強評獎的權威性，切實發揮樹標杆、立榜樣的作用。」〔註 93〕

在中共中央辦公廳、國務院辦公廳 1996 年《關於加強全國性文藝新聞出版評獎管理工作的通知》中，針對「獎項過多、重覆設置以及評獎不規範、不公正、質量不高、亂收費」等問題，對全國性評獎工作的管理作出了指示和規定，通知指出，全國性評獎管理由中央宣傳部負責；中央宣傳部、文化部、廣播電影電視局、新聞出版署、國務新聞辦公室、中國文學藝術界聯合會、中國作家協會、中華全國新聞工作者協會有權力主辦全國性評獎；全國

〔註 92〕 吉炳軒，弘揚五種精神，奏響時代強音——在 2001 年度全國電視劇題材規劃會上的講話〔J〕，中國電視，2001（4）。

〔註 93〕 胡占凡，抓住機遇　深化改革　確保導向　促進繁榮——在 2004 年全國電視劇題材規劃會議上的講話〔J〕，中國電視，2004（4）。

性和國際性藝術節、影視節文藝評獎的立項，分別由文化部、廣播電影電視局歸口申報；國際性藝術節、影視節文藝評獎，須先徵得國務院外事辦公室同意，然後再申報立項。〔註 94〕因此，不管這幾大獎項是以何種方式產生，作爲全國性獎項，其官方色彩是顯而易見的。

（一）中國電視劇「飛天獎」

1981 年，中央廣播事業局召開各電視臺負責人會議，決定採取群眾、領導、專業工作者「三結合」的方式，對上一年度中央電視臺播出的電視劇進行評選，並定名爲「全國優秀電視劇獎」，參評的作品有 131 集，有 28 部電視劇獲獎。1983 年，正式命名爲「飛天獎」。〔註 95〕

1981 年 4 月 3 日至 13 日，中央廣播事業局在北京召開了第三次全國電視節目會議，對 1980 年 1 月 1 日至 1981 年 3 月 31 日在中央電視臺第一套節目播出的電視節目進行評選。1983 年 3 月，廣播電視部（原中央廣播事業局）委託《電視文藝》、《中國廣播電視》、《電視周報》三家報刊聯合舉辦 1982 年度（第三屆）全國優秀電視劇評選活動。評選活動採取群眾、專家和領導相結合的辦法。由各電視劇製作單位將參評劇目和推薦名單報到評選工作小組，評委從中圈選出候選名但，在上述兩刊一報上公佈，由廣大觀眾投票選舉。〔註 96〕同時，這一活動正式定名爲「全國電視劇飛天獎」。1992 年改爲現名——「中國電視劇飛天獎」。2005 年，改爲兩年一屆。中國電視劇飛天獎由廣播電影電視部主辦，爲電視類的「政府獎」，1998 年「廣播電影電視部」更名爲「國家廣播電影電視總局」，此後電視劇「飛天獎」由國家廣播電影電視總局主辦、中國電視藝術委員會承辦。

80 年代後期、90 年代初期也是以「飛天獎」爲代表的電視劇理論和評論的發軔期與活躍期。這一時期的「飛天獎」評選活動主要包含兩個方面，一是對參賽作品進行討論和民主評議，最後確定入選作品和名次；另一項活動是伴隨對獲獎作品的宣傳而舉行的學術研討活動。「飛天獎」自身所體現的這種組合方式，既適應了當時電視劇發展的需要，也將評獎活動的積極作用最

〔註94〕 《關於加強全國性文藝新聞出版評獎管理工作的通知》，人民網 http://www.people.com.cn/electric/flfg/d2/961023.html。

〔註95〕 中國電視藝術委員會評論員，弘揚核心價值　引領時代風騷——再評第 27 屆中國電視劇「飛天獎」〔J〕，中國電視，2009（8）。

〔註96〕 劉曄，本刊將與《中國廣播電視》、《電視周報》舉辦 1982 年度全國優秀電視劇評選活動〔J〕，電視文藝，1983（3）。

大化。在這一時期所出現的具有代表性和影響力的作品，都得到了「飛天獎」的認同與肯定。〔註 97〕爲了充分發揮理論、評論對電視藝術創新、創優、多出精品的促進作用，也爲了鼓勵電視藝術研究領域的有識之士多出成果，中國電視藝術委員會於 2009 年「飛天獎」評選和頒獎期間，開始舉辦「飛天」電視劇論文評選活動。〔註 98〕

　　「飛天獎」肯定那些能將感官快感昇華爲藝術美感，能給人啓迪並促使人更好地認識歷史、現實和人生的電視劇。它將電視劇視作一種具有民間性和群眾性的家庭藝術而不是消費性質的大眾文化產品，要求電視劇創作遵循「文化化人，藝術養心，重在引領，貴在自覺」的原則，達到提升人的精神素質、促進人的自由全面發展的目的，「在塑造時代道德風尚、提升民族精神文化素質、抵制熒屏低俗之風、培養健康審美情操、催生精品佳作的生產、吸引優秀創作人才、凝聚人心向背、營造和諧社會環境等方面，『飛天獎』都起到了其他文藝形式所無法起到的作用，凸顯了作爲政府獎的獨特的社會價值和藝術價值。」〔註 99〕「飛天獎」的評選「堅持思想性、藝術性、觀賞性統一的標準，重視社會責任，凝聚時代精神，激發創造活力，積極營造良好的文化氛圍。『飛天獎』的評獎標準始終把藝術家的社會責任感放在突出位置，注重作品的嚴肅性、深刻性和創造性，強調藝術作品要有豐富的文化內涵、文化意蘊，讓觀眾在愉悅的過程中得到教育和昇華，從而有效地抵制了社會上存在的文化空心化和泛娛樂化傾向。」〔註 100〕通過獎掖那些思想內涵深刻、人物形象生動並富於濃鬱生活氣息的優秀之作，「飛天獎」不僅爲電視藝術的進一步發展提供參考，而且還力圖爲人們篩選並保留一個時代的文化記憶，很長時期以來，「飛天獎」的舉辦「成爲主流文化創造力、傳播力和影響力的標誌性呈現。」〔註 101〕

　　的確，電視劇「飛天獎」作爲政府獎，具有重要的導向作用。其一，它

〔註 97〕　孟繁樹，「飛天獎」與電視劇創新〔J〕，中國電視，2009（9）。

〔註 98〕　首屆飛天電視劇論文、星光電視文藝論文評選通知〔N/OL〕，2009-07-10，搜狐娛樂：http://yule.sohu.com/20090710/n265124369.shtml。

〔註 99〕　中國電視藝術委員會評論員，看「飛天獎」的華麗轉身〔J〕，中國電視，2009（10）。

〔註 100〕中國電視劇評論員，留存文化記憶　開創發展願景——第 28 屆中國電視劇「飛天獎」述評〔J〕，中國電視 2011（9）。

〔註 101〕中國電視劇評論員，留存文化記憶　開創發展願景——第 28 屆中國電視劇「飛天獎」述評〔J〕，中國電視 2011（9）。

所代表的榮譽對於電視劇製作者具有極大的激勵作用，有助於增強他們社會責任感和更高的藝術追求，「飛天獎」的社會影響力和跟隨獲獎而來的經濟利益對生產者也有吸引力。其二，「飛天獎」通過評獎上的政策傾斜，有意識地提高主旋律作品的獲獎比例，控制其他如涉案劇、反腐劇等題材的獲獎比例，由此來催生精品、遏制「低俗」之作，同時實現創作題材資源的最佳配置。第三，「飛天獎」在評選和對獲獎作品的宣傳推廣過程中，對大眾的文化消費也有一定的引導作用。在大眾文化生活匱乏、信息渠道單一和文化消費能力較低的年代裏，「飛天獎」的確起到了培養大眾審美情趣、提升審美品位、提高鑒賞力和判斷力的作用。

「飛天獎」參評作品推薦辦法是由各省廣播電視局（廳）、解放軍總政藝術局、中央電視臺，對所管轄範圍內的參評劇目進行初審後報中國電視藝術委員會。參評電視劇的申報單位報送的文字材料包括導演闡述、劇情簡介、分集故事梗概、主創人員和演職員名單。〔註 102〕從第 27 屆起增加了收視率及滿意度（社會反響）情況介紹，〔註 103〕第 28 屆要求報送的文字材料字數做了具體要求。〔註 104〕

「飛天獎」的承辦機構爲中國電視藝術委員會。經中央宣傳部批准，在文化部領導下的電視劇藝術委員會於 1982 年 1 月 4 日成立。文化部副部長陳荒煤主持召開了第一次會議。第一屆電視劇藝術委員會主任由金山擔任，趙尋、司徒慧敏、李連慶任副主任，委員包括阮若琳、戴臨風、林杉、丁嶠等人。電視劇藝術委員會在性質上「是一個群眾性很強的組織，它的任務就是爲創作、攝製電視劇服務。」這個機構的主要工作，就是協調與組織電視劇創作各方面的力量，走群眾路線，採取多種方式，促進電視劇的發展。「藝術委員會是掌握方針任務的領導集體。」〔註 105〕1988 年 4 月 7 日〔註 106〕廣播電影電視部黨

〔註 102〕中國廣播影視大獎・第 26 屆中國電視劇「飛天獎」評獎通知〔N〕，國家廣播電影電視總局主頁 http://www.sarft.gov.cn/articles/2007/07/26/2007091416 2110700406.html。

〔註 103〕第 27 屆電視劇「飛天獎」評獎通知〔N〕，中國電視藝術網 http://www.tv1958.com/3/2009/03/06/9@472.htm。

〔註 104〕中國廣播影視大獎・28 屆電視劇飛天獎評獎通知〔N〕，搜狐網 http://yule.sohu.com/20110722/n314264833.shtml。

〔註 105〕電視劇藝術委員會成立　金山談該機構的任務〔J〕，電視文藝，1982（2）。

〔註 106〕國家廣電總局主頁記載中國電視劇藝術委員會 1983 年成立，1986 年更名爲中國電視藝術委員會。

組會議決定，中國電視劇藝術委員會改名爲中國電視藝術委員會。6月4日，中國電視藝術委員會在北京舉行了第一次全體委員會議。中國電視藝術委員會主任由廣播電影電視部部長、黨組書記、中共中央宣傳思想工作領導小組副組長艾知生擔任，副主任由王楓、謝文清、阮若琳、戴臨風擔任，阮若琳兼任秘書長，委員有洪民生、曹惠、王力葉、王扶林等人。〔註107〕藝委會除了負責電視劇「飛天獎」，還負責電視文藝節目「星光獎」和少兒電視節目「金童獎」等政府獎的評選組織工作。〔註108〕

　　從「飛天獎」的評委會構成來看，評委會主任由國家廣電總局局長擔任，副主任及秘書長一般由國家廣電總局、中央電視臺、中國電視藝術委員會的行政領導擔任。在評委會中，委員一般來自國家廣電總局、中宣部文藝局、中央電視臺、總政宣傳部、中國電視藝術委員會、中國電視藝術交流協會、中國電影家協會、中國文聯、中國作協、《人民日報》、《光明日報》、《文藝報》、《求是》等主流報紙和雜誌，北京廣播學院（中國傳媒大學）、北京師範大學、北京電影學院、中國藝術研究院、清華大學等高等院校，以及全國婦聯、全國總工會等機構。此外，也有演員或導演擔任評委。從 2000 年第 20 屆「飛天獎」評選到 2011 年第 28 屆共 9 屆「飛天獎」評委會名單中可以看出，其中連續 9 屆擔任評委的有郭運德（天津文廣局局長、原《人民日報》文藝部主任）、張乃嘉（中國電視藝術交流協會秘書長），連續 8 屆擔任評委的有胡恩（中央電視臺副臺長）、朱虹（國家廣電總局辦公廳主任），連續 6 屆擔任評委的有孟繁樹（中國藝術研究院研究員）、李準（原中國文聯副主席）、馬維幹（原總政宣傳部文藝局副局長、八一電影製片廠副廠長）、矯廣禮（中國電視藝術交流協會秘書長），連續 5 屆擔任評委的有高建民（原中央電視臺文藝中心主任、中國國際電視總公司常務副總經理高級編輯）、鄭洞天（北京電影學院教授）、尹鴻（清華大學新聞與傳播學院常務副院長），連續 4 屆擔任評委的有仲呈祥（中國電視藝術委員會副主任、原中國文聯副主席、原中國傳媒大學影視學院院長，另有 5 屆擔任評委會副主任委員）、李京盛（國家廣電總局電視劇管理司司長）、武桂林（中國電視藝術委員會副秘書長），此外，中國作協副主席陳建功、中共中央宣傳部文藝局局副局長孟祥林也多次擔任

〔註107〕中國電視藝術委員會第一次全體委員會議在京舉行〔J〕，中外電視，1988（4）。
〔註108〕國家廣電總局主頁：http://www.sarft.gov.cn/articles/2007/06/01/20070904104418530141.html。

評委。「飛天獎」評委會成員結構多年來是較爲穩定的，人員也不會發生太大的變化，行政領導幹部往往是因爲幹部職務調整而相應有變。這保證了「飛天獎」作爲政府獎的性質不會發生變化，同時也使「飛天獎」的評獎標準多年來保持了穩定，眼光、趣味都沒有大的變動。

從獲獎作品看入圍各屆「飛天獎」的作品，主旋律作品佔據了舉足輕重的地位。「這些作品都牢牢地把握社會主義先進文化的前進方向，緊扣時代脈搏，大力弘揚以愛國主義爲核心的民族精神和以改革創新爲核心的時代精神，唱響代表時代發展方向、體現社會進步要求的主旋律，成爲社會主義電視文藝繁榮發展的重要標誌。」〔註109〕

（二）中國電視金鷹獎

「金鷹獎」是我國第一個由觀眾投票來評選的電視劇獎項，其設立的初衷，是爲了在「飛天獎」的領導和專家視野之外，提供一個大眾的視角，以便更爲全面地測評我國電視劇的質量和問題，使兩個獨立的獎項互助互補、相輔相成。金鷹獎最早依託電視藝術刊物《大眾電視》，通過讀者投票來評選電視劇，名爲「大眾電視金鷹獎」，第一屆金鷹獎1983年在昆明舉行。《大眾電視》創辦於1980年，創刊號發行量即達到30萬份，第三期就突破了百萬份大關。幾年後，隨著雜誌市場競爭越來越激烈，大眾文化生活的選擇越來越多元，雜誌發行量不斷下降，「金鷹獎」的選票越來越少，主辦方採取了連續兩期印發選票、甚至印發刊外贈票的解決辦法，致使選票含金量降低，甚至某些獲獎節目的合法性也引起了爭議。1997年，根據中共中央辦公廳、國務院辦公廳《關於加強全國性文藝新聞出版評獎管理工作的通知》的要求，經中共中央宣傳部批准，「大眾電視金鷹獎」改名爲「中國電視金鷹獎」，升格爲由中國文聯和中國電視藝術家協會主辦。評獎與《大眾電視》脫鉤，改由電視節目報、《當代電視》等五十餘家報刊的讀者參與投票評選。〔註110〕考慮到「金鷹獎」評獎組織工作的持續性，僅第十五屆「金鷹獎」增加中國視協所屬的《大眾電視》雜誌社爲主辦單位之一。這一改進，使「金鷹獎」真正成爲了全國性獎項。2005年3月《全國性文藝新聞出版評獎管理

〔註109〕中國電視藝術委員會評論員，爲時代傳神寫照——評第27屆中國電視劇「飛天獎」〔J〕，中國電視，2009（7）。

〔註110〕原中國視協副主席、浙江省視協主席　林辰夫，「金鷹」回眸——紀念「金鷹獎」創辦20週年〔J〕，當代電視，2002（9）。

辦法》出臺後，2006 年中國電視金鷹獎由以往的每年一屆評選改為 2 年評選一次。〔註 111〕

　　「金鷹獎」設立之後，一直摸索和改進評獎工作的具體組織辦法。為了使評獎活動規範化、標準化、制度化，1999 年 2 月 26 日中國電視藝術家協會主席團二屆五次會議討論通過了《中國電視金鷹獎章程》，中國文學藝術界聯合會 1999 年 3 月 2 日批准實施。章程中規定了金鷹獎評獎活動的基本指導思想、獎項門類和具體設置，其中評獎辦法為：所有作品獎和單項獎中的電視劇男女主角、男女配角及電視劇歌曲獎，均由觀眾投票產生；其他單項獎由專家組成的評委會在觀眾投票選出的獲獎作品中選出。在申報程序上，由製作單位通過各級電視藝術家協會向金鷹獎辦公室申報。經初評委員會以記名投票方式評選出供觀眾投票的候選名單。金鷹獎評委會分初評和終評委員會，由有廣電系統領導、專家和有成就的電視藝術家組成。除中國文聯、中國視協負責評選工作的主要成員外，評委會其他人員擔任評委不得連續超過三屆，評委會成員每年需更換三分之一。由觀眾投票選出的獎項分為「最佳獎」和「優秀獎」。由評委會評選產生的單項獎為「最佳獎」。〔註 112〕

　　由於電視在百姓生活中的地位日益重要，金鷹獎在全國觀眾中的影響力逐漸增大，使人們對它的公正性也極為關注，從早期的評獎程序設置上的不合理（第四屆金鷹獎《新星》男主角周里京落選引起的反響），到參評作品不正當競爭（《南方周末》報導的加印選票事件），金鷹獎的評選一直伴隨著各種質疑之聲，當然，這正說明了金鷹獎在觀眾中的地位和影響力。因此，金鷹獎的評獎工作一直處於不斷的調整和改進之中。技術手段上，由報刊雜誌、電話投票，到 1997 年第 16 屆開始開展觀眾網上投票，進一步擴大了觀眾參與的渠道；在評選對象和組織形式上，獎項設置以及設獎數量方面也根據實際需要作出適時的增減。在 2001 年第 19 屆金鷹獎評獎活動中，又採納了幾條新舉措：其一，增設視協會員和電視觀眾網上投票提名獲選作品與演員。其二，拓寬報送渠道，接受社會製作單位製作的電視作品參評。第三，在專家評委會中增加報刊媒體評委，既有助於增強金鷹獎的透明度，也拓展了電視觀眾瞭解金鷹獎動態的新途徑。第四，修改金鷹獎章程，將觀眾不太熟悉

〔註 111〕　文藝，熱點：電視金鷹獎評獎辦法改了〔N〕，工人日報天訊在線，2006-3-3
　　　　　　http://ent.sina.com.cn/x/2006-03-03/00141003536.html。
〔註 112〕　中國電視金鷹獎章程〔J〕，當代電視，1999（7）。

的短篇電視節目改爲由專家評選。〔註113〕這些措施顯示出金鷹獎對於觀眾參與程度的重視和它的「大眾化」性質。

2006 年，從第 23 屆開始，金鷹獎改爲每兩年舉行一次。由於電視頻道急速擴張、電視劇製作競爭日漸激烈，金鷹獎的評選倍受關注，同時也在公正性上連續幾年遭到媒體、業界甚至公眾的質疑。因此，2006 年中國視協再一次對評選條例做重大改革，在整評獎序列、獎項分佈以及在評選方式方法上都進行了調整。評獎改革包括：一是爲關照到收視率這一重要的評判標準，對參評節目有關黃金時間播出以及播出覆蓋面加以限定。二是在送評渠道上進一步保證公正、公平。三是對觀眾和業界反映最強烈的評獎投票方式進行了改革。由觀眾直接投票改爲由專家推薦出候選名單後，再由觀眾投票。另一個改革措施，是讓中國電視藝術家協會會員參與投票評選獲獎項目。〔註114〕金鷹獎的選票統計方法，一直受到質疑最多。主辦方中國電視藝術家協會一直不懈地在投票的合理操作和投票方式的技術手段等方面不斷地完善。爲了杜絕假票現象，在備受關注的四個獎項的評比過程中，由電視觀眾、評委會委員和中國視協會員分別投票，再將三方的投票結果按權重匯總整合，使獎項評比中包含了觀眾、業內人士和專家三方的意見。其他獎項則由評委會委員投票和中國視協會員投票的排序結果匯總整合統計後產生。〔註115〕

從 2000 年第 18 屆開始，經中宣部批准，「金鷹獎」落戶湖南衛視，升級爲規格更高的「中國金鷹電視藝術節」，也是中國第一個以國產電視藝術作品作爲評獎和交流對象的電視藝術節慶活動。從一個單一的電視劇獎項，變成藝術節，其內涵容量大大增加，藝術節也在電視劇評獎、電視劇論壇、獲獎作品研討會、電視藝術論文評選的基礎上，增加了其他的市場運作的可能空間。如第 23 屆中國電視金鷹獎暨第 6 屆中國金鷹電視藝術節上，就增加了影視劇本交易暨高峰論壇，力圖以劇本交易爲核心，打造一個題材創意與劇本創作、電視劇生產與銷售的經驗交流、市場交易和生產合作的平臺。〔註116〕

〔註113〕趙彤，第 19 屆金鷹獎評選的新舉措及其現實意義〔J〕，當代電視，2001（9）。
〔註114〕文藝，熱點：電視金鷹獎評獎辦法改了〔N〕，工人日報天訊在線 2006 年 03 月 03 日 00：14 http://ent.sina.com.cn/x/2006-03-03/00141003536.html。
〔註115〕阿原，金鷹獎投票程序啓動──中國視協在京召開第 24 屆中國電視金鷹獎情況說明座談會〔J〕，當代電視，2008（7）。
〔註116〕胡斌毅，在喜獲豐收的日子裏──第二十三屆中國電視金鷹獎頒獎儀式暨第六屆中國金鷹電視藝術節盛況紀實〔J〕，當代電視，2006（12）。

（三）十年來獲獎作品對比

除了飛天獎和金鷹獎，政府性質的另一個重要的獎項是「五個一工程」獎。精神文明建設「五個一工程」獎由中宣部組織評選，「自 1992 年起每年進行一次，評選上一年度各省、自治區、直轄市和中央部分部委，以及解放軍總政治部等單位組織生產、推薦申報的精神產品中五個方面的精品佳作。這五個方面是：一部好的戲劇作品，一部好的電視劇（片）作品，一部好的圖書（限社會科學方面），一部好的理論文章（限社會科學方面）。並對組織這些精神產品生產成績突出的省、自治區、直轄市黨委宣傳部和部隊有關部門，授予組織工作獎。1995 年度起，一首好歌和一部好的廣播劇被列入評選範圍，『五個一工程』的名稱不變。」〔註117〕

在 1997 年 1 月 11 日發佈的《中共中央關於進一步做好文藝工作的若干意見》中指出：「精神文明建設『五個一工程』，是弘揚主旋律、推動優秀作品生產的重點工程。各地區、各部門要加強規劃，精心組織，提高質量，多出精品，更好地發揮這一工程在精神產品生產中的示範作用。」〔註118〕

就新世紀 10 餘年來長篇連續劇在飛天獎、金鷹獎與「五個一工程」獎的獲獎情況進行對比，可以發現：（1）「飛天獎」以「主旋律」作品爲主，以宣傳主流意識形態爲主旨，評獎不以收視率爲唯一指標，注意兼顧到各個題材，對現實題材尤其是農村題材的傾斜較爲明顯。因此，獲獎作品中既有婦孺皆知的口碑劇，也有收視人群較少的冷門劇。「金鷹獎」則更能體現大眾口味，像《永不瞑目》、《天龍八部》、《玉觀音》、《孝莊秘史》這樣一些收視率較高、產生了一批新星的電視劇，都捧走了「金鷹獎」獎盃。（2）「金鷹獎」雖然是由大眾投票評選，「唯一以觀眾投票爲主選方式」，但其中由專家評選出的「最佳獎」獎項始終與「飛天獎」保持高度一致。總共九屆「金鷹獎」中，有八屆的長篇電視劇「最佳獎」與「飛天獎」的特等獎或一等獎入選作品相同，如《鋼鐵是怎樣煉成的》、《大雪無痕》、《長征》、《希望的田野》、《延安頌》、《任長霞》、《闖關東》、《解放》等。這顯示出兩個獎項同樣注重電視劇的政治性和社會效益。（3）儘管飛天獎體現政府主導的文化意志，金鷹獎體現大眾收視偏好和通俗趣味，但是，歷屆金鷹獎獲獎作品與飛天獎存在較多的重

〔註117〕中國文明網：http://archive.wenming.cn/gzyd/2009-09/21/content_17763716.htm。
〔註118〕《中共中央關於進一步做好文藝工作的若干意見》新華網：http://news.xinhuanet.com。

合之處，同時捧走飛天和金鷹的劇目不在少數，第 18 屆、第 19 屆、第 21 屆金鷹獎 10 部獲獎作品中 6 部是飛天獎得主，第 20 屆金鷹獎 10 部獲獎作品中有 8 部「飛天獎」得主，第 22 屆金鷹獎 10 部中有 7 部獲得飛天獎，第 23 屆金鷹獎 12 部作品中 8 部獲得飛天獎，第 24 屆金鷹獎 18 部中有 13 部是飛天獎得主，第 25 屆金鷹獎獲獎作品共 23 部，其中 16 部同時也是飛天獎的獲得者。這一現象說明，在官方意志、專家眼光和民眾趣味之間存在著可通約之處，但也不否認被這兩大獎項同時認可的電視劇在一定程度上是同質化的。（4）儘管政府獎對（重大）革命歷史題材有政策傾斜，幾乎每一屆飛天獎都有此類題材作品入圍，但其大量湧現和引發強烈反響是在 05 年左右，這期間，出現了《亮劍》、《歷史的天空》、《恰同學少年》、《潛伏》、《人間正道是滄桑》、《永不磨滅的番號》、《懸崖》、《雪豹》、《黎明之前》等大量叫好又叫座的革命歷史題材電視劇，這些劇作中既有革命歷史正劇，又有諜戰劇和英雄傳奇，它們從不同側面共同反映了革命年代的往事。5）「五個一工程」獎作為政府表彰精神生產、指引精神文明建設風向的重要手段，其獎掖標準更是遵循「弘揚主旋律，提倡多樣化」的方針，除開戲曲和短篇作品，長篇電視劇獲獎作品幾乎與「飛天獎」完全一致。

第二章　革命敘事的多種面相

第一節　偉大的中國革命

　　現代中國革命之所以成爲文學和影視藝術反覆書寫、呈現的篇章，是因爲比之於漫長的中國古代社會而言，雖然它在時間上只是短暫的一瞬，但對於中國社會形態、政治經濟結構以及人民的觀念世界的改變卻是當之無愧的「幾千年未有之大變局」，是值得大書特書的獨特「瞬間」，同時，它在 20 世紀世界歷史上也具有舉足輕重的地位，更不用說它對於 1949 年以後中國共產黨領導的新中國的誕生性意義了。「中國革命已經證明，它是現代革命運動中，最持久、最廣泛、最深遠的一個。它在這幾方面，都超越了俄國革命，它促進了社會、政治、經濟等方面的體制和價值，作出根本的改變。它又嘗試改造人的思想和態度。」〔註1〕「中國就是通過社會革命而建國的。社會革命意味著用政治的方法、暴力的手段，改革社會每一個領域中的制度和生活方式。」〔註2〕

一、革命的意義

　　西達・斯考切波在《國家與社會革命──對法國、俄和中國的比較分析》

〔註1〕鄒讜，中國革命的價值觀〔J〕，本文原題 The Values of the Chinese Revolution，原刊 "China`s Developementai Experience", edited by Michel Oksenberg, Proceeding of the Academy of Political Science, 31, March 1973，中譯：彭俊君譯，李強校。

〔註2〕鄒讜，《二十世紀中國政治與中國文化》，本文是作者一九八六年接受中國大陸記者薛湧採訪時的談話記錄，原載《讀書》一九八六年八月號。見鄒讜，二十世紀中國政治〔M〕，牛津大學，1994 年，第 49 頁。

一書中，比較了社會革命與造反運動、政治革命或經濟／技術革命等引發社會劇烈變動的事件之間的異同，他認爲造反運動或許包含被支配階級的反抗，但是其最終結構並不引發結構性變遷，政治革命改造的是政權結構而非社會結構，而且並不必然要經由階級衝突來實現，而諸如工業化這類進程雖然也能夠改造社會結構，但卻不一定帶來政治劇變或基本政治結構的變化。而社會革命則「是一個社會的國家政權和階級結構都發生快速而根本轉變的過程；與革命相伴隨，並部分地實施革命的是自下而上的階級反抗。社會革命之所以不同於其他類型的衝突和轉型過程，首先在於它是兩個同時的組合：社會結構變遷與階級突變同時進行；政治轉型與社會轉型同時展開。」「社會革命的獨特之處在於，社會結構和政治結構的根本性變化以一種相互強化的方式同時發生。而且，這些變化的發生要通過劇烈的社會政治衝突來實現，而階級鬥爭又在其中起著關鍵作用。」〔註3〕

現代意義上的「革命」一詞出現在西方，是一個被借用到政治領域的天文學術語。它1662年第一次在英語中出現，意味著通過革命性的變化來獲得理想秩序，此前，它意指通過暴力推翻統治者奪取政權。在法國大革命之後，「革命」的意義被進一步刷新，「法國大革命的領導者不是把自己的行動表現爲除去一個過時的政體，恢復一個傳統的秩序，而是力圖使整箇舊政權名譽掃地並建立一種肇始一個新時代的政治與社會制度。因此，從1789年起，『革命』的含義就不僅僅只代表對曆主制的反抗，它還意味著建立一種全新的社會組織。」〔註4〕

在中國，《周易》中「天地革而四時成，湯武革命順乎天而應乎人，革之時大矣哉」的說法即爲「革命」一詞的前身。金觀濤、劉青峰在《觀念史研究：中國現代重要政治術語的形成》一書中，對其作出了詞源學的考察，並總結了其含義：「『革』與『命』兩個字的聯用，表達某種秩序或天命的週期性變化，其意義在某種程度上接近西方 revolution 的原意，即天體週期性運動或事物周而復始變更。自漢代開始，『革命』成爲週期性王朝更替、改朝換代的代名詞。傳統革命觀念的諸層面包括了：(1)『天道轉換』；(2) 經過大動

〔註3〕〔美〕西達・斯考切波，國家與社會革命──對法國、俄國和中國的比較分析〔M〕，何俊志、王學東譯，上海：上海人民出版社，2007年，第4～5頁。
〔註4〕〔英〕戴維・米勒，韋農・波格丹，布萊克維爾政治學百科全書（修訂本）〔M〕，鄧正來譯，北京：中國政法大學出版社，2002年，第705～707頁。

亂、造反，最後由符合天道、遵守儒家道德的政府取代無道統治者；（3）改朝換代往往包含用暴力推翻舊王朝並建立新政治秩序之意，因而『革命』一詞也蘊涵著徹底變更舊秩序並爲新王朝和政治秩序提供正當性的內涵；（4）用於指『易姓』。」〔註5〕

中國傳統意義上的「革命」觀念主要是由改朝換代塑造的，而現代意義上的「革命」一詞則來自日文中對 revolution 的翻譯，「1890 年王韜著《重訂法國志略》時，因受日本人岡本監輔的《萬國史記》的影響，首次用了『法國革命』一詞，開創了中文世界用『革命』指涉 revolution 的先河。」〔註6〕自 1900 年「排滿革命」和「政治革命」興起之後，革命觀念開始掃蕩幾乎一切觀念領域。「革命」一詞的易姓和王朝更替等傳統內涵，逐漸消失、隱藏或被忘卻，取而代之的是實行共和、整體的徹底激烈變革、進步等新的意義；它們成爲 20 世紀中國政治制度與社會行動正當性的基礎。隨著「革命」現代意義的普及，五四後大多數中國人都忘記了它本來的意義。〔註7〕

金觀濤、劉青峰還對「革命」在報刊等大眾傳播媒介中的使用情況作了統計和分析，其結果表明，雖然在鄒容、章太炎、陳天華等人的一力鼓吹下，1903 年、1906 年「革命」一詞出現了兩次使用高峰，但在整個 1919 年之前，「革命」並不是一個經常使用的政治術語，其使用次數一直在低水平徘徊，而且知識分子對其抱否定態度居多，這證明改革和革命之間互相排斥關係，〔註8〕「1919 年『革命』終於結束了十年的低水平徘徊時期，以指數曲線上升，呈爆炸性趨勢。1921 年，『革命』一詞的使用尚只有 880 次左右，到 1923 年就大增到近 2000 次，1926 和 1927 年，其使用次數更高達 4000 次以上。這一數據再次顯示了革命興起和改革（紳士公共空間）失敗之間的邏輯聯繫。」由於中國的城市化紳士無力推動實現清廷預備立憲和民初共和政治的目標，不能完成中國的現代化，新文化運動中的知識分子於是舉起全盤反傳統大旗，「『革命』一詞作爲自上而下改革的對立物，代表了社會、家庭、經濟、

〔註5〕金觀濤、劉青峰，觀念史研究：中國現代重要政治術語的形成〔M〕，北京：法律出版社，2010 年，第 366～367 頁。

〔註6〕陳建華，「革命」的現代性，頁 30～36。轉自金觀濤、劉青峰，觀念史研究：中國現代重要政治術語的形成〔M〕，北京：法律出版社，2010 年，第 370 頁。

〔註7〕金觀濤、劉青峰，觀念史研究：中國現代重要政治術語的形成〔M〕，北京：法律出版社，2010 年，第 376 頁。

〔註8〕金觀濤、劉青峰，觀念史研究：中國現代重要政治術語的形成〔M〕，北京：法律出版社，2010 年，第 383～384 頁。

政治、文化各領域秩序必須從下而上徹底推翻的意願。革命觀念隨著對法國大革命和俄國革命的肯定而勃興，成為 20 世紀政治制度和社會行為正當性基礎，也是 20 世紀中國的新天道。」〔註9〕「革命觀念真正深入人心是在 1919 年後，而其主要意義又是社會大革命和共產主義革命。因此，1920 年以後革命觀念變化的最終結果，是中國當代現代革命觀的形成和付諸實踐，國民革命開始勃興。」〔註10〕

二、革命的邊界

晚清以來的中華「帝國」在舊專制君主統治下內外交困，既疲於對付與階級和政治結構交織在一起所形成的內部政治危機，又無力應對西方資本主義經濟擴張所形成的跨國性經濟關係的挑戰和威脅，由此導致革命性危機的不斷發展和革命事件的最終爆發。然而，對於 20 世紀中國革命尤其是「辛亥革命」的看法，學界存在著不同的聲音，其中一種觀點認為，「辛亥革命」是改革的延續而非由革命觀念引導的「革命」行為，稱其為「革命」只是一種事後的追認：1911 年「『革命』出現 200 多次（主要用於指涉革命黨），只有『立憲』400 餘次的一半左右。這意味著支配辛亥革命這一重大歷史事件發生的並不一定是革命觀念。」「今日人們常說『辛亥革命』，實際上，1919 年這一詞出現的次數相當少。要等到 1920 年代，國民黨為了論證自身的合法性，『辛亥革命』才成為一個指涉 1911 年滿清王朝被推翻的常用詞。也就是說，把 1911 年清王朝被推翻說成是革命，是 1920 年代新道德意識形態對歷史再解釋的結果。而在辛亥革命爆發之際，報刊文章稱其為『武昌興師』。」〔註11〕

另一方面，長期以來，歷史學界將「辛亥革命」看做是一次不徹底的「革命」，對其評價遠遠低於直接導致新中國政權建立的「建國革命」。正如日本學者溝口雄三指出，「現代化史觀以建立中央集權制現代『民族國家』為現代化課題，若以此觀之，辛亥革命只能是現代化之反動。若從 1920 年代以降的反封建、反殖民地之革命課題觀之，辛亥革命與 1949 年的建國革命相比，則

〔註 9〕金觀濤、劉青峰，觀念史研究：中國現代重要政治術語的形成〔M〕，北京：法律出版社，2010 年，第 384～385 頁。

〔註10〕金觀濤、劉青峰，觀念史研究：中國現代重要政治術語的形成〔M〕，北京：法律出版社，2010 年，第 394 頁。

〔註11〕金觀濤、劉青峰，觀念史研究：中國現代重要政治術語的形成〔M〕，北京：法律出版社，2010 年，第 384 頁。

只能是不徹底的革命。職是之故，辛亥革命被視爲一次迷失方向、逆而爲之的混沌，建國革命則被視爲以成就民族國家爲目的的『由起點至目的地』的構圖。或者辛亥革命被視爲一場不徹底的資產階級革命，而與後者相配套的觀點，則是視建國革命爲反封建反殖民地的徹底的無產階級革命。這『由淺而深』的構圖，乃是以往廣爲通用的視點。」〔註 12〕溝口雄三批駁了以建立現代民族國家爲目的的「現代化史觀」／「革命一元史觀」的獨斷之處，認爲「辛亥革命」與「建國革命」之間的關係，「本非只是依據革命的淺深程度所劃分的階段性關係，亦非視兩者爲起點與目的的單向排列關係。」「兩個革命，若坦然視之爲由舊體制崩潰至新體制建立的連續性想像，則可以視這兩個革命在運動方向性上雖處於（分權與集權的）相反關係，但這一對革命卻又被因果地（以破壞後重建的方式）連繫在一起。若從現象的角度看，則是將暫時令中央解體的分權勢力再度集結起來，進而建立新的中央集權，因而是一場過程曲折的革命。」〔註 13〕

實際上，從觀念角度來判斷，「革命」作爲社會形態發生激變的階段性事件，其是否導源於某種純正的「革命」觀念，並不必然地決定這一事件或過程是否具有眞正的「革命」性質和意義，「正如傑里米‧布萊徹恰當地指出的：『事實上，革命運動很少始於一種革命性的意圖；革命意圖完全是在鬥爭過程中發展起來的。』」而且革命危機也不是由革命性組織和意識形態以及被動員的革命大眾創造出來的，相反，「革命形勢的發生是因爲國家政權和階級統治的政治—軍事危機的出現。而且，只是因爲由此而創造出來的機會，革命的領袖和反叛的大眾才能推動革命改造任務的實現。此外，反叛的大眾常常會自行其是，並沒有被公開的革命領袖和目標直接組織起來並接受意識形態的鼓舞。至於歷史上的社會革命的原因，溫德爾‧菲力普斯曾非常正確地指出：『革命不是製造出來的，而是自然發生的。』」〔註 14〕因此，是否完全由

〔註 12〕 〔日〕溝口雄三，辛亥革命新論，林少陽譯，見陳光興、孫歌、劉雅芳編，重新思考中國革命：溝口雄三的思想方法〔M〕，臺北：臺灣社會研究雜誌社，2010 年，第 110～111 頁。

〔註 13〕 〔日〕溝口雄三，辛亥革命新論，林少陽譯，見陳光興、孫歌、劉雅芳編，重新思考中國革命：溝口雄三的思想方法〔M〕，臺北：臺灣社會研究雜誌社，2010 年，第 111 頁。

〔註 14〕 〔美〕西達‧斯考切波，國家與社會革命——對法國、俄國和中國的比較分析〔M〕，何俊志、王學東譯，上海：上海人民出版社，2007 年，第 17～18頁。

革命意圖支配並不能成爲判斷革命行動的唯一標準。

而從行動所導致的後果來看,「辛亥革命」的「不徹底性」似乎阻礙它成爲一場眞正的「革命」事件。《劍橋中華民國史》中也提出,「許多人斷言,辛亥革命幾乎沒有改變農村的社會關係;有些人甚至懷疑它到底是不是一場革命。」但是書中認爲,雖然許多社會連續性經過辛亥革命仍然存在,但是辛亥革命帶來的新趨向是不斷延續的,並且由程度上的不同逐漸變爲性質上的不同,諸如經濟部門的快速發展,青年和婦女解放加速舊的社會結構的改造,皇帝與舊政權結構消失及法統與政治性質的深刻改變,民族主義取代忠君思想,軍權成爲重要的政治因素並且不受文官控制,下層階級投身政治導致政治參與的擴展,馬克思列寧主義和三民主義的興起,以及個人主義和科學民主精神的興起等等,都對此後進一步革命的目標和性質產生了影響。〔註 15〕

相比這種溫和的「量變引發質變」的評價,溝口雄三將「辛亥革命」從實現反殖民地、反封建的革命目標鏈條上抽取出來,從而對形態顯得模糊的「辛亥革命」作出了更高的評價,「辛亥革命」(1)是一場導致持續二千年之久的王朝體制崩潰的革命;(2)其形態採取了各省獨立的形態;(3)其結果是舊體制的解體,革命後國內紛呈四分五裂之狀;(4)實現革命的主要勢力,並非傳統型的叛軍或異族軍隊,而是蓄積於民間的「各省之力」等。「辛亥革命結束了持續兩千餘年的秦漢帝國以來的王朝體制,這顯然是世界史意義上的大事件。而且,尤其應注意到的是,它亦非採取了由諸如革命派的中央軍、民眾亂軍推翻皇權之類的模式,而是各省擺脫中央宣佈獨立。這一形態的革命可以說是史無前例。」〔註 16〕

此外,相較於對源頭的探析,對於中國革命歷史時段下限的看法也並不是完全一致的,有一種說法是將凡是冠以「革命」之名的事件都定性爲「革命」,如在費正清和費維愷編的《劍橋中華民國史》中,有這樣描述:「中國在 19 世紀經歷了一系列的叛亂。20 世紀接踵而來的是一系列革命:結束古代君主制度的 1911 年的共和革命,建立國民黨獨裁的 1923～1928 年的國民革

〔註 15〕 〔美〕費正清,〔美〕費維愷編,劍橋中華民國史,1912～1949,下卷〔M〕,
劉敬坤等譯,北京:中國社會科學出版社,1994 年(2007 年重印),第 9～10
頁。

〔註 16〕 〔日〕溝口雄三,辛亥革命新論,林少陽譯,見陳光興、孫歌、劉雅芳編,
重新思考中國革命:溝口雄三的思想方法〔M〕,臺北:臺灣社會研究雜誌社,
2010 年,第 110 頁、第 115 頁。

命，1949 年建立中華人民共和國的共產黨革命和1966～1976 年的毛澤東的『文化大革命』。」〔註17〕

　　的確，新中國成立後，在毛澤東的設計中，一直有「繼續革命」想法，「1958年，在成爲『大躍進』的全國經濟集體化運動開始時，毛澤東提出了他關於中國不斷前進的設想。他說，每一波革命行動都是一場新革命的前奏，需要加快這種新鬥爭的到來，這樣人們才不至於鬆懈，滿足於已有的成就：我們的革命和打仗一樣，在打了一個勝仗之後，馬上就要提出新任務。這樣就可以使幹部和群眾經常保持飽滿的革命熱情，減少驕傲情緒，想驕傲也沒有驕傲的時間。新任務壓來了，大家的心思都用在如何完成新任務的問題上面去了。」〔註18〕

　　然而，1949 年之後中國所經歷的重大社會變化並不是「革命」性的，因爲這些事件並沒有導致社會政治結構和階級結構的根本性變化，即使是 60 年代的「文化大革命」，雖然冠以「革命」之名，並且導致了已有官僚行政體系的癱瘓和崩塌，但它並卻沒有帶來「新政治秩序的創立與制度化」。這一看法並不是重新以目的論史觀來衡量歷史事件的性質，相反，本文傾向於認同西達・斯考切波的看法，將 20 世紀中國革命作爲一個整體，這個歷史過程肇始於上層階級反對專制君主制國家的辛亥革命，終止於 1949 年新政權的建立，「學者們常常假定，中國有兩場革命，一場革命發生在 1911 年，另一場 20世紀 30 年代和 40 年代處於對立地位的中國共產黨反對中國國民黨的革命。然而，我相信，一種更爲有效的做法應該是，將中國革命看作是一個過程，其跨度從 1911 年舊制度的崩潰（以及當時任何新的全國性政權鞏固自身的企圖歸於失敗），國民黨和共產黨這兩種國家建設運動的出現和相互競爭，直到共產黨取得最終勝利。而勝利的取得又部分是由下述事實決定的，即國民黨從未成功地統一和控制中國。）」〔註19〕因此，20 世紀整體性的中國革命都應

〔註17〕　〔美〕費正清，〔美〕費維愷編，劍橋中華民國史，1912～1949，下卷〔M〕，劉敬坤等譯，北京：中國社會科學出版社，1994 年（2007 年重印），第 2 頁。
〔註18〕　「工作方法六十條草案──中共中央辦公廳 1958 年 2 月 19 日印發」，載於陳志讓編，《毛澤東著作：選集與數目》（倫敦：牛津大學出版社，1970 年），第63 頁。轉引自〔美〕亨利・基辛格，論中國〔M〕，胡利平，林華等譯，北京：中信出版社，2012 年，第 90 頁。
〔註19〕　〔美〕西達・斯考切波，國家與社會革命──對法國、俄國和中國的比較分析〔M〕，何俊志、王學東譯，上海：上海人民出版社，2007 年，第 43 頁注釋。

該可以成爲電視劇革命敘事的素材和表現對象，當然，事實卻並非如此，雖然改變正在發生。

第二節　革命故事的敘事動力

　　弗洛伊德曾經將文學藝術視爲「白日夢」，他認爲夢是願望的實現，「所有的夢，就某個方面而言，都屬於『方便的夢』。這種夢可以使睡者繼續酣睡而不必醒來。『夢是睡眠的維護者，而不是擾亂者』」。他在《夢的解析》中關於夢的「改裝」問題討論過「反願望的夢」的現象，其中談到「考試之夢」，這種夢經常發生在已經通過考試的人身上，而對那些考試失敗者，這種夢是不會發生的。「考試的焦慮夢」通常發生在夢者第二天將要從事某種可能有風險，而且必須負責任的「大事」的時候，而夢中所出現的一定是一些夢者曾費很大心血，由其結果來看這只是杞人之憂的那些經驗。對於那些因焦慮做「考試夢」的人來說，他所夢到的失敗的科目其實現實中都是他已經通過的科目，因爲這樣他可以獲得安慰、釋放焦慮：事實證明，不用擔心，這科考試我其實已經通過了，不用白緊張一番。他從而獲得力量去應對即將到來的挑戰。而那些在經歷中眞正失敗了的考試，幾乎從來都不會被夢到。〔註20〕也就是說，對於眞正的失敗往事，在夢裏往往並不會得到呈現。學習中國歷史的人往往會爲晚清以來中國所遭受的屈辱感到沉重和壓抑，鴉片戰爭、甲午海戰、八國聯軍入侵以及日軍發動的侵華戰爭等等，20 世紀中國歷史上需要書寫和表現的內容著實紛繁複雜而又無比厚重，然而，在熒屏上最爲活躍的卻始終是八年抗戰中的種種故事，如果僅僅認爲這是迄今爲止整個民族沉醉於抗戰勝利的喜悅難以自拔，是有失公允的。這就像是弗洛伊德所論的「夢的焦慮」，對於中國人來說，1937 年以前這個國家所遭受的正是眞正的「考試失敗」，不管是付之一炬的圓明園、還是無數次的割地賠款，歷史沒有給這個民族重考一次的機遇，以便徹底洗刷掉內心的創傷，進入 21 世紀，西方社會又以其更爲先進和成熟的發展模式成爲中國人的老師，西方的「文化霸權」也一度使國人惶惶不安。但面對日本這個亞洲近鄰——深受漢文化濡染、曾是中國的學生，又在「明治維新」之後成爲中國傚仿的老師，作爲亞洲國家

〔註20〕〔奧〕弗洛伊德，夢的解析〔M〕，李燕譯，西安：陝西師範大學出版社，2008年，第 88 頁、第 112 頁。

打敗了西方大國俄國，又作爲「脫亞入歐」的西方列強侵略中國，它既是中國現代革命思想傳播的中介地，又是在世界經濟秩序中等級更高的榜樣，既是對手又是夥伴，更是中國的鏡子，彼此之間複雜糾葛的歷史淵源和由此同樣複雜糾葛的情感態度，使日本成爲一個很特殊的「他者」，雖然日本在經濟實力和綜合國力上超過中國，但其 1937 年的全面侵華卻是確鑿以失敗告終的，這場爲期 8 年的「考試」，中國的確通過了。因此，不難理解在電視熒屏上那些穿著土黃軍裝、蓄著小撮鬍鬚、端著刺刀的「小鬼子」多年來晃動的身影，彷如一個揮之不去的夢境，纏繞在國人的心頭。這樣的情境當然會激發愛國熱情、民族自尊等諸種必要的情感，但它更大的作用恐怕在於這樣的勝利會告訴大家：如此艱苦的歲月，我們都通過了考驗，不用膽怯，會成功的。夢的素材來自過去，但夢的焦慮來自當下經驗，正因此，這半個世紀以前的勝利成爲迎應當前挑戰的強心針，使整個民族能以更充足的自信和更飽滿的精神，去迎接這個世紀所面臨的各種挑戰。

當然，對電視現象而言，遠不是民族心理症候可以解釋清楚的，對於近十年來持續的革命故事熱潮，還有著它的現實利益誘惑和生存條件制約。其中之一，恰如第一章所呈現的，是文化管理部門的政策導向及其對電視劇製作、播出等各方面的管制。

一、意識形態需要

應該說，持續的革命敘事的動力主要來自於政黨政治的需要，這種敘事一方面是對政黨合法性地位的不斷加固，同時是對國家意識形態的加固，有助於形成民族凝聚力和國家認同。人民日報 2011 年 7 月 8 日載李京盛的文章《革命是書寫不盡的主題》，其中指出，中國近現代的革命歷史，爲文藝創作提供了豐富的素材，而且「革命」這一主題本身就具備創作所需要的戲劇衝突，也適合表現時代精神，「中國共產黨 1921 年成立到新中國成立，只有 28 年，其革命歷程卻已經被我們書寫了大半個世紀，並會一直被書寫下去。今天我們再度書寫革命，是要繼承一筆精神財富。革命題材文藝作品要傳播主流價值觀，弘揚革命傳統，更要尊重文學藝術本身的規律，讓革命的精神和藝術的魅力水乳交融、相互激盪，產生動人心魄的藝術穿透力。」〔註21〕尊重文藝的規律，意在使革命題材的作品能夠更好地被接受，如果能夠將革命

〔註21〕李京盛，革命是書寫不盡的主題〔J〕，人民日報，2011-7-8（024）。

與親情、友情、愛情等人性主題自然地結合起來，則更有助於增強作品的藝術感染力，對受眾產生更大的有益影響。

（一）積極提倡「主旋律」

在新世紀中國的社會經濟結構中，電視劇依託大眾傳媒、作為大眾文化產品與文化市場的關係十分密切，但這並不導致電視劇生產機構的「事業」和「產業」雙重身份的徹底變化，「迄今為止，整個文化市場與大眾傳媒系統仍建構在原有文化機構之上，而且仍全部隸屬於國家／地方政府的重要的文化機構建制，作為權力的媒介而出演當代社會生活中的政治化角色；而履行經典的意識形態工具的職責與在激烈的競爭之中追逐並保持市場份額與利潤，是大眾傳媒與文化市場必須扮演的雙重角色。」〔註22〕因此，多年來，廣電總局在將電視作為宣傳陣地、電視劇管理作為政治任務的思路中，一直強調生產「正面表現的」、「現實主義的」「主旋律」作品，在題材方面也存在明顯的政策傾斜，「在社會主義市場經濟背景下，物質生產要強調資源配置，精神生產同樣要實現資源的最佳配置。從理論上講，對於文藝創作說來，題材無禁區，題材有差別，我們反對題材決定論，主張題材重點論。」〔註23〕現實主義題材、革命歷史和重大革命歷史題材受到提倡和重視，而公案劇、反腐劇、古裝武打劇則被限制和擠壓，「主旋律的作品有獨到的優勢，首先是主題上的優勢，主旋律作品承載著弘揚主旋律的使命，宣傳中國共產黨的豐功偉績，宣傳英雄模範人物的高風亮節，反映社會的進步和發展，塑造人們美好的心靈，這些主題都十分重要。其次是方方面面重視，領導重視，創作者重視，播出部門重視，宣傳需要主旋律作品。我們要充分地利用這些有利條件。」〔註24〕不僅國家廣電總局歷屆領導在會議等場合不斷表達對「主旋律」電視劇的支持和看重，而且廣電總局還通過具體的激勵措施表彰「主旋律」創作。2012 年 2 月 15 日，廣電總局負責人宣佈，「總局每年將斥資 3000 萬元，實施劇本精品創作工程，設立優秀劇本獎勵基金，扶持優秀劇本項目，對每個優秀影視劇本給予 100 萬元到 300 萬元的獎勵。總局將以提高質量為重點，抓好重點影視作品，繼續扶持現代題材、

〔註22〕戴錦華，書寫文化英雄——世紀之交的文化研究〔M〕，南京：江蘇人民出版社，2000 年，第 13～14 頁。

〔註23〕中國電視藝術委員會特約評論員，「飛天獎」近 30 年中國電視劇蓬勃發展的忠實紀錄〔J〕，中國電視 2009（4）

〔註24〕徐光春，在 2002 年全國電視劇題材規劃會上的講話〔J〕，中國電視，2002（4）。

重大和革命歷史題材及工業題材等作品的創作。同時,用 5 年左右的時間,每年選拔 100 名左右的編劇、導演等進行系統培訓,並進一步加強影視產品和服務『走出去』的力度。」〔註25〕獎勵、扶持、培訓等方式充分顯示出影視創作在國家文化生產中受重視的程度及其作爲文化事業的「官辦」色彩,也顯示出國家意識形態需求與市場口味之間的錯位。在這種背景下,革命敘事因爲有著建國以來悠久的敘事傳統,又加之文化管理部門對「主旋律」的提倡和鼓勵,使講述中國革命歷史的劇目在通過審查、獲得資助方面有著明顯的便利條件,這使革命歷史類劇作在數量上有了可觀的積累,也爲新世紀以來的井噴蓄積了足夠的力量。

但是儘管官方提倡、評獎支持、理論推重,革命敘事除了早期的《激情燃燒的歲月》、《長征》等少數幾部劇作,眞正在觀眾中引發熱烈討論和觀看浪潮,還是在 05 年左右。在 2000 年左右,熒屏上出現了一股「紅色經典」改編熱潮,在此期間,50 至 70 年代期間反響重大的那些革命歷史題材小說、蘇俄同類優秀作品被重新加工、上映,產生了一些口碑劇,如領風潮之先的《鋼鐵是怎樣煉成的》(2000 年)、《烈火金剛》(2003 年)、《小兵張嘎》(2004 年)、《鐵道游擊隊》(2005 年)等等。(儘管其中一些改編之作引起很大爭議,如 2004 年的《林海雪原》,以至於廣電總局 2004 年 4 月發出《關於認眞對待「紅色經典」改編電視劇有關問題的通知》,要求加強審查把關、尊重原著的核心精神,確保「紅色經典」電視劇創作生產的健康發展。)對於「紅色經典」改編熱現象,論者從對「民族精神」和「道德回歸」的渴求、對精神危機和信仰焦慮的救贖、中老年群體的懷舊心理、青少年的理想主義情結等角度作出了論證,儘管存在批判性的反對意見,但這種爭論本身已經證明了革命歷史故事講述是有受眾需求和市場潛力的,由於「紅色經典」作品本身數量上有限,加之改編之中又存在種種政策上的限制,使對革命歷史的講述,最終徹底突破了炒冷飯、吃現成的生產模式,原創劇大量出現。

另一方面,原創的革命敘事作品在新世紀 10 年中期的大量出現,不僅有「紅色經典」改編的探路在先,同時,還與大陸影視劇生產中的特殊類型「獻禮劇」密切相關。儘管沒有明確定義,「但獻禮劇作爲專門爲慶祝國家、執政黨重要的紀念日而製作播出的電視劇,在電視劇管理部門、製作人員和觀眾

〔註25〕廣電總局將設優秀劇本獎 3000 萬元扶持優秀劇本〔N〕,2012-2-16,新華網:http://news.xinhuanet.com/yzyd/edu/20120216/c_111529997.htm?prolongation=1。

之中已經形成了統一認知，其中，以新中國成立逢五、逢十的週年大慶獻禮劇爲主，還有紀念建黨、改革開放、黨代會的獻禮劇以及紀念港澳回歸的獻禮劇等。」〔註26〕如 2001 年的《長征》、《日出東方》、《抗美援朝》、《孫中山》、《少奇同志》等都是慶祝中國共產黨建黨八十週年的獻禮劇。2005 年，抗戰題材電視劇成爲電視熒屏的重要內容，「播出了一大批思想性、藝術性與觀賞性相統一的抗戰題材電視劇，這些作品的播出產生了巨大的社會反響，得到觀眾強烈共鳴，成爲去年紀念抗戰勝利 60 週年宣傳活動中的亮點。」〔註27〕2005 年紀念抗戰勝利 60 週年的獻禮劇包括《八路軍》、《夜幕下的哈爾濱》、《歷史的天空》、《紅旗譜》、《張伯苓》、《敵後武工隊》等劇作。此外，「2007 年至 2009 年是獻禮劇『紮堆兒』的三年，先是慶祝中國共產黨第十七次代表大會召開，接著是紀念改革開放三十週年，然後是中華人民共和國成立六十週年大慶。各地拍攝獻禮劇的熱情不斷高漲，中宣部、廣電總局確定的獻禮劇目數量也相應增長。2009 年，中宣部重點規劃的獻禮劇達到 50 部，是 1999 年新中國建立五十週年時的五倍，除此之外，還有不低於 200 部的非重點規劃獻禮劇。」〔註28〕國家廣播電影電視總局公佈了建國 60 週年重點推薦劇目，意在以這 50 部劇作「展示新中國成立 60 年來發生的翻天覆地的變化，展示黨領導人民在革命、建設和改革開放中取得的偉大成就，展示我國政治穩定、經濟發展、民族團結、社會進步和國際地位日益提高的大好形勢爲內容的重點電視劇目。慶祝新中國成立 60 週年，是今年宣傳工作的重中之重，各省級廣播電視主管部門和全國所有電視臺要認眞對待，提前準備，根據實際情況購買符合宣傳期播出要求的好劇，做好迎接這一重大宣傳期的電視劇編播工作。」〔註29〕其中 2009 年紀念新中國成立六十週年的獻禮劇數量眾多，尤以軍事題材「一家獨大」，佔了總量的將近 70%，如《解放》、《共和國搖籃》、《東方紅》、《決戰南京》、《保衛延安》、《北平戰與和》、《狙擊手》、《我的兄弟叫

〔註26〕 國家廣播電影電視總局發展研究中心、湖南廣播電視臺課題組編，中國電視劇產業發展研究報告〔M〕，北京：中國廣播電視出版社，2011 年，第 26 頁。
〔註27〕 胡占凡，在 2006 年度全國電視劇規劃創作座談會上的講話〔J〕，中國電視 2006（4）。
〔註28〕 國家廣播電影電視總局發展研究中心、湖南廣播電視臺課題組編，中國電視劇產業發展研究報告〔M〕，北京：中國廣播電視出版社，2011 年，第 26 頁。
〔註29〕 「建國 60 週年重點劇目最新動態」，國家廣播電影電視總局電視劇電子政務平臺 http://dsj.sarft.gov.cn/article.shanty?id=0120a78a7a41001b4028819e20a3689f。

順溜》、《潛伏》、《紅色電波》、《決戰黎明》、《松花江上》、《勇者無敵》、《戰鬥的青春》、《殺虎口》、《戰北平》等。

　　「獻禮劇」的「紮堆兒」使革命敘事劇目數量上十分充足，卻並不能保證主旋律作品「叫好又叫座」，「怎麼樣把主旋律的作品拍得更好看、更感人」是長期困擾文化管理者的一個問題，「如何組織創作好主旋律題材的電影和電視劇，我們要在思路上做些調整，要從以前高、大、全的思路上走出來，讓人物回歸生活，回歸自然，回歸自我，把思想性、藝術性、觀賞性有機地統一起來，把主旋律的作品拍得更好看，這對我們國家的電視劇創作、生產來說，是一個非常緊迫而重大的課題。」〔註30〕簡單地把它理解為量變引起的質變，一定會漏掉其中重要的關鍵節點。胡占凡在 2007 年度優秀電視劇創作研討會上的講話中，總結了當年電視劇發展的五個特點，其中之一是「主旋律電視劇產生了廣泛的社會影響」，他所列舉的主旋律電視劇包括《闖關東》、《士兵突擊》、《恰同學少年》和《戈壁母親》等革命、歷史和現實題材劇作，「廣大藝術工作者在保持主旋律作品革命英雄主義優良傳統和波瀾壯闊、恢弘大氣風格的同時，特別注意挖掘偉人、英雄身上的人格魅力和博大胸懷，挖掘平凡人物身上的優秀品格和民族精神，把時代的審美眼光和觀眾的心理需求結合起來，再加上日漸成熟的、多姿多彩的藝術表達方式和藝術手段，使一大批主旋律電視劇創作做到了思想上震撼人、藝術上感染人、人文關懷上溫暖人，這是當前主旋律電視劇創作中一個顯著的、可喜的變化。」〔註31〕「主旋律」的好看之處在哪裏、為什麼好看，或者說「主旋律」中到底是什麼呼應了觀眾的需求，這是一個複雜的問題。而且，細察之下，官方所提倡的「主旋律」之作，與在民間和學界引發收視率狂潮和學術討論興趣的「主旋律」之作，在同一個能指之下，指向的是並不完全一致的所指。以 2009 年建國 60 週年獻禮為例來看，相比 06 年左右的重大立項以歷史劇為主的狀況，2007 年重大立項中關於革命和革命歷史人物的故事逐漸增多，如《葉挺將軍》、《碧血潮汕》、《保衛延安》、《周恩來在重慶》、《劉少奇故事》、《英雄無名》、《風華正茂》、《北平和平解放》、《共和國搖籃》、《難忘的歲月》、《帥孟奇》、《巍巍六盤》、《走出西柏坡》、《李大釗》、《新中國——太陽從這裡升

〔註30〕徐光春，在 2002 年全國電視劇題材規劃會上的講話〔J〕，中國電視 2002（4）
〔註31〕胡占凡，總結經驗開拓進取推動電視劇進一步繁榮發展——在 2007 年度優秀電視劇創作研討會上的講話〔J〕，中國電視，2008（4）

起》等。在 2008 年廣電總局公示的重大革命和重大歷史題材電視劇立項中，屬於「重大革命」類的立項劇目有《東方紅》、《宋慶齡》、《鐵肩擔道義》、《賀龍傳奇》、《開國元勳朱德》、《黃炎培》、《中山艦》、《李先念》、《決戰南京》、《解放大西南》、《解放海南島》、《秋收起義》、《陽江之戰》、《鄧子恢》、《方志敏‧可愛的中國》、《開國前夜》、《重慶談判》、《紅七軍》、《民主之瀾》、《紅色安源》、《天演驚雷》、《鄉里鄉親》、《永不消逝的記憶》、《辛亥革命》等。2009 年當年的「重大革命」立項劇目有《東京國際大審判》、《東方》、《橫山起義》、《杜寶珊將軍》、《井岡杜鵑》、《戰地黃花》、《毛岸英》、《常勝將軍》、《啊，搖籃》、《大風如歌》、《辛亥首義》。〔註 32〕但這些受到官方重視、得到政策扶持的重大革命題材電視劇在觀眾的視野中卻並沒有與其「政治地位」相匹配的「文化地位」，其中的優秀之作往往在兩個主要的官方獎項「飛天獎」和「金鷹獎」中得到肯定和獎掖，與收視率和民間話題卻存在一定的距離。相反，那些引發討論的革命題材劇目，其中一些如果用「獻禮」或「主旋律」的「搭車」之作來描述，也並不爲過。正是因爲這種「魚龍混雜」現象的存在，也使管理者不斷放寬對「主旋律」的邊界認定，2010 年 9 月 26 日，中宣部、國家廣電總局在北京召開影視創作座談會，會上中宣部副部長、國家廣電總局黨組書記、局長王太華指出，「弘揚主旋律，必須遵循藝術規律，用生動的、群眾喜聞樂見的藝術形式弘揚社會主義核心價值觀，而絕不能片面、狹隘、機械地理解主旋律，甚至將主旋律局限爲特定題材，搞成生硬的宣傳、空洞的說教、刻板的模式、臉譜化的人物。」〔註 33〕當然，對主旋律的理解雖然試圖突破教條的框架，但實際的審查過程卻與這種期待存在衝突和距離。

　　由此可見，官方的力倡也許能夠在數量上帶來革命電視劇的繁榮，但其是否能從品質上提升此類劇作的可看性，還值得商榷。因此，我們不得不考察眞正的市場力量的介入，對於推動革命敘事走向「大眾」和貼近「主旋律」的作用。近年來，從十六大報告提出「文化產業」，到十七大報告重視「文化軟實力」，以及從業人員對收視率的困惑和討論，都意味著革命歷史題材電視

〔註 32〕廣電總局電子政務平臺：http://dsj.sarft.gov.cn/tims/site/views/applications.shanty?appName=importantLixiang。

〔註 33〕王太華，始終堅持正確的前進方向　努力開創影視創作新局面〔N〕，國家廣播電影電視總局網站，2010-9-26，http://www.sarft.gov.cn/articles/2010/10/14/20110216163255650290.html。

劇在以往的「正史」模式之外，尋找到了一條介於市場和行政力量之間的道路，簡言之即爲「叫好又叫座」。

（二）嚴格管制「越界者」

除了正面鼓勵和弘揚符合國家意識形態的作品，那些一味迎合市場需求，從而越出了行政管制或大眾接受邊界的劇作或電視節目，則受到密切的注視和及時的干預。在大陸的文化體制格局中，文化製作單位的市場化程度日益加深，其經濟來源和運營方式越來越依賴市場反應，但在政治歸屬上，文化歸黨管的宗旨不曾動搖，「文化產業」的這種雙重身份非常醒目而特殊，而在「文化產業」之中，既有嚴肅文化生產門類，也包括像電影、電視劇這樣的大眾文化生產，而在對這兩類文化生產的鉗制中，並不是以法律的方式來認定其「合法」與否，或者以相應的分級制度，確定其相應的製作標準和受眾群體，反而更多的是以行政命令的方式，認定其「合理」與否，這使大陸的文藝管理缺乏長期而穩定的政策法規。以 2012 年 9 月美國暢銷書《艱難一日》爲例，這本美國前海豹突擊隊隊員揭秘擊斃本·拉登行動內幕的書因涉及泄露軍事機密，遭到美國國防部、中央情報局的保密審查，並面臨被國防部起訴的威脅，但是有關爭議並未導致美國官方採取「禁書」行動，反而成了《艱難一日》最好的廣告，出版後即登上了亞馬遜最暢銷美國書籍排行榜榜首。〔註 34〕（雖然不排除這則消息本身即屬於《艱難一日》營銷中的環節之一。）但是，對於廣電總局而言，事情遠遠沒有「依法辦理」這麼簡單，廣電總局對電影、電視的管理涉及各個環節，根據一段時間的影視文化現狀，常常出臺一些「頭痛醫頭腳痛醫腳」的應對政策，比如：

2000 年初，國家廣電總局下發緊急通知，明令全國各電視臺、有線電視臺在 19 時至 21 時 30 分的晚間黃金時段時間內，播放港臺電視劇的比例全年不超過 15%，除經廣電總局確定允許播放的引進劇外，不得安排播放引進劇。此規定令之前曾在北京電視臺和中央電視臺黃金檔播出的港臺劇《大時代》、《創世紀》創造下的收視佳績成爲回憶。〔註 35〕

2006 年《廣電總局關於進一步規範電視動畫片播出管理的通知》，對於境

〔註 34〕 美國軍方如何應對《艱難一日》〔N〕，人民網：2012-9-9，http://world.people.com.cn/n/2012/0909/c157278-18956575.html。

〔註 35〕 廣電總局：涉案反腐劇均屬於黃金時間禁播範圍〔N〕，2004-4-20，中華網：http://news.china.com/zh_cn/domestic/945/20040420/11670270_2.html。

外動畫片和境外影視劇的播出時段做了嚴格規定。〔註36〕

2007年8月，重慶衛視選秀節目《第一次心動》因「製造噱頭」、「炒作」，「損害了電視媒體形象，產生了不良社會影響」，成為國內首個被叫停的選秀節目。此後廣東電視臺整容真人秀節目《美麗新約》引發大量爭議，被廣電總局下發通知，禁止策劃、製作和播出群眾參與的各類整容變性節目。2011年，石家莊電視臺《情感密碼》欄目雇傭臨時演員炮製虛假節目，「讓眾多觀眾信以為真，社會影響惡劣」，不僅欄目被叫停，廣電總局還責令石家莊市廣播電視臺影視頻道停播30天。〔註37〕

2009年7月，廣電總局下發了《廣電總局辦公廳關於嚴格控制電視劇使用方言的通知》，規定電視劇的語言（地方戲曲片除外）應以普通話為主，一般情況下不得使用方言和不標準的普通話；重大革命和歷史題材電視劇、少兒題材電視劇以及宣傳教育專題電視片等一律要使用普通話；電視劇中出現的領袖人物的語言要使用普通話。

2010年6月9日，廣電總局下發《廣電總局關於進一步規範婚戀交友類電視節目的管理通知》及《廣電總局辦公廳關於加強情感故事類電視節目管理的通知》兩份文件，整飭相親交友節目的「泛濫、造假、低俗」傾向，引導廣大青年樹立正確的人生觀和婚戀觀。通知要求此類電視節目要把好嘉賓關、主持人關、話題關、內容關、審查關、播出關，所有交友類節目均不得現場直播，要嚴格執行播前審查和重播重審制度，對有問題的內容和錯誤的觀點必須刪除。〔註38〕

在2011年4月舉行的電視劇導演委員會年會上，廣電總局電視劇管理司司長李京盛發言表示，毫無歷史觀可言、天馬行空、過於隨意的穿越劇不足以提倡。此外，短期之內，總局不會再審核批准四大名著的拍攝，也不提倡「簡單克隆國外劇。」針對涉案劇再次抬頭的可能，他表示「總局對涉案劇的管理並沒有放鬆，也並不提倡涉案題材入深夜劇場。」〔註39〕早在2004年

〔註36〕廣電總局：黃金時間禁播境外動畫片〔N〕，騰訊動漫：2006-8-12，http://comic.qq.com/z/guangdian/。

〔註37〕盤點被廣電總局明令叫停的綜藝節目〔N〕，2012-12-13 中國廣播網：http://musicradio.cnr.cn/musicradio2011/yulexinwen/neidi/201212/t20121213_511553998.shtml？fr=hao10086.com。

〔註38〕謝櫻：廣電總局重拳整治非誠勿擾等婚戀節目低俗之風〔N〕，2010-06-12，騰訊新聞：http://news.qq.com/a/20100612/002005.htm。

〔註39〕廣電總局：穿越劇不尊重歷史 禁四大名著翻拍〔N〕，2011-04-01，網易娛

4月，由於「過多過濫的涉案劇、反腐劇集中表現了社會黑惡勢力和腐敗現象，這些社會陰暗面在熒屏上產生了放大效應，容易使人對社會產生失望以及其他消極影響。」廣電總局發出緊急通知，要求各地電視臺讓涉案劇、反腐劇退出黃金時間，並在晚上11點前不要播出此類電視劇。上海、湖南等各地衛視也接到通知，紛紛停播了涉案劇、反腐劇，如《緊急追捕》、《危險旅程》等一批劇目被緊急叫停。〔註40〕

2011年5月4日，廣電總局口頭通知各衛視，在5月中旬至7月「清退」排片表上的諜戰劇，同時直到10月，停播苦情劇和年代劇，並建議排播紅色獻禮劇和貼近現實生活、反映向上風貌的電視劇。同時廣電總局還提供了共計40部的電視劇推薦播出，包括曾在央視一套播出的《東方》、《毛岸英》等。〔註41〕

2011年10月，廣電總局下發《關於進一步加強電視上星綜合頻道節目管理的意見》，以一整套管理措施，提出從2012年1月1日起，34個電視上星綜合頻道要提高新聞類節目播出量，同時對部分類型節目播出實施調控，以防止過度娛樂化和低俗傾向。〔註42〕

2011年11月28日，針對電視劇播出中插播廣告過長，廣電總局下發《〈廣播電視廣告播出管理辦法〉的補充規定》（廣電總局令第66號），規定自2012年1月1日起，全國各電視臺播出電視劇時，每集電視劇中間不得再以任何形式插播廣告。〔註43〕

2012年2月9日《廣電總局關於進一步加強和改進境外影視劇引進和播出管理的通知》下發。通知規定，引進境外影視劇的長度原則上控制在50集以內；不得引進涉案題材和含有暴力低俗內容的境外影視劇。境外影視劇不得在黃金時段（19：00～22：00）播出，不得超過該電視頻道當天影視劇總

樂：http://ent.163.com/11/0401/14/70IH48BV00031GVS.html。

〔註40〕廣電總局嚴加調控　涉案劇反腐劇退出黃金時段〔N〕，2004-04-17，東方新聞：http://news.eastday.com/eastday/news/news/node4945/node17719/userobject1ai191855.html。

〔註41〕廣電總局5至7月叫停諜戰劇〔N〕，2011-05-06，中國文明網：http://bj.wenming.cn/yybj/201105/t20110506_169058.html。

〔註42〕新華網：廣電總局：部分上星頻道電視節目過度娛樂化需要管理〔N〕，2011-10-26，http://news.xinhuanet.com/newmedia/2011-10/26/c_111125976.htm。

〔註43〕新華網：廣電總局取消電視劇中間插播廣告〔N〕，2011-11-28，http://news.xinhuanet.com/newmedia/2011-11/28/c_111200381_3.htm?prolongation=1。

播出時間的 25%。避免個別電視頻道在一段時期內集中播出某一國家或地區的境外影視劇。〔註44〕

　　同月，廣電總局第一批選秀節目批文下發，批文內容主要有四個方面：「1、唱歌比賽講求以唱為本，選拔內容必須占整場節目的 80%以上；2、嚴格控制主持人串詞、評委點評、選手感言、插播畫面、親友抒懷的時長，不得超過20%。3、對評委、嘉賓方面，總局要求這些人應具有良好的社會公德、個人品德和文化涵養。點評公正、專業、恰當、簡短，注意正面引導選手和觀眾。4、禁止包括手機、網絡、電話等任何場外投票方式。」〔註45〕

　　2012 年 11 月，針對江蘇教育電視臺競猜節目《棒棒棒》錄製中的低俗事件，廣電總局官方網站發佈《廣電總局停播〈棒棒棒〉嚴禁醜聞劣跡者發聲出鏡》的新聞，並以違反《廣播電視管理條例》相關規定為由，責令江蘇教育電視臺立即停播《棒棒棒》欄目。〔註 46〕次日，廣電總局又發出通知《廣電總局作出決定：江蘇教育電視臺停播整頓》，給予江蘇教育電視臺自 2012 年 11 月 30 日零時起停播整頓的處理。〔註47〕

　　之所以將這些事件不厭其煩地羅列出來，是為了說明廣電總局對電視生態的管理，不僅在環節上無一遺漏，而且在範圍上也事無鉅細，包括了廣告、綜藝節目、電視劇製作播出、硬件設施建設等等。這種行政管理往往因地制宜、因事制宜、因時制宜，缺乏長期的可供業內參考的穩定標準和硬性邊界，對於業內的違規行為和不當操作既不能起到徹底根除的作用，更是對從業者創新探索的潛在禁錮，而且往往容易造成人力、物力的錯誤投入從而導致巨大的浪費。而這種管制方式在具體實施中也會引發質疑，如因嘉賓行為不當而遭遇停播的江蘇教育臺《棒棒棒》節目，「禁令」中的「醜聞劣跡」「以什麼標準而定？

〔註44〕廣電總局：引進劇不得超過 50 集，不得在黃金時段播出〔N〕，2012-02-13，新華網：http://news.xinhuanet.com/newmedia/2012-02/13/c_111519674.htm?prolongation=1。

〔註45〕廣電總局選秀節目批文已下發：唱歌比賽要以唱為本〔N〕，2012-02-09，新華網：http://news.xinhuanet.com/ent/2012-02/09/c_122678189.htm。

〔註46〕廣電總局停播《棒棒棒》嚴禁醜聞劣跡者發聲出鏡〔N〕，2012-11-28 國家廣播電影電視總局：http://www.sarft.gov.cn/articles/2012/11/28/2012112818441777 71016.html。

〔註47〕廣電總局作出決定：江蘇教育電視臺停播整頓〔N〕，2012-11-29 國家廣播電影電視總局：http://www.sarft.gov.cn/articles/2012/11/29/20121129174409620368.html。

以法律標準還是以道德標準？以廣電總局的標準還是以老百姓的「口碑」標準？不管以什麼標準，都必須有一個明確的可操作性的標準，不能完全憑媒體的各自理解。」〔註48〕實際上，行業最高管理部門的行政干預，既無力監管全國數量眾多的媒體機構，也難以挽回不當節目已經造成的惡劣影響，更缺乏預防類似問題的機制，而行政干預的懲罰力度也往往難以遏制媒體為了收視率「不擇手段」的違規衝動，因此有論者呼籲出臺制度化的監管模式，或做仿國外的方式，依靠媒體行業協會來解決此類問題，從而實現對媒體的「他律」。「我們現在可能唯一能依靠的，似乎只能是廣電總局的行政干預。其結果很可能導致一種悖論：越管制，越缺少自律，而自律越少，管制越多。筆者期待行業協會、媒體的評價指標以及公眾的媒介素養都能有所改變，進而形成合力，共同規範媒體內容，而不僅僅是依靠行政干預。」〔註49〕

同時，由於我國缺乏針對新聞媒體的法律規範，「至今還沒有『廣播電視法』。1997年國務院頒佈實施的《廣播電視管理條例》內容比較寬泛，缺乏具體的可操作性，比如，『危害國家安全、榮譽和利益的』電視節目容易識別，但如何鑒別『誹謗、侮辱他人』、『宣揚淫穢、迷信或者暴力』的電視節目？」這使媒介的權力缺乏恰當的監督和制約，而總局的「叫停」處理也是違規成本太低的表現。因此有論者建議參考國外的做法，制定出關於電視節目製作傳播的具體、嚴密的法律法規，採取有效的監管措施，加大對違規節目的處罰力度。〔註50〕

正是由於缺乏較為寬鬆的影視政策，缺乏長期的、相對穩定的行業規範和具有可操作性的明確的法律法規，使電視劇從業者在具體運作中承受了不必要的風險；而電視劇與國家政治意識形態的緊密關係，政審形成的題材禁區、配合國家行為干預播出自由，也使製播方在選題、製作、排片時顯得越發小心翼翼、瞻前顧後。因此，革命歷史題材劇的走紅熒屏，恰好是在官方正向激勵和反向管制的雙重合力下形成的，某種程度上說，電視劇類型單一和同題材紮堆兒的這一現象，其實正是人為製造出來的非正常狀態。

〔註48〕 文靜，廣電總局頻禁令　專家指製播低俗節目違規成本低〔N〕，2012-12-09，中國網——新聞中心：http://news.china.com.cn/2012-12/09/content_27358088.htm。
〔註49〕 劉福利，電視相親節目低俗廣電總局出手　監管模式是關鍵〔N〕，2010-06-17，新華網：http://news.xinhuanet.com/ent/2010-06/17/c_12228690.htm。
〔註50〕 文靜，廣電總局頻禁令　專家指製播低俗節目違規成本低〔N〕，2012-12-09，中國網——新聞中心：http://news.china.com.cn/2012-12/09/content_27358088.htm。

二、全球化與民族國家

　　2006 年有一部叫《通天塔》(《巴別塔》)的美國電影。電影講述了在摩洛哥、墨西哥和日本發生的三個故事。美國人蘇珊與丈夫在摩洛哥旅行途中遭遇槍擊，美國政府獲知後展開外交求援，當地警方將這一事件定性為恐怖襲擊並展開了緊張的調查。在蘇珊美國的家中，墨西哥保姆已經離家 9 年，為了參加兒子的婚禮，她不得不讓侄子駕車帶著蘇珊的孩子們一起回家，當他們從墨西哥過境返回時，警方懷疑她綁架美國小孩，事件的嚴重程度又一次升級。在日本，一個聾啞少女在母親莫名自殺後，性格越發自閉，正值青春期的她由於生理缺陷無法得到異性的關注，於是她勾引遇到的每一個男人來發洩苦悶，這使她的父親無比苦惱。而他的父親曾經贈送了一支步槍給一個非洲朋友，非洲那個黑人朋友收到步槍後，帶著兩個兒子在山坡上小試身手，隨便向遠處開了一槍，子彈穿過一輛旅遊巴士的車窗，擊中了靠窗的蘇珊。扳機（trigger）扣動，引發（trigger）的竟是一場「全球性」事件。靠著一支步槍，電影勾連起了西方和東方、白人和黑人之間的故事，雖然劇中的人們生活在不同的地理空間和文化空間之中，相互之間像「巴別塔」的預言一樣難以溝通和交流，但他們之間的關係和聯動卻是客觀存在的。這也許不是對全球化的最全面表徵，但卻生動地顯示了世界各國之間既相互區隔、又「牽一髮而動全身」地漸趨相互依賴的事實。

（一）身份認同的碎片化體驗

　　「我們生活在一個令人迷惑、變化無常、非理性而且脫離了人類控制的世界，生活在越來越難以理解，越來越難以預測的 21 世紀。」〔註51〕這個世界就是「全球化」的世界，這個世紀是「全球化」的時代。關於「全球化」，安東尼·吉登斯是從四個方面來理解的：(1) 他認為全球化意味著經濟依賴性的增強，其最重要、最直接的驅動力是通信技術在世界範圍內的發展。(2) 全球化不等於西方化，在全球時代，不向世界敞開大門的國家是不可能繁榮的，當今全球化世界的一個重要結果就是地理權力的重新分配，因此，全球化雖然表達了西方的利益，但它創造著一種辯證的影響，並非一種單一的力量。(3) 全球化既消解了國家權力，又凸顯了本土的身份意識，同時還往邊

〔註51〕〔英〕安東尼·吉登斯，全球時代的民族國家〔M〕，郭忠華編，南京：江蘇人民出版社，2010 年，第 3 頁。

緣擠壓，創造出新的地區、新的經濟區域和文化領域，由此構成一個全球化的三維空間模型。另一方面，全球化對民族和文化的重構與分化是同時進行的，隨著新的矛盾和分化的出現，人們日益生活在一個碎片化的世界中，因此，全球時代是不同民族、不同文化共同體的新的艱難時代。（4）全球化並不只是簡單的、外在於我們的事物，我們同時還是全球化的能動者。全球時代個人認同出現了更大的危機，人們更關注自己的身份認同，因爲要弄清自己的身份認同並非易事，而我們越是捲入全球化的結構中，就越是被迫知道自己的定位。〔註52〕

就我們所置身的全球時代而言，上述理解可以使新世紀以來革命敘事在大陸的興起獲得更好的解釋角度。全球性質的依賴性增強體現在政治、經濟和文化等維度上，它使地區性力量和大城市的角色越來越重要，因爲經濟貿易和文化傳播，使有些地區逐步跨越了國家的界限。以香港地區爲例，它既是中國沿海的城市之一，但從經濟整合程度來看，它作爲「亞洲四小龍」之一，是國際重要的金融、服務業、航運中心，又已經越出了簡單的國界線的劃分，它與西方發達國家的經濟整合程度要遠遠高於與中國內陸城市諸如西藏、青海等的聯繫。除了香港之外，中國的經濟發達地區如沿海的深圳、廣州、上海等地，都盡力在全球性的經濟格局中尋求到自身的位置，它們與西部內陸城市之間的差距，不啻於兩個「時代」的差距。在全球化時代，世界進行了重構，這使分化同步產生，由此導致整體性體驗的消失和身份認同的變化。阿里夫·德里克將這一現象描述爲「文化主義的復甦」，「全球範圍內人的流動，新的傳媒文化和消費文化的全球化，以及跨越政治和文化障礙把信息從地球的一個角落傳到另一個角落的新技術，通過攪亂所有疆界、利用全球力量使之變得更加容易滲透，從而對本土傳統提出質疑。這樣一種流動顯示出整體性的消失，同時也預示了使得包括社會主義在內的早先的政治形式成爲可能的集體認同也蕩然消失。它同時也導致了對文化和文化身份問題的先入之見。」〔註53〕國內諸如內地產婦赴港產子、香港奶粉限購令等現象引發的討論，以及地區性經濟不平衡導致的南方與北方、東部與西部之間的

〔註52〕　〔英〕安東尼·吉登斯，全球時代的民族國家〔M〕，郭忠華編，南京：江蘇人民出版社，2010年，第7～10頁。
〔註53〕　〔美〕阿里夫·德里克，後革命氛圍〔M〕，王寧等譯，北京：中國社會科學出版社，1999年，第2頁。

身份認同差異，甚至還有戶籍制度人爲製造的北上廣等一線城市與其他城市市民認同上的隔閡，當然，由於勞動力流動性增大，也出現將人群劃歸到省份這一身份標籤之下的現象，如長達十幾年的對河南人的歧視、「九頭鳥」與湖北佬的對應、「小癟三」對上海人的嘲諷、「川耗子」對四川人的形容，都顯示出一種對內的地域性自豪感與對外的偏見歧視同時存在的認同分化。

因此，雖然一定程度上國家認同仍然存在並發揮著巨大的作用──從 2000 年中國加入世貿組織的舉國歡騰，到申奧及 2008 年北京奧運會的成功舉辦，從上海世博會上占絕大多數的中國參觀者，到十幾年來神舟系列飛船的成功升空引發的自豪情緒，都顯示出國家認同的巨大效力。然而，在文化生活領域，這種「萬眾一心」的認同卻發生了不可小覷的分化。以大陸最知名的綜藝節目「春節聯歡晚會」爲例，這臺始於 1983 年的、幾乎舉全國之力的除夕夜綜藝大餐已經有三十多年的歷史了，在過去人們從未懷疑過這臺晚會的全民同樂性質，然而，近幾年的「春晚」雖然在節目形式、內容和演員遴選方面越來越多地考慮觀眾的口味，但它還是被作爲北方文化的代表，認爲是演給北方人看的，而南方或東部沿海地區如上海、深圳、廣州等地的人很多都不看春晚，90後、00 後的年輕人更是有著自己的娛樂方式，這意味著人們正在形成以區域、代際、社會階層等爲分割標準的各自不同的身份認同。正如斯圖亞特・霍爾所說，身份始終是一種未完結的生產，永遠處於過程之中。〔註 54〕

從中國國內的經濟和社會發展方面來看，自 90 年代推行經濟改革造成貧富分化開始，隨著改革進一步推進，國企改制製造的大量下崗工人使貧富差異顯得更爲觸目驚心，加上拋家別土進城務工的大批農民工，共同構成了新世紀弱勢群體和底層民眾的主體。孫立平在《斷裂──20 世紀 90 年代以來的中國社會》一書中對 21 世紀初中國社會經濟增長與社會發展的脫節的現象作出了分析，他認爲，在經歷了幾年的低迷之後，中國經濟於 2000 年開始出現復甦景象，2001 年儘管面臨全球經濟不景氣的外部環境，但經濟增長的速度仍會達到一個較高的水平，〔註 55〕但值得關注的是，在經濟迅速增長的同時，社會發展卻與經濟增長開始呈現出明顯的脫節，也就是說，經濟的增長在很

〔註 54〕 〔英〕斯圖亞特・霍爾《文化身份與族裔散居》，載羅崗，劉象愚主編，文化研究讀本〔M〕，北京：中國社會科學出版社，2008 年，第 208 頁。

〔註 55〕 國家統計局的官方數據顯示，2001 年世界經濟增長率爲 2.5%，中國國內生產總值增長率爲 7.3%。數據來源：中華人民共和國國家統計局網站 http://www.stats.gov.cn/tjsj/qtsj/gjsj/2002/t20031218_402193581.htm。

大程度上已經不能導致社會狀況的自然改善，在經濟增長的成果和社會成員的生活之間，出現了斷裂。這表現在：在 8% 左右的經濟增長的同時，勞動就業狀況沒有得到根本的改善；貧富懸殊的狀況不僅沒有改變，甚至有進一步擴大的趨勢；在經濟迅速增長的同時，社會治安的情況在惡化；以農民、農民工、城市下崗失業人員爲代表的社會大部分成員沒有從高速增長的經濟中得到好處。這種脫節意味著我國社會發展中一個轉折點的出現，即經濟增長自然帶動社會發展時代的結束。在這種情況下，要實現經濟和社會的協調發展，首先政府的取向應當逐步從對經濟增長的關注轉移到對社會公平和秩序等問題的關注上來，這需要政府從取向到評價標準的全面轉變。〔註 56〕實際上，從國內經濟增長率數據來看，2002 至 2005 年 4 年間分別爲 9.1%、10.0%、10.1%、11.30%，2006 至 2010 年分別爲 12.7%、14.2%、9.6%、9.2%、10.3%，5 年間的年平均增長率爲 11.2%。城鎮登記失業率 2000 年爲 3.1%，從 2003 年至 2009 年分別爲 4.3%、4.2%、4.2%、4.1%、4.0%、4.2%、4.3%，7 年間失業率數字一直沒有太大變化。〔註 57〕在 2013 年 1 月 18 日國務院新聞辦公室舉行的新聞發佈會上，國家統計局局長馬建堂介紹 2012 年國民經濟運行情況，並公佈了 2003 年至 2012 年全國居民收入分配的基尼係數，2003 年到 2008 年間的基尼係數分別是：0.479、0.473、0.485、0.487、0.484、0.491，2009 開始稍有回落，分別爲 0.490、0.481、0.477、0.474。〔註 58〕這幾組數據中，持續走高的國內經濟增長率與高位徘徊的失業率和基尼係數顯示，孫立平在本世紀初對中國經濟和社會狀況的判斷依然是有效的。

再加上高等教育產業化和大規模擴招造成教育質量下降、就業壓力和失業威脅大增，使低薪低職、在大城市裏蟻居的大學畢業生群體也幾乎從天之驕子淪爲了社會底層。這種明顯的社會階層分化導致了對不同群體進行身份指認的詞彙產生：從 90 年代末令人嚮往的「小資」、「白領」、「中產」等身份標籤，到新世紀的「蟻族」、「草根」和「屌絲」、「僞中產」等稱謂，顯示了中國社會的經濟改革離「共富」的目標還存在一定的距離。

〔註 56〕 孫立平，斷裂──20 世紀 90 年代以來的中國社會〔M〕，北京：中國社會科學文獻出版社，2003 年，第 20～27 頁。

〔註 57〕 中華人民共和國國家統計局網站「國際數據」：http://www.stats.gov.cn/tjsj/qtsj/gjsj/。

〔註 58〕 國家統計局：2009 年來我國基尼係數逐步回落〔N〕，2013-01-18，新浪財經：http://finance.sina.com.cn/roll/20130118/112714331204.shtml。

　　因此，新世紀中國面臨的身份認同危機是顯而易見的，它不是媒體打造幾個「草根」明星、幾部彰顯幸福生活的電視劇或把傳統文化經典改造成「心靈雞湯」就能夠彌合的。在大眾媒體堅持「社會效益第一，經濟效益第二」的社會環境中，在文藝創作尤其是影視等大眾傳媒產品被納入官方意識形態軌道的文化環境中，最能夠彌合現實生活裂縫、最合乎政治要求和商業訴求的中間道路往往要到遠離現實生活的地方尋找，而整合身份認同或者建構民族認同，恰好是革命題材電視劇最擅長的功能。2010 年 9 月劉雲山在影視創作座談會上的講話中說，「影視創作是以藝術、審美的方式反映歷史進程、描繪社會變遷。能不能正確反映歷史、揭示社會發展本質，關係到人們對歷史的正確認知、對國家對民族的文化認同。」〔註 59〕大陸的革命歷史敘述，通過對近鄰日本這個歷史上永遠的「敵人」進行持續的刻畫，來實現自我身份確認，只要坐在電視機前，就沒有勞資糾紛，沒有性別不平等，沒有城鄉差異，沒有貧富差距，甚至沒有年齡上的代溝，所有觀眾只有一個共同的「他者」——「小日本」、「小鬼子」，而這個敵人，在一個又一個的電視劇中，以或嚴肅或喜劇的方式一次又一次地被我們打敗。

　　這類似於安東尼‧吉登斯提到的英國一個著名的有關國家認同的研究，這一研究表明以往的國家認同是如何建立在領土分割的基礎之上的，「英國的國家認同就是由於長期反對法國而塑造出來的。英法兩國存在著長達 150 年之久的恩恩怨怨，兩國的國家認同都是通過自己的敵人而相互塑造出來的。」儘管在全球化和後現代的時代，通過對主權和差異的清晰認識而形構國家認同的方式已經逐漸失效，由於民族存在於多層治理體系的世界之中，民族身份問題因而變得更加開放，「我們不再能夠通過別人、通過與你爭奪領土的敵人來判斷自己的身份——儘管在某些地區這樣的做法依然有效。」〔註 60〕因此，有意思的是，已經深深嵌入全球格局的中國，在國家認同的形構上，依然高度依賴主權和領土的界標，這似乎印證了當下中國依然處在「兩種時間」之中的判斷。尤其對於電視劇觀眾群體——以低文化程度、低收入、青少年和中老年以及女性等「非精英」社會群體為主體，這種時間上的滯後特徵更

〔註 59〕劉雲山，堅持思想性藝術性觀賞性有機統一　創作更多深受群眾喜愛的影視精品〔N〕，2010-9-26，國家廣電總局：http://www.sarft.gov.cn/articles/2010/10/14/20101014113448660613.html。
〔註 60〕〔英〕安東尼‧吉登斯，全球時代的民族國家〔M〕，郭忠華編，南京：江蘇人民出版社，2010 年，第 17 頁。

爲明顯。

（二）民族主義的暗流湧動

　　除了個人身份認同陷入持續的重新定位和反思，在對民族國家的身份認同方面分化也同樣出現。安東尼·吉登斯在研究中指出，民族國家是以一種主權和領土爲基礎的組織，民族國家、公民身份和領土都是現代性的產物。在全球時代，民族國家這一形式既繼續留存又發生變化：民族國家不僅沒有消失，而且將來也不可能消失；世界上許多民族國家出現了新的分裂形式；在全球時代，國家認同變得困難重重。〔註61〕然而，雖然國家認同很多時候已經被區域性的地方認同所取代，但是，一旦大眾面臨本國與他國之間的競爭和對抗時，平日裏消隱不見的統一陣線便會立即集結顯現出來，其表徵正是中國社會中頑強生存著的民族主義情緒。而革命題材電視劇之所以能在受眾層面縫合年齡和代際差異，克服社會身份以及性別差異，也與這種民族主義情結密切相關。本尼迪克特·安德森對「民族」的著名定義爲「一種想像的政治共同體——並且，它是被想像爲本質上有限的（limited），同時也享有主權的共同體。它是想像的，因爲即使是最小的民族的成員，也不可能認識他們大多數的同胞，和他們相遇，或者甚至聽說過他們，然而，他們相互聯結的意象卻活在每一位成員的心中。」〔註62〕中國人的民族主義情緒在晚清、民國之際最早得到現代性意義上的確認和建構，「驅除韃虜，恢復中華」的迫切要求使鬆散的帝國體系可以被民族主義的情結聯繫起來，此後的抗日戰爭與建國後社會主義國家所處的漫長的冷戰格局，都使這種情結更加根深蒂固。「一個民族遠不像群眾那樣容易激動，但是有一些事件——如國家的恥辱、面臨侵略的威脅等等，可能會立即喚醒整個民族。」〔註63〕因此，即使在新世紀大眾身份認同出現分化的同時，民眾民族主義情緒的醞釀卻往往會在一些特定時期爆發出來。2007年關於李安電影《色·戒》「漢奸電影」、2009年陸川電影《南京！南京！》「爲侵略者脫罪」的爭論，都證明民族主義情緒在中國的持續存在。

〔註61〕　〔英〕安東尼·吉登斯，全球時代的民族國家〔M〕，郭忠華編，南京：江蘇人民出版社，2010年，第13～17頁。

〔註62〕　〔美〕本尼迪克特·安德森，想像的共同體——民族主義的起源與散佈〔M〕，吳叡人譯，上海：上海世紀出版集團，2008年，第6頁。

〔註63〕　〔法〕古斯塔夫·勒龐，革命心理學〔M〕，佟德志，劉訓練譯，廣東人民出版社，2012年，第115頁。

　　許紀霖、羅崗等所著的《啓蒙的自我瓦解》一書，對國內民族主義情緒的來龍去脈有細緻的分析。實際上，知識界對民族主義的論爭在 1990 年代就開始了，而全球化正是激發中國民族主義的直接動因。從全球政治的層面看，全球化對國家主權、國家民族認同的弱化，挑戰了傳統的國家主權原則，如何協調民族國家認同與全球認同之間的關係，成了 90 年代思想界反覆爭論的問題，直接刺激了民族主義思潮的生長。另一方面，從傳統國際政治的層面看，全球化使中國日益成爲世界性民族國家政治結構的一部分，在中國更多地參與全球性政治、經濟和文化交換過程的同時，中國與西方國家的意識形態與國家利益對立，在 90 年代以來一度加劇。在蘇聯解體和東歐劇變後，西方世界聯手對中國進行經濟、政治和軍事制裁，中美和中日之間的一系列衝突一直持續到新世紀初，並逐漸刺激了中國許多社會精英和大眾對美國霸權心態的普遍反感。

　　90 年代以來中國與西方特別是美國關係的變化，意識形態、社會制度、價值觀念上的差別其實還只是一個側面，同樣重要的一面是美國對中國未來的走向產生了疑慮，開始把中國當作「競爭對手」。1993 年左右，「中國崛起」的話題開始進入人們的視野，幾乎與此同時，「中國威脅論」和「圍堵中國」的聲浪，在英美等國奔湧，整個 90 年代，中國越是拼命想「加入全球化」、「融入人類文明主流」，中國與西方國家的政治經濟甚至軍事摩擦越是增多，這令許多中國公眾包括精英階層開始注意不合理的國際經濟秩序和跨國資本對民族資本的壓迫。90 年代中期，以《戰略與管理》、《讀書》、《東方》、《原道》等思想性雜誌爲平臺，展開了一場影響深遠的關於文化與民族的爭論，參與者之多、觀念對立之尖銳，殊爲少見。2000 年以後王小東「香山腳下兩論民族主義」、楊帆組織對民族主義的討論、甘陽倡導「華人大學理念」，以及由此引發的爭論，也證明了民族主義在知識界被關注的程度。

　　與知識界對民族主義討論在學理層面的深度闡述以及觀念之間存在巨大分歧不同，大眾意識形態中的「反應性民族主義」則顯得更爲表面化、情緒化。〔註64〕2009 年，《中國可以說不》（1996 年）的升級版《中國不高興》出爐走紅，「從遠因看，極端民族主義情緒一直在中國的現代轉型過程中時隱時現，幾乎每隔幾年、十幾年我們就能聽到一次它盛大的歡唱，而且，中國越

〔註64〕許紀霖，羅崗等，啓蒙的自我瓦解：1990 年代以來中國思想文化界重大論爭研究〔M〕，長春：吉林出版集體有限責任公司，2007 年，第 138～165 頁。

融入全球體系，扮演的角色越重要，這種聲音就愈響。」〔註 65〕由《中國不高興》所代表的民族主義思潮和論述「會一而再、再而三地出現，只能說明中國社會存在著經久不移的民族主義焦慮。一旦國際局勢向中國不利的方向傾斜，這種焦慮便會以各種形式發作。」〔註 66〕如抵貨運動及相關暴力行為就是這種民族情緒大爆發最常見的典型形式。較近的有 2008 年因北京奧運會火炬傳遞在法國遇擾引發的「抵製法貨／家樂福」事件。此次事件肇端於網絡：「4 月，天涯社區上出現了在法國火炬傳遞過程中的種種場景；10 日，《愛我中華，抵製法貨》的帖子現身，將目標鎖定了家樂福；13 日，有人將網上抵制轉變成了現實行動，在北京白石橋的家樂福門前出現了宣傳抵制者；15日左右，伴隨抵制活動，網上同時開始流行在 MSN 簽名前添加紅心的活動，抵制行動在全國各個省份進一步升級；17 日開始，法國政府開始採取一系列行動彌合裂痕；隨後，國內的抵制活動開始慢慢降溫。5 月 1 日的假期過後，抵制的聲音已經基本消失在各類媒體上。」〔註 67〕

在抵貨過程中暴力行為時有發生，暴力行為不僅必然指向被抵制的對象，而且往往很奇怪地導致人們對所謂「不愛國者」施以懲罰，並得到普遍認同。「在 1919 年抵貨運動中，日本人而外，激起民眾憤怒的還有『奸商』，就是那些堅持販賣日貨或是為日本人工作的人，連乘坐日本船隻的中國人都被稱為『賣國賊』，碼頭工人會亂丟那些不聽勸告、執意坐船的乘客的行李；那些為日本人工作的中國人被押在遊行隊伍的前端示眾，並被命令為自己的行為懺悔道歉。」〔註 68〕這一情形在 2012 年釣魚島事件中又再一次上演。

2012 年 4 月 16 日，正在美國華盛頓訪問的日本東京都知事石原慎太郎，在當地的一個研討會上發表演講稱：「東京政府決定從私人手中購買釣魚島（日方稱「尖閣列島」）」。7 月 4 日和 8 月 15 日，臺灣、香港保釣人士分別接近、登上釣魚島宣示主權，8 月 19 日，日本右翼分子登島，同日，中國北京、濟南、青島、廣州、深圳、太原、杭州等 10 多個城市均有規模不一的群眾聚

〔註 65〕楊早，薩支山編，話題 2009 專題版〔M〕，北京：生活・讀書・新知三聯書店，2010 年，第 8 頁。

〔註 66〕楊早，薩支山編，話題 2009 專題版〔M〕，北京：生活・讀書・新知三聯書店，2010 年，第 17 頁。

〔註 67〕楊早，薩支山編，話題 2008〔M〕，北京：生活・讀書・新知三聯書店，2009年，第 92 頁。

〔註 68〕楊早，薩支山編，話題 2008〔M〕，北京：生活・讀書・新知三聯書店，2009年，第 88～89 頁。

集、遊行，抗議日本右翼分子當天非法登上中國釣魚島。9月11日，日本政府與所謂的土地所有者簽訂「購島」合同，導致釣魚島爭端極度惡化。中國百城民眾舉行反日遊行，部分地方出現打砸搶燒；中日兩方持續派遣公務船到釣魚島海域巡航。從9月15日開始，北京上千名群眾自發在日本駐華大使館門前舉行抗議活動，反對日本政府「購買」釣魚島的非法行徑。16日早上，內地反日怒潮持續，56座城市爆發反日示威遊行，廣州、深圳、西安等地出現打砸燒行為。17日，部分打砸分子被刑拘。9月18日，中國上百城市舉行反日示威遊行，多地日本企業或日資商鋪在當天都歇業避禍。〔註69〕而在9月15日的反日示威活動中，西安市民李建利因開著一輛日系車而被砸成開放性顱腦損傷。〔註70〕由於有了這一「前車之鑒」，此後日系車車主紛紛在車上展示愛國標語，以避免飛來橫禍。這與近一百年前遷怒於「不愛國者」的情形如出一轍。「民族被想像為一個共同體，因為儘管在每個民族內部可能存在普遍的不平等與剝削，民族總是被設想為一種深刻的，平等的同志愛。最終，正是這種友愛關係在過去兩個世紀中，驅使數以百萬計的人們甘願為民族──這個有限的想像──去屠殺或從容赴死。」〔註71〕

雖然在百年前的屈辱史中，法國也是中國遭遇的強敵之一，但是相較於日本所能喚起的民族主義情緒，兩國之間又有質的不同，因為「無論西方列強還是俄國，均無意取代清廷，代行天命。它們最終認識到，清廷覆亡不符合它們的利益。而日本的意識就不一樣了。中國的古老體制和以中國為中心的世界秩序的延續無關它的利益，因而日本不僅圖謀侵佔中國的大片國土，還想取代北京成為新的東亞國際秩序的中心。」〔註72〕這也是為什麼講述中日之間的戰鬥故事會成為大眾百看不厭的傳統。

三、電視劇的選擇性記憶

「革命」一詞的意義演變，是歷史上各種力量改造話語內涵的自然結果，

〔註69〕 「釣魚島危機專題」，鳳凰網：http://news.ifeng.com/mainland/special/diaoyudaozhengduan/。
〔註70〕 李然，9月15日一個西安車主的厄運〔N〕，北青網：北京青年報2012-9-21，http://bjyouth.ynet.com/3.1/1209/21/7473187.html。
〔註71〕 〔美〕本尼迪克特‧安德森，想像的共同體──民族主義的起源與散佈〔M〕，吳叡人譯，上海：上海世紀出版集團，2008年，第7頁。
〔註72〕 〔美〕亨利‧基辛格，論中國〔M〕，胡利平，林華等譯，北京：中信出版社，2012年，第51頁。

而對革命的演繹，也同樣顯示出對革命意義的不同取捨。革命既有朝代更迭、階級鬥爭的宏觀視角，又有集體暴力和個體生命消亡的微觀層面。新中國成立後，講述革命是一種傳統教育，也是國家文化建設和精神動員的重要內容，在「十七年」的小說和電影敘事中，革命意識形態的宣揚被置於階級鬥爭的範疇之內。80 年代以後，電視藝術長足發展，電視劇經過 20 來年的探索發展，到新世紀已經形成了蔚為壯觀的格局，在新的社會歷史語境中，革命題材電視劇對「革命」進行闡發的敘事原點也發生了相應的轉移，「階級鬥爭」話語消失殆盡。

（一）勝利者的回望

作為中國革命的領導政黨，中共從誕生到「成立後一次又一次的失敗、分裂和自我戕害，包括不斷犯錯和糾錯」〔註 73〕，最終帶領中國革命取得成功，這使多少年來人們從多方探討它經歷過種種失敗之後而能成功的原因，這些分析從社會、階級、黨派集團、國際政治力量博弈以及各種經濟、政治、文化條件等方面展開，構成了解釋「中國革命」這一巨型事件的多棱鏡。對於執政黨而言，學術研究的影響始終是有限的，而通過影視這種大眾文藝形式，能夠最有效地向普通百姓普及政黨的歷史與功績，以此加強民眾對其領導的認同，它把中國革命的親歷者和後來人聯繫起來，提供一個共同的回憶空間，並利用圖像、音效製造形象生動的在場體驗，從而喚醒並強化關於革命的集體記憶，由此形成符合主流意識形態的、可供分享的心理體驗，並使這種體驗同當下政治秩序的合理性之間建立起想像性關係。正如 2010 年 9 月 26 日時任中宣部部長的劉雲山在影視創作座談會上的講話中所說的：「如何看待近代中國革命史，如何看待黨領導人民的奮鬥史、創業史、改革開放史，涉及黨和國家的根本，涉及當代中國人民的信仰信念，涉及民族發展的未來。我們的影視創作有責任維護歷史的尊嚴，真實藝術地再現近代以來一代又一代仁人志士為探尋救國救民之路的不懈奮鬥，真實藝術地再現中國共產黨為實現民族獨立、人民解放而浴血犧牲的艱辛歷程，真實藝術地再現黨領導各族人民進行社會主義革命、建設和改革開放創立的豐功偉績，更好地激發人們的愛黨愛國熱情，堅定走中國特色社會主義道路的信心。」〔註74〕而亨利‧

〔註73〕楊奎松，「中間地帶」的革命——國際大背景下看中共成功之道〔M〕，太原：山西人民出版社，2010 年，序第 1 頁。
〔註74〕劉雲山，堅持思想性藝術性觀賞性有機統一　創作更多深受群眾喜愛的影視

基辛格在《論中國》中的看法也與此不謀而合,「今日的中國人把（19世紀）隨後接踵而來的侵略和壓迫看做不堪回首的百年屈辱史的一部分。直到中國再次統一到民族解放的社會主義制度下,這一屈辱歷史才告結束。中國人的這段苦難艱危歲月同時又是一個佐證,顯示了中國人具有非凡的能力,足以戰勝對於其他國家而言或許會被壓垮的重重劫難。」〔註75〕

通過對「民族精神」的張揚與對民眾潛在民族主義情緒的回應,在抵抗外族侵略如抗日戰爭題材的劇作中,凸顯的是民族—國家危亡之時的民族大義和眾志成城的民族凝聚力,而反映新中國立國、人民解放的劇作,以國內革命戰爭為主要表現對象,則主要是從「得民心者得天下」、正義之師必勝的「歷史潮流」入手,強調一個優秀政黨所代表的人類歷史前進的方向。這些劇作對共產黨的創立、北伐戰爭與第一次國共合作、農村革命根據地紅色政權的建立、紅軍長征、抗日民族統一戰線形成與第二次國共合作、敵後游擊戰、解放戰爭等重大歷史事件都有具體的表現,基本上完整地反應了中國共產黨革命歷史的全過程,如《東方紅》、《新中國——太陽從這裡升起》、《東方》、《八路軍》、《秋收起義》、《敵後武工隊》、《鐵道游擊隊》、《沂蒙》、《長征》、《紅七軍》、《井岡杜鵑》、《保衛延安》、《巍巍六盤》、《走出西柏坡》、《中國命運的決戰》、《北平和平解放》、《解放大西南》、《解放海南島》、《開國前夜》、《重慶談判》等。中國革命在共產黨的領導下取得了成功,但是,「如果我們沒有忘記,中國最初並不是共產主義思想的故鄉;如果我們還記得20世紀20年代初組織起來的中共黨組織開始只有幾十個人;如果我們注意到共產黨在二十八年的漫長革命生涯中幾乎始終處於強大敵人的壓迫之下……我們就應該想到,這樣一種革命並不是中國自身發展的必然產物,它的成功也不可能一帆風順,它必定經歷了許許多多的曲折與犧牲。也正是在這許許多多的曲折與犧牲中,中國共產黨人,特別是毛澤東,才逐漸摸索出了一條通向成功的道路。」〔註76〕中國革命的成功不僅是各種外力合圍造成的結果,更是共產黨的領導人針對變幻的局勢作出正確應變的結果,因此,革命歷史正劇對

精品〔N〕,2010-9-26,國家廣電總局:http://www.sarft.gov.cn/articles/2010/10/14/20101014113448660613.html。

〔註75〕 〔美〕亨利·基辛格,論中國〔M〕,胡利平,林華等譯,北京:中信出版社,2012年,第51頁。

〔註76〕 楊奎松,「中間地帶」的革命——國際大背景下看中共成功之道〔M〕,太原:山西人民出版社,2010年,第1頁。

中國革命領導人、發起者和重要的參與者都有傳記式的描述，如《恰同學少
年》、《周恩來在重慶》、《毛岸英》、《常勝將軍》、《劉少奇故事》、《少奇同志》、
《葉挺將軍》、《賀龍傳奇》、《開國元勳朱德》、《宋慶齡》、《李先念》、《方志
敏・可愛的中國》、《抗日名將左權》、《彭雪楓》、《風華正茂》、《共和國搖籃》、
《帥孟奇》、《李大釗》、《張伯苓》、《民主之瀾》、《黃炎培》、《諾爾曼・白求
恩》、《鄧子恢》等劇，這幾乎就是一部革命歷史人物名錄。在這些講述革命
歷程和革命者生涯的電視劇中，道義的立場、科學的策略、正確的政治路線
以及革命者天下為公、甘灑熱血的奉獻精神，是對革命成功的解釋，也是電
視劇著力彰顯的重要面向。在十幾年的電視劇革命敘事中，中國共產黨為實
現民族獨立、人民解放而浴血犧牲的關鍵歷史節點都得到了生動有力的表
現，這是國家意識形態範疇中的正劇模式，在電視劇製作完全市場化之前，
它們主要由各級宣傳主管部門和宣傳喉舌即官方電視臺等機構製作，在電視
劇製作完全按照市場規律運作之後，這一類正史劇很多都受到國家立項的支
持。「中國共產黨是以暴力摧毀了舊的國家機器，但那漫長的革命歲月也孕育
了『新國家和新社會的胚胎』。這一『胚胎』的形成和最後分娩，其過程就是
中國共產黨對文化領導權掌握的過程。不同的是，它不是通過葛蘭西的『市
民社會』，而是通過中國最廣泛的民眾實現的。」對革命歷史的重述，是對執
政黨掌握國家政權這一過程的重溫，也是對執政黨的文化領導權的另一種形
式的強化。〔註 77〕因為「社會主義在取得革命成功之前，必須取得文化領導
權；在革命成功之後，並不意味著『領導權』永遠掌握在自己的手中，它仍
處在被認同的過程中，仍有旁落的危險。」〔註 78〕正是在這一意義上，可以
很好地理解革命正劇對於 1921 年共產黨成立之後的往事的不懈講述。

（二）獵奇者的探秘

中國革命的歷程是藝術敘事當之無愧的資源寶庫，在電視劇對這一歷史
資源的攫取過程中主要有兩種方式：一是通過放大革命中所包含的信仰、公
心、追求與獻身精神，如「長征精神」等，在整理革命歷史、塑造黨的形象
以及強化人民對當下生活認同方面發揮巨大的詢喚作用。另一方面，是在不

〔註77〕　孟繁華，傳媒與文化領導權——當代中國的文化生產與文化認同〔M〕，濟南：
　　　　　山東教育出版社，2003，第 9 頁。
〔註78〕　孟繁華，傳媒與文化領導權——當代中國的文化生產與文化認同〔M〕，濟南：
　　　　　山東教育出版社，2003，第 4 頁。

斷對「革命」注入符合時代意識形態要求的涵義的同時，將革命所包含的暴力、情仇、愛恨與英雄行為，作為革命電視劇主要的意義生長點，它形成一種奇觀式的電視劇類型——「諜戰劇」，通過曲折、驚險、刺激的故事充分滿足觀眾的娛樂性觀賞需求。總結起來，相比抗戰題材以正面表現為主，國共之間的歷史糾葛則往往轉入諜戰的「地下」敘事模式。這種安排，一方面避免了國共內戰中大規模自戕場面的出現，體現了通俗表述中「中國人不打中國人」這一「統一戰線」的原則，雖然諜報人員每一條情報的成功或失敗傳遞，背後都必定有著生命的消失，但至少不用對其進行殘酷的直接表現。另一方面，這一類故事編織更有歷史依據，也更符合實際的鬥爭經驗。

革命題材電視劇中的諜戰劇有著悠久的「反特片」傳統，它通過對「地下工作」的講述，充分挖掘革命行動中的驚險、刺激的戲劇性特質。1981 年播出的九集連續劇《敵營十八年》是電視熒屏上諜戰劇的一個重要界標，它以國共兩黨的鬥爭為歷史背景，講述了一個潛伏在國軍中的足智多謀的共產黨間諜與敵周旋的經歷，它「是一部在中國電視劇歷史上具有標誌性意義的作品。《敵營十八年》不僅拉開了中國電視連續劇的大幕，而且還為電視劇的創作注入了許多新鮮的元素。《敵營十八年》更加突出了情節性、戲劇性和驚險性，每一集都留下一個懸念的設置的劇情安排，更是讓人聯想到中國傳統評書之妙。更重要的是，編導主創人員第一次考慮到了《敵營十八年》的商業性元素。」〔註 79〕而這部被學界批評的電視劇在觀眾中的受歡迎程度，證明了諜戰劇可能擁有的巨大市場號召力。

從反特片到諜戰劇，這一講述革命歷史的方式已經形成了高度類型化的特徵，並具有濃厚的商業性質，同時它也是大陸電視劇中較為成功的類型劇之一。「在電影製作和任何流行藝術形式中，一個成功的產品都是與慣例捆綁在一起的，因為它的成功會激起更多的傚仿。好萊塢體系內置的『反饋』循環確保了它對成功故事和技巧的仿傚，因為製片廠的製作—發行—放映體系使得電影製作者能夠沿著觀眾的反應測量他們的作品。這就好像用每一個商業成果，製片廠提出了電影慣例的另一個變化，而觀眾則通過他們的反覆使用顯示了這種新發明的變體本身是否會被慣例化。」〔註 80〕在托馬斯‧沙茲

〔註 79〕 宋強，郭宏，電視往事：中國電視劇五十年紀實〔M〕，桂林：灘江出版社，2009 年，第 20 頁。

〔註 80〕 〔美〕托馬斯‧沙茲，好萊塢類型電影〔M〕，上海：上海人民出版社，2009

看來，電影製作者與觀眾之間存在著一種互反關係，製作者的創新衝動被特定傳統和觀眾期待所調和。電影的商業反饋系統很少提供給觀眾任何直接或者間接的創造性輸入，而是通過對一部當前電影所表達的集體的認可或者不認可，它將會影響未來的變化。這樣的反應有一種累積的效果，開始是孤立的，而後漸進式地把一個電影故事提煉成一個熟悉的敘事模式。〔註 81〕諜戰劇與好萊塢類型電影相似，大都有一套比較穩定的固定模式和某種穩定的構成要素，諜戰劇的構成要素首先是兩大對抗的集團，然後各自進行特殊情報交換、間諜與反間諜、偵探與反偵探之間的智力拼搏和生死較量，一個個的懸疑、愛情糾結、報復、槍戰、情緒、逼供等等，這些都是構成諜戰劇的核心要素。〔註82〕表現國共兩黨的隱蔽鬥爭，是製作者與觀眾協同合作的行為，它強化了既定的價值取向和敵我觀念，並促成了這一類型的發展和成熟，因此，準確掌握大眾的社會心理需求，成為類型片成功履行製作方和觀眾之間的「合約」的關鍵。

在反特片及早期的諜戰劇中，主人公的性格、智商和品質都無可挑剔並且幾乎不發生變化，反面角色則在相貌、人品、做派諸方面都惡劣猥瑣、缺點突出，類似於小說理論中的「扁平人物」；對黨的忠誠是主人公行動的動力，電視劇通過劇情不斷設計出一個個險境，人物依靠自身的上述優點不斷從險境中脫身，觀眾也在這一過程中得到一種「貓鼠遊戲」的樂趣。這種絕對二元對立的情節模式本來是冷戰意識形態下的產物，新世紀以來，置身於後冷戰時代的觀眾已然無法認同這樣簡單粗暴的意識形態分割，因此，諜戰劇從正面到反面的人物均發生了變化，出現了「圓形人物」，從而使其能夠更好地深入人物內心，引起觀眾情感上的共鳴。如《潛伏》、《獵鷹1949》、《利劍》、《江陰要塞》、《黎明之前》、《黑色名單》等諜戰題材電視劇在國內各大衛視和地方電視臺熱播，一時間電視熒屏上「諜影重重」、「諜聲四起」，諜戰劇很快成為當下國內電視劇熒屏上最熱播的類型片之一，觀眾的欣賞熱情和審美趣味也被充分調動起來。如《潛伏》一劇就曾在北京衛視創下平均 9.1%的高收視率，其大結局當晚收視率超過 14%，是北京衛視歷年播出電視劇的

年，第 10 頁。

〔註81〕〔美〕托馬斯・沙茲，好萊塢類型電影〔M〕，上海：上海人民出版社，2009年，第 10～17 頁。

〔註82〕曲春景在「第八屆中國文化論壇・電視劇與當代文化」第五場「『諜戰』背後」上的發言〔J〕，2012-07-17，當代文化研究網：http://www.cul-studies.com。

收視率之最。不僅其結局引發了熱烈討論，該劇還帶動了間諜書籍的熱銷，甚至燈具城裏與余則成書桌上的綠色玻璃臺燈相仿的燈具銷量都大爲增加。〔註83〕此後，《英雄無名》、《功勳》、《代號021》、《驚天陰謀》、《5號特工組》、《僞裝者》等劇作被源源不斷地被生產出來。

雖然在諜戰劇日漸複雜、豐富的表現形態中，藏匿著更爲機巧的意義生產裝置，但無論如何，「諜戰劇」的商業性質決定了它的娛樂天性，而「革命」則只是被徵用的對象而已，「由於娛樂工業造出來的玩意兒瞬間就被消費所吞噬，它的龐大的胃口就不停地需要新商品來滿足。在此困境下，大眾媒體從業者爲了找到合適的素材，就要搜腸刮肚地劫掠過去和現在的全部文化。而且他們不會把這些素材按其本來的樣子拿出來，爲了具有娛樂效果，他們必須對之加以改變，使之變得更易於消費。」〔註84〕因此，當眾多學者饒有興致地討論諜戰劇的信仰與追求時，大概只有投資人才最清楚一部諜戰劇的最大目標是贏得收視率，如果對十幾年來優秀諜戰劇做一番仔細的文本考察，我們會認爲這種說法並非無稽之談。

總體看來，大陸熒屏上的革命故事以中國共產黨領導的革命爲主要表現對象，滿足國家意識形態層面對革命教義的發揚。新世紀以來，以正面反映歷史進程爲主的抗戰劇，絕大多數以八路軍和新四軍爲主角，著力表現共軍抗戰，湧現出了《歷史的天空》、《亮劍》、《生死線》、《我的兄弟叫順溜》，《永不磨滅的番號》等一大批力作。同時，隨著大陸對臺灣政策的調整，臺海兩岸關係的不斷升溫，一批以國軍將帥爲主角，表現正面戰場國軍抗戰的劇作也突破了重重束縛，出現在了熒屏上，如《我的團長我的團》，《中國遠征軍》、《遠去的飛鷹》、《血戰長空》、《戰長沙》等等。同時，2011年適逢紀念辛亥革命100週年，「辛亥革命」成爲影視表現的一個小熱點，再一次較多地出現在熒屏上，如《辛亥革命》、《辛亥首義》、《中山艦》、《孫中山》。但是總的來說，大陸革命電視劇在題材選取時的狹窄視野依然存在。正是在這個意義上，我們可以理解戴錦華的這番話：「近年來我非常不喜歡一種新的革命講述，就是紅色歷史再一次回到電視劇中，再次回到大眾文化當中。爲什麼紅色歷史

〔註83〕 結局改兩處《潛伏》北京衛視收視率創歷史之最〔N/OL〕，2009-04-17，網易娛樂：http://ent.163.com/09/0417/09/573G834F000335TL.html。

〔註84〕 〔美〕漢娜‧阿倫特，過去與未來之間〔M〕，王寅麗，張立立譯，南京：譯林出版社，2011年，第192頁。

重返了？因爲這叫中國崛起史前史，因中國崛起而重新獲得合法性，一個完全在民族主義的意義上再度獲得合法性的紅色歷史，也就是一個被閹割的紅色歷史。」〔註85〕

　　此外，儘管出現了《走向共和》這樣的作品，但大多數電視劇在歷史觀上還是延續了傳統的思路。這既因爲文化政策上的種種束縛，也還由於電視劇作爲大眾文化產品，其保守特性根深蒂固，避免挑戰觀眾「期待視野」、避免在收視率問題上冒風險，也使製作者選擇一勞永逸地將就現成的材料下鍋。2012 年張黎導演、改編自劉醒龍長篇小說的電視劇《聖天門口》恰好是一個很好的例子，它再一次證明電視劇的生存意義，不在於提供新的思想和觀念，而在於沿著前人的成功道路走下去，也許要增添一些花巧手段，但本質並沒什麼不同。

〔註85〕戴錦華演講：做現實主義者，求不可能之事——重訪六十年代〔N〕，觀察者
　　　網站：http://www.guancha.cn/Dai-Jin-Hua/2013_01_06_118495_4.shtml。

第三章　革命故事的「是是非非」
與「似是而非」

　　對電視劇的欣賞，最重要之處在於「看」，因為到目前為止，絕大多數電視都是通過二維的屏幕呈現出具有立體感的三維圖像，這類似於西方繪畫中的「中心透視」原理。對於視覺文化的研究者而言，透視法的重要意義在於它促使了「觀看主體」的誕生，「透視被經典性地界定為一幅從窗口望出去所看到的畫面。設定這樣一個框架也就形塑並界定了什麼是可以看到的，以及什麼是在視線之外的。……用達‧芬奇的話來說：

　　　　透視是理性的證實，經驗由此證實了萬物都通過一種線條的金
　　　　字塔將其外表傳遞給眼睛。通過線條的金字塔，我對那些線條獲得
　　　　了理解，這些線條始自實體表面的外緣，經過一段距離之後彙聚到
　　　　某一個點，倘若如此，我將表明這個點就是眼睛所在，而這個眼睛
　　　　正是萬物的最高法官。

　　……透視之所以重要，並不是因為它展現了我們『實際上』是如何來觀看的，而是因為它允許我們去整理和控制我們所看到的東西。視覺文化既不『反映』外部世界，也不簡單地遵循在別處創造出來的種種觀念。它是通過視覺來闡釋世界的一種方式。透視創造了一種從現有的材料中再現視覺權力的新方式。」〔註1〕在透視原理中許多線條最終彙集於一點，這個點確立了觀看者的權力，也促使了現代的觀看主體的確立，即人／眼睛成為世界的中心，

〔註1〕　〔美〕尼古拉斯‧米爾佐夫，視覺文化導論〔M〕，倪偉譯，南京：江蘇人民
　　　　出版社，2006年，第47～49頁。

根據這一原則，觀看對象被組織到特定的時間和空間秩序之中，在完成的透視畫中，「以觀察者的眼睛、橫截面組成的視覺錐形，恰恰要在畫面內部組成一個倒錐形，或者『一片有視線錐體穿過的透明玻璃』，那麼作爲中心透視的畫面恰恰如同一面鏡子。作爲『窗口』的畫框，表面上是投向外部的透明『玻璃』，實際上卻是反射主體內心的一面『鏡子』，但這是一面照不見繪畫者／觀看者／眼睛的『鏡子』，而整個畫面又恰恰是依靠繪畫者／觀看者的中心視點來組織的。」〔註2〕而在對革命電視劇的觀看中，一方面觀眾作爲處於中心地位的觀看者，擁有闡釋視覺對象的權力，另一方面，被看之物作爲「鏡子」又能反射出主體的位置所在，由此，解讀電視劇文本也成爲解讀觀眾的主體認同的途徑。

第一節　革命「他者」的歸去來

　　新世紀以來成功的革命歷史題材電視劇規模巨大，既令製作人不斷乘勝追擊、跟風趕製，也令文化管理部門感到驚喜：「主旋律」終於「叫好又叫座」了！然而，若僅僅把革命歷史劇的繁榮作爲轉型社會大眾心理同聲呼喚的結果，則使我們難以去直面90年代以來同類劇作雖受官方力薦卻在觀眾那裏遇冷的現實，那麼，「紅色」電視劇爲什麼又「紅」了？在 80 年代和幾乎整個 90 年代，隨著社會主義市場經濟的確立、改革開放政策的實施，社會生活的中心由階級鬥爭轉向經濟建設，一股世俗化的風潮不可阻擋地主導了整個社會，金元浦在《當代文化矛盾與通俗市民文藝》一文中將之描述爲「凡人的世界」：

> 　　人們對長期以來的階級鬥爭、路線鬥爭感到厭煩、恐懼和倦怠，發展爲理想主義信仰的消弱和啓蒙主義熱情的消褪，崇高感喪失。在道德上，許多人經歷了由集體主義向個人主義的轉化，物質需求的欲望空前高漲，生活福利的期望日益膨脹。
>
> 　　社會主義市場經濟的建立，進一步改變著整個社會的價值取向，先前佔據統治地位的元話語已找不到存在的適宜土壤。「英雄」、「犧牲」、「拯救」、「解放」、「崇高理想」、「大同遠景」的堂皇敘事

〔註2〕張慧瑜，視覺現代性——20世紀中國的主體呈現〔M〕，北京：人民出版社，2012年，第7～8頁。

全部因社會語境的變革而散入經濟話題和「生活敘事」。一些人不再
關注政治歷史的偉大推動者和偉大主題，而只關心自己身邊的「小
型敘事」。這是一個「凡人」的世界。〔註3〕

這些文字很真實地記錄了90年代以來民間社會「躲避崇高」的思想狀況
和「去政治化」的社會思想潮流。其時在電視熒屏上播出的國產電視劇，除
了80年代初《神聖的使命》、《刑警隊長》、《亂世擒魔》等劇借刑偵反特的形
式呼應「撥亂反正」這一時代主題，以及帶有商業雛形、備受評論界批評的
《敵營十八年》和《夜幕下的哈爾濱》等少量講述革命故事的劇作，20年間
的風水基本都在武俠劇、古典名著改編劇、家庭倫理劇、改革題材劇以及古
裝歷史劇之間流轉，尤其是90年代影視文化行業產業化轉型，大眾文化蓬勃
興起，使單純「愛國主義教育」性質的革命敘事空間大為縮小。然而，短短
的幾年之後，世界也許還是「凡人」的世界，「凡人」們卻似乎開始召喚「革
命英雄」的英靈回歸了，歷史究竟處於怎樣一種「難以擺脫的反覆」（柄谷行
人語）之中的呢？

一、「左翼」話語的復現

如果說80年代是以現代化意識形態作為新的烏托邦替代此前的革命烏托
邦，社會彌漫在後理想主義的氛圍之中，無論在思想解放運動，還是新啟蒙
運動中，受現代化的理想圖景召喚，到處充滿著激昂的獻身精神和理性主義
激情，〔註4〕90年代則是一個「啟蒙瓦解」的年代。自20世紀90年代以來，
逐步定型下來的社會結構，已經在強有力地影響著改革的方向和實際的進
程，這種影響最終會體現在改革的結果，特別是利益的結果上。具體而言，
90年代體制的變革仍在繼續進行，但同時新形成的社會力量及其組合關係已
經開始逐步定型，（1）變革之初作為體制變革的產物的新的社會力量如私營
企業主、職業經理人、技術專家、白領階層以及學院知識分子等，這類社會
群體在90年代已經形成了相當的規模；（2）各個社會群體或階層相互之間的
邊界已經開始越來越清晰；（3）在每一個群體的內部，開始形成初步的認同，
以及相應的群體文化；（4）群體間基本結盟關係出現。社會結構的定型對經

〔註3〕《當代文化矛盾與通俗市民文藝》，見金元浦，陶東風.闡釋中國的焦慮——轉
　　　型時代的文化解讀〔M〕，中國國際廣播出版社，1999年，第189頁。
〔註4〕許紀霖，羅崗等，啟蒙的自我瓦解：1990年代以來中國思想文化界重大論爭
　　　研究〔M〕，長春：吉林出版集團有限責任公司，2007年，第33頁。

濟體制改革產生了影響：其一，改革的內涵發生了變化，從初期「理想與熱情」的色彩變爲利益博弈；其二，改革的動力發生了變化，改革由體制上層推動的收益大、代價少的局面發生變化，各種定型的社會力量開始構成影響改革進程的重要因素；其三，一種扭曲的改革機制已經在開始形成，致使一些旨在促進社會公平的改革措施在實踐中往往收到不公平的社會效果甚至轉換爲一種腐敗的手段；其四，在強勢群體與弱勢群體之間，力量的不均衡與不平等機制形成。〔註5〕

正是由於改革的這種現狀，導致 90 年代的中國思想文化界，陷入重新分化之中。「在 80 年代的新啓蒙運動中，中國的公共知識分子在文化立場和改革取向上，以『態度的同一性』形成了共同的啓蒙陣營，但這一啓蒙陣營到了 90 年代，在其內部發生了嚴重的分化。圍繞著中國現代性和改革的重大核心問題，知識分子們從尋找共識開始，引發了一系列論戰，並產生了深刻的思想、知識和人脈上的分歧，因此形成了當代中國思想界的不同斷層和價值取向。就中國思想文化界而言，90 年代同 80 年代的一個最重要的區別，就是從『同一』走向了『分化』」。〔註6〕

在這種分化中，「左翼」話語也順理成章地重新浮出水面。尤其從世紀之交迄今，現代化的意識形態神話無法有效彌合社會階層的分化，也未能解決資本全球流動帶來的文化同質化和環境與資源方面的新問題，因而在日趨分化的思想文化界，尋找對抗全球化的另類批判資源成爲迫切的現實關注點，20 世紀中國左翼思想文化再度隱約浮現出其可能的「遺產」意義，左翼文化和歷史實踐也重新獲得關注。左翼文學（包括 20 年代的革命文學、30 年代的左聯、40 年代的延安文學）重新被關注，並且構成了新世紀電視熒屏上革命敘事的直接資源。正如有論者指出，儘管由於電視劇敘述本身的風格化要求，使對革命影像的呈現失去了從前的召喚效果，革命從崇高變爲奇觀，但是「不管怎麼樣社會主義時期是我們的一場記憶，不管怎麼樣它是中國人曾經經歷過的歷史時期，它是我們的歷史，這是無可迴避的。如果過去這場記憶對我們來說，仍然是有效的話，或者說對當下生活還不滿的話，我們都需要尋找

〔註5〕孫立平，斷裂——20 世紀 90 年代以來的中國社會〔M〕，北京：中國社會科學文獻出版社，2003 年，第 30～34 頁。
〔註6〕許紀霖，羅崗等，啓蒙的自我瓦解：1990 年代以來中國思想文化界重大論爭研究〔M〕，長春：吉林出版集團有限責任公司，2007 年，第 1 頁。

一種資源，在這個意義上，社會主義記憶在某種意義上構成我們對當下的超越。在這個意義上，我們還有一種回憶社會主義時期的可能性。」〔註7〕

二、革命「他者」的重置

在 20 世紀左翼政治、文化的歷史實踐之中，「革命」是個重大主題。革命話語的內涵、革命行動的政治合法性、革命與個人關係、革命精神的流佈等等，無一不是需要花工夫去闡釋的。而在電視劇的表述中，同樣存在著對「革命」基本內涵的表達，其中最為典型的在於對革命「他者」的設定。「他者」這一在西方殖民擴張過程中確立起來的概念，與「自我」（Self）相對立，西方人將「自我」以外的非西方世界視為「他者」，將兩者截然對立起來。革命的「他者」，則是可以看作是與革命者相對立的、革命行動所針對的對象。在早期的革命敘事中，革命的「他者」無可置疑地置於敵對的地位，在抗日題材中他們是侵略者，是民族的敵人；在解放戰爭題材中，國民黨則作為黨的敵人、階級敵人出現，他們的形象獐頭鼠目、賊眉鼠眼，而且大多道德敗壞、生活腐朽、男女關係混亂（如《羊城暗哨》裏特務因為我方潛伏人員沒有亂搞男女關係，而質疑他「我看你不像我們的人。」）而到了新世紀，這樣不容置疑的敘事前提已經不能從情感上打動觀眾了，在經歷了整個80年代社會文化層面的去政治化的歷程之後，90 年代左翼話語的回歸在與右翼思想的激烈交鋒中，雖然在新世紀贏得了一定的話語力量，但是全球化的世界性格局重組與國內經濟改革對社會道德價值體系的重塑，使冷戰時代的二元對立思維模式大為改觀，這些意識形態層面的變化延留、滲透進新世紀的革命影視中，使之發生相應的變異，呈現出既似曾相識又似是而非的曖昧面孔。因此，新世紀的觀眾不僅歡迎影視明星出演的國家領袖，而且，還需要重新定位革命的「他者」與敵人的含義。2001 年由唐國強飾演毛澤東的《長征》，是首次引起觀看熱潮的主旋律電視劇，在電視劇第 1 集的開頭就用畫外音交代了事件的背景：「一九三三年，中華民族到了最危險的時候。一九三四年五月三十　日，日本政府強迫南京政府簽訂《塘沽協定》，華北就要變成第二個東北了。蔣介石倒行逆施，攘外必先安內。」因此，如果說兩個政黨之間存在

〔註 7〕朱康.敘述革命與革命敘述——國產革命歷史題材電視劇青年論壇〔J/OL〕，
2012-07-24「第八屆中國文化論壇」當代文化研究網站：http://www.cul-studies.com/index.php?m=content&c=index&a=show&catid=39&id=。

紛爭是正常現象，但是在「民族最危險」的時候卻要「安內」，將蔣介石從共產黨的政敵，直接推到了中華民族的敵人、全國人民的敵人的位置上，並因此而動搖了其當時作爲執政黨的合法性根基。正是在由關乎民族存亡的宏大敘事構建起來的背景中，電視劇展開了對「長征」這一史無前例的征程的講述。2009 年天津市委宣傳部、中央電視臺、天津電視臺、八一電影製片廠聯合攝製的 50 集大型電視連續劇《解放》，是「人民戰爭的藝術史詩，它全方位詮釋了中國人民解放戰爭豐厚的歷史內涵，展現了一場北起白山黑水、南到天涯海角的偉大人民戰爭，演繹了國共兩大統帥部在軍事、政治、經濟、統戰等各個領域的全面較量。」但是這樣的宣傳語卻很難迴避兩黨內戰「中國人打中國人」的事實，因此，影片一開始便要將敵、我關係進行重新闡釋和梳理：由於蔣介石單方撕毀國共和談達成的《雙十協定》，向各戰區司令長官發出剿共密令，這一非正義行爲同樣觸及到了普通百姓的基本生存權力，影片在第一集中就通過眾多共產黨領導之口表達了控訴：

朱德：「抗戰八年，死了多少中國人，好容易勝利了，蔣介石又要發動內戰，爲一己之私，不惜在千百萬老百姓的屍骨上建立蔣家王朝。」

劉少奇：「和平民主是大勢所趨，蔣介石逆潮流而動，只能是獨夫民賊，千古罪人，當年，蔣介石發動反革命政變，殺害了我們多少共產黨員和仁人志士，舊恨新仇，遲早要跟他算賬的。」

在開戰前夕，毛澤東指出：「我們目前的基本方針，是在不喪失基本利益的前提下，實現和平，甚至說要竭力爭取和平，哪怕短時期也好啊。需要強調一點，我們被迫反擊，依然是爲了爭取和平。」「蔣介石準備大打，恐難挽回，大打後，估計六個月左右時間，如我軍大勝，必可議和，如勝負相當，亦可議和，如蔣軍大勝，必不能議和，因此爲爭取和平前途，我們只能立足於打。」

林彪：「自鴉片戰爭以來，中國老百姓飽受戰爭之苦、內外之亂，我們這些共產黨人再不爲他們多爭一些和平的話，死後怎麼向馬克思交代。」

通過這樣的反覆交代和渲染，突出了我方「以戰止戰」、「爲和平而戰」的目的，也爲打擊蔣介石的「反革命」行爲從意識形態上取得了合法性。

三、個人「幽靈」的召回

應該說，從民族存亡、人民和平這樣的宏大敘事層面來論說革命的合法性，是典型的「主旋律」手法，而在新世紀更多的革命歷史題材電視劇中，尤其是那些不以重大革命事件為題材的劇作中，革命行動往往並不是從這種意識形態制高點上展開的，相反，革命者常常是因為個人情感的驅動而踏上革命征程的。正如古斯塔夫·勒龐強調情感在革命中對大眾產生感召效果的作用，在《革命心理學》中他說：

> 一場革命最終可能會變成一種信仰，但它卻常常是在相當理性的動機驅使下發動的：或是對苛刻的暴政的反抗，或是對令人憎惡的專制政府的反抗，或是對某個不得人心的君主的反抗等等，不一而足。

> 儘管革命的起源可能是純粹理性的，但我們千萬不能忘記，除非理性轉變為情感，否則革命醞釀過程中的理性不會對大眾有什麼影響。

> 理性邏輯能夠指出即將被摧毀的暴政，但是，如果想用它來引導大眾恐怕效果不大；只有情感的因素以及神秘主義的因素才能夠給人的行為以動力，才能影響大眾。

> 無論一場革命的起源是什麼，除非它已經深入大眾的靈魂，否則它就不會取得任何豐富的成果。〔註8〕

如果說十七年革命敘事中用純粹的民族意識和階級意識對革命動機做了高度提純，將幾乎所有個人情感的因素擠壓成一種革命的「前史」，那麼，新世紀以來的革命敘事則對曾經被趕走的幽靈做了召回，個人化的、情感性的因素作為革命的動力，被極度放大。「游擊戰裏面讓我們產生印象比較深的是對以前的游擊戰的反敘述，以前的游擊戰是我們的文明紀律，我們如何改造一個自然人。而現在反過來變成一個人基於自然的一個感情，如何去集結，如何去動員這樣一個人群，基於不是以前的一個方式。以前的革命劇並沒有強化的人基於自然條件下情感連接，在這個過程當中，如何提升某種信念，某種精神。」〔註9〕除了綜合表現重大革命事件的劇作一般從整體入手，強調

〔註8〕〔法〕古斯塔夫·勒龐，革命心理學〔M〕，佟德志，劉訓練譯，廣東人民出版社，2012年，第41～42頁。

〔註9〕薛毅在「第八屆中國文化論壇：電視劇與當代文化」上的發言，根據現場錄

史詩性、多方位的展現，更多的革命電視劇選擇從個人或家族命運帶出對歷史的呈現和評判。在《人間正道是滄桑》、《歷史的天空》、《潛伏》、《永不磨滅的番號》等劇中，主人公走上革命道路都顯出幾分偶然的性質的。《歷史的天空》的主人公姜大牙原本打算殺敵投奔國民黨，卻陰差陽錯地到了八路軍的根據地，即便如此，他也並不打算留下來，而是在飽餐一頓之後打算離開，是年輕美麗的八路軍女戰士東方聞音給了他當八路「試一試」的動力，他從一個粗魯的鄉村好漢，成長為足智多謀的指揮員，最終錘煉成了具有高度政治覺悟和鬥爭藝術的高級將領。《雪豹》中富家子弟周文走上革命之路，主要與他喜歡的女同學陳怡有關，他陪同陳怡去前線送慰問物資，並為救被日本浪人調戲的陳怡而與日本浪人結下梁子，最終偷梁換柱從死刑場上被救出之後，又拒絕了與未婚妻蕭雅的婚事，在這一系列變故之後，他改名周衛國報考中央軍校，從此走上了革命的道路。某種意義上也可以說，女性之美／愛被描述為革命的動力，也暗示了「革命」與「浪漫」之間的對等關係。

除了「愛」，「恨」是催生革命動力的另一個重要情感性因素，「如果造成革命者處於分裂對立狀態的仇恨具有理性起源的話，那麼它們就不會如此持久，但是一旦仇恨產生於情感或神秘主義的因素，那麼人們就既不可能遺忘也不可能寬恕。仇恨心理的根源在不同的派別那裏如出一轍，它們都表現出同樣的暴力傾向。」〔註 10〕仇恨導致了對「他者」的抵抗，而這種抵抗行動又常常被簡化地表述為「報仇」，「多殺鬼子」也許是人們在抗日劇裏聽到最多的臺詞。響應革命的普通農民要為被殺害的親人報仇，從處理個人的失親之痛，到為被傷害的整個民族和所有同胞報仇，仇恨情緒成為整合民族的力量，甚至成為電視劇中民族主義的「起源」。這與 50 年代的革命敘事恰好形成了一個反向的呼應，後者也承認革命群眾與「他者」之間的仇恨，如《烈火金剛》、《鐵道游擊隊》、《呂梁英雄傳》等都描寫的是游擊隊、武工隊的奮起反抗、復仇的故事。這些故事的主人公與燒殺劫掠的日本人、作惡多端的地主惡霸或土匪有著深仇大恨，他們的父母或是兄弟姐妹皆被仇人迫害致死，但這些「革命英雄傳奇」的文本與民間傳奇故事不同的是將個人仇恨昇華為階級仇、民族恨，從而超出了個人復仇的狹小範圍，具備了意識形態宣

音記錄整理。
〔註10〕 〔法〕古斯塔夫·勒龐，革命心理學〔M〕，佟德志，劉訓練譯，廣東人民出版社，2012 年，第 91 頁。

傳的作爲。〔註 11〕這種處理方式，一方面強調的是國仇大於家恨，個人恩怨微不足道，另一方面，則顯示出眞正的革命者對政黨眞理的認同應該大於一己私仇的煽動（如小說《野火春風鬥古城》中的處理方式）。

同時，這種從偶然愛或恨的情感動機開始的革命歷程，使革命電視劇中的主人公也具備了「成長」的特性。然而，如果說十七年小說中的「成長」主體是革命意識的成長、是黨性的成長，那麼新世紀革命電視劇中的「成長」則缺乏這一意識形態提煉的效果，主人公的成長更多地表現在革命計謀、軍事能力和文化知識甚至生活習慣的提升，《歷史的天空》裏姜大牙在東方聞音的教導下拔掉齙牙，容貌顯得更加英俊，更重要的是，他改正了生活習慣上的農民的種種陋習，進行了掃盲學習，由一個滿口粗話的鄉下漢子變成了講文明的「現代人」。

實際上，對個人情感的看重，體現的是正一種現代性的觀念形態，「人，在馬基雅維里的文藝復興時代被發現，在路德的宗教改革運動中從教會中解放出來，在培根和笛卡爾的 17 世紀，開始成爲自然界的理性主宰。人，經過觀念、科學和哲學的共同努力，提高到歷史的奪目之處並且熠熠生輝。現代，正是在 16、17 世紀，在人被發現的意義上，在人成爲主宰的意義上，在人類中心論鍛造而成的意義上被稱爲現代。在人、神和自然的三角競力關係中，人在逐漸勝出。」〔註 12〕個體情感作爲新的敘事起點，使革命題材電視劇在講述革命故事的同時，也脫離了對革命現代性的經典表述。

四、家族敘事與兩黨政治

革命敘事對個人性的情感因素的召回，顯示出在後革命時代，革命需要不斷自證，即爲自己尋找到合法性的庇祐，而人們要理解革命則需要不同於從前的視野準備。與此同時，在新世紀革命劇中，比個人情感更高一級的親緣關係取代階級關係，成爲聯繫革命者和大眾以及聯繫過去和未來的紐帶，革命者被還原爲兒子／女兒、丈夫／妻子、父親／母親的身份，尤其以兒子／女兒的身份定位最爲普遍，這使革命從保衛父母向保家衛國自然過渡，與中國傳統的「家國同構」形成了呼應。如果說民族是「被設想成一個在歷史

〔註11〕郭冰茹，十七年（1949～1966）小說的敘事張力〔M〕，長沙：嶽麓書社，2007年，第 124 頁。
〔註12〕汪民安，現代性〔M〕，桂林：廣西師範大學出版社，2005 年，第 80～81 頁。

中穩定地向下（或向上）運動的堅實的共同體。」〔註 13〕那麼，由親緣關係的傳遞而形成的家族紐帶，更是民族這種抽象的存在物的更為具體的、有血有肉的表層結構。用天下父母的生死存亡來取代民族的危亡，也更能激發觀眾同仇敵愾，這也正是大眾文化「貼心」的表現，它總是從人們生活的細節入手、揣摩和呼應大眾的心態。更重要的是，革命敘事的家庭框架，為新形勢下講述兩黨之爭提供了更為自然的邏輯支撐。在《人間正道是滄桑》中，楊家兄弟姊妹三人中，姐姐楊立華最早投身到廣州的革命熱潮中，楊立仁擁有滿腔的革命激情，與革命黨勾連，準備刺殺三省巡閱使，而最懵懂無知、毫無革命意識的則是小弟楊立青。但是，由於理想和信念的分歧，也由於命運的安排，楊立仁和楊立華留在了國民黨內，楊立青從黃埔軍校畢業後，則成長為出色的共產黨指戰員。家庭敘事和血緣關係的講述框架，極大地淡化了兩黨之間的政治敵對情緒，對黃埔軍校的深度刻畫、對國軍軍官的正面表現，也呼應了臺海兩岸新的互動局勢。但是，對對手的尊重並不表示在敵我之間已經到了無分軒輊的完全平等的程度，相反，這種高下之分通過人物性格上的差異得到了巧妙隱喻。在劇中，楊立青是個小錯不斷的混世魔王型公子，他胸無大志、貪玩好耍，除了頭腦聰明，基本沒表現出別的優點，然而在楊立仁試圖刺殺三省巡閱使的事件中，楊立青玩鬧中開槍使刺殺事件流產，父親評價說：「還是立青福氣大。」而楊立仁為了革命目標，置全家人性命於不顧，也成為他心狠手辣、大義滅親的寫照，因此，楊立仁刺殺破產，倉促出逃之後，楊立青告訴姐姐：「要說記仇，我只記我哥的仇，這幾槍也就是我放出去，要真是讓他放出去了，別說賣房子的事，咱們全家一個都活不了。這事我爹能過去，你們都能過去，但我不會原諒他，永遠不會。」因此，看似單純的性格迥異──立青坦率真實，立華愛憎分明，立仁九曲迴腸，也變成了一種帶有道德判斷的高下之分的意味，這種高下之分也隱含了對不同政治道路的臧否之意。

其實，家庭的框架並不意味著單純的家庭倫理，相反，政治博弈始終與家庭倫理有著根本的不同。因此《誓言今生》中，分屬兩黨的兒子黃以軒、女婿孫世安在以父親／岳父為人質的持槍對峙中，誰也不肯先放下武器，意外之中子彈將父親／岳父射殺，二人陷入更歇斯底里的搏鬥，最終以魚死網

〔註13〕〔美〕本尼迪克特・安德森，想像的共同體──民族主義的起源與散佈〔M〕，吳叡人譯，上海：上海世紀出版集團，2008 年，第 24 頁。

破而告一段落。這是發生在家庭成員之間的博弈，但其行動方式恰好是徹底政治性的，正如鄒讜所指出的，二十世紀中國政治在中共黨內鬥爭和國共兩黨鬥爭上有一個一以貫之的基本模式，即在最高宏觀政治層面上解決衝突的模式是，圍繞著不可分割的權力和政策問題所爆發的衝突，總是從種種對抗發展到「勝者全勝，奪得全部權力，而敗者則全敗，決無分享決策之可能。……到目前為止，在二十世紀中國的政治衝突中從沒有一次能夠產生出一種使中國人能夠理性解決衝突的制度性結構和社會心理期望，亦即用談判、討價還價，以及一系列無終止的妥協和相互調整去解決衝突，反過來又進一步加強這種解決衝突的制度性結構和社會心理期望。」〔註14〕正如許倬雲認為蔣介石的唯我獨尊和國民黨的寡頭政治是從孫中山繼承下來的傳統，「孫中山永遠是人追隨的『先生』，而不是可以規勸或合作的夥伴，接受共產國際改組國民黨的時候，接納了權力集中與黨魁的制度，這一作風在國民黨形成傳統。」〔註15〕由此也可見兩黨在執政理念上的同出一源的特性。

如果說在講述兩黨之爭的時候，家庭成為周全的敘事起點，那麼，在講述抗日戰爭的劇中，國共矛盾則在民族主義的層面被彌合，統一在「中國人」的標籤之下，體現出一種典型的後冷戰思維方式。在《歷史的天空》中，姜大牙、朱一刀、陳默涵和韓春雲雖然不是一家人，但都為藍橋埠從小玩到大的親密朋友，而且姜大牙和韓春雲還有婚約在身，日軍的入侵使四個年輕人有家難回，同時成為了流浪兒。這首先是一種類家庭的敘事框架，其次，就參軍的意願來看，陳墨涵追隨老師王蘭田走革命道路欲投新四軍，而姜大牙認為國軍是正規軍，裝備好，有軍餉，陞官發財也有奔頭。由於韓春雲對姜大牙的反感，致使四人決裂，分道揚鑣，巧合的是，他們參軍的結果都事與願違，姜大牙、朱一刀參加了新四軍，陳墨涵、韓春雲則陰差陽錯地加入了國民革命軍。個人走上革命道路的偶然性特徵又一次彰顯出來，它不僅是一種淡化革命的政治色彩的手段，同時似乎暗示了共軍也好、國軍也罷，從起源和本質上看，他們並沒有根本的區別，因為「參軍打日本！」是雙方的共同訴求。也因此才有了後來陳默涵率軍起事投誠，最終與姜大牙並肩作戰的結局。正是在這個層面，影視劇將新歷史小說中對歷史意義的消解進行了轉化，將虛無化的歷史意識整合起來，在共同抗日的層面上，整合了國、共的身份差異，

〔註14〕鄒讜，二十世紀中國政治〔M〕，牛津大學，1994年，第135～136頁。
〔註15〕許倬雲，歷史大脈絡〔M〕，桂林：廣西師範大學，2009年，253頁。

也取消了新歷史小說中對於個人命運無可把捉的無力感，在都是「中國人」的前提下，電視劇獲得了敘事的動力，也完成了民族情感的整合和國家認同的重建。「民族國家的『民族』的身影，總是浮現在遙遠不復記憶的過去之中，而且，更重要的是，也同時延伸到無限的未來之中，正是民族主義的魔法，將偶然轉化為命運。」〔註16〕民族主義作為現代性的產物，是18世紀西歐宗教衰頹之後的替代形式，它以一種世俗的形式，重新將宿命轉化為連續，將偶然轉化為意義。正是在民族主義的層面上，新世紀革命題材電視劇傾向於在國軍之中劃分腐敗無能和英勇抵抗的界限，並給予後者更正面的描寫和充分的尊重，他們與共軍的個人關係也更為親近和友好。如《歷史的天空》中石雲彪和高秋江這兩位國軍中的抗日英雄，《亮劍》當中的國軍愛國將楚雲飛以及《人間正道是滄桑》中正直英勇的范希亮、《戰長沙》裏的國軍參謀顧清明等人。

另一方面，國共之間的相逢泯恩仇也體現了敘述主體自我想像的變化。正如張慧瑜在《視覺現代性》中的論述：「在20世紀50～70年代的抗戰敘述中被國共矛盾所遮蔽的民族之戰的邏輯重新顛倒過來，抗日戰爭變成一種中國人抵抗外辱的國族之戰。曾經作為冷戰敵人的日本和國軍形象開始發生了一系列轉變，一種建立在民族主義的膠水開始黏合冷戰的裂痕。其中最為重要的意識形態書寫就是80年代以來對國民黨及國軍形象的『撥亂反正』，尤其是在抗戰敘述上，國軍開始呈現一種正面的積極抗戰的形象。這本身是一種自我他者化的過程，在民族／國族的意義上，曾經作為冷戰敘述對立面的他者變成了自我。」〔註17〕

如果說對國軍將領的正面呈現，體現了一種自我他者化的過程，那麼，對作為侵略者的日軍的正面呈現，更顯示出這種他者化的程度。如電視劇《雪豹》中所刻畫的周衛國和竹下俊的友誼。周衛國在中央軍校表現出色，被送往德國柏林軍事學院留學深造，遇到了前來學習的日本人竹下俊，他們兩人靠自己的智慧和完美的配合，通力合作，與考官漢斯上校打成平手，以優異的表現通過了考試。兩人自此惺惺相惜，互相佩服，相互敬重。周衛國向竹下俊學習日語，隨著友誼的加深，竹下俊向周傳授日本劍術。中日之間的戰爭雖然令兩人關係

〔註16〕〔美〕本尼迪克特‧安德森，想像的共同體——民族主義的起源與散佈〔M〕，吳叡人譯，上海：上海世紀出版集團，2008年，第10～11頁。
〔註17〕張慧瑜，視覺現代性——20世紀中國的主體呈現〔M〕，北京：人民出版社，2012年，第266頁。

有幾分尷尬，但還不至於影響到他二人以好友相待。七七事變爆發後，二人最終不得不在戰場上兵戎相見、決勝生死，而這種戰火紛飛中的你來我往也還是光明正大，有幾分江湖俠義的意味在其中。在《民兵葛二蛋》中，則著力刻畫了日本少佐在自己妹妹到來時的溫情表現，兄妹二人從小在滿洲長大，是孤兒，妹妹美麗善良，從不忍心傷害任何生命，哥哥則對妹妹的仁慈極為縱容，劇中通過妹妹良子之口道出：「其實我哥哥是個很好的人，他只是不喜歡表露出來，我問他為什麼要殺人，他說打仗總有死傷，他寧可自己死，但為了國家，不得不狠心。」把侵略者還原成單個的人，是受制於具體生存環境的身不由己之人，他們甚至才華橫溢、重情重義，但這樣的「他者」卻是我方不得不在戰場上遭遇並且必須抵禦和剿滅的，這樣的敘事心情，雖然不如《南京！南京！》那麼極端——選擇一個日本士兵／施刑者的角度來敘述南京大屠殺／被砍頭者的故事，但也是觀看主體位置一大改變的表徵。在對待日本人的複雜歷史心態中，與其一味醜化、簡化或者漫畫化他者的形象，借用粗糙的樂觀主義和勝利果實來鞏固民族自信心，不如擺脫「被砍頭」的受害陰影，與對手處於完全平等的心理和人格位置，同樣的出色（竹下俊），甚至比自己更弱小（孤兒），這樣棋逢對手地在戰場上相遇，惺惺相惜地公開格鬥，最終分出一個更具說服力的勝負結果，這無疑是主體想像在投射到「日本」這一「羨慕嫉妒恨」的客體時，發生了對「他者」的認同以及位移的結果，它迎合了中國大國崛起及走向復興之路的主體想像。這種強者認同，實現了對紅色經典時期中國的自我想像的翻轉，中國不再是備受威脅的弱者，而是認同了「弱肉強食」的邏輯，自身正狂奔在成長為強者的道路上，甚至將已有的強者作為一種自我表述和自我想像（類似於小說《狼圖騰》所引起的廣泛共鳴，反映的就是這種心態），「新世紀以來獲得高額票房的中國大片幾乎都在講述同一個故事，就是反抗者如何放棄反抗認同於最高權力的故事，對於王位的爭奪不僅成為唯一的情節而且反抗者必然失敗，再加上這些年熱播的革命歷史劇中所塑造的具有傳奇色彩的草莽英雄，既是勝利者，又是成功者。這種劊子手／現代主體、狼、工、強者的故事循環著中國大國崛起及走向復興之路的主體想像。這種主體想像有效倒置了50～70年代及其革命中的主體位置，完成了從革命主體到現代主體的轉換，並抹去了革命主體對於現代性暴力及壓抑的內在批判。」〔註18〕

〔註18〕張慧瑜，視覺現代性——20世紀中國的主體呈現〔M〕，北京：人民出版社，2012年，第296～297頁。

第二節　僭越式英雄與革命新主體

　　正是由於革命的「他者」已經發生了變化，因此革命主體的形象也相應地發生了變化，尤其是新世紀電視劇中的英雄形象與之前的同類角色相比，發生了變化。實際上，中國革命尤其是共產黨領導的革命取得成功的很重要原因就在於廣泛地發動了底層民眾的參與，也就是說，革命的根在民間，凝聚著廣大民眾的情感力量，同時也包含了地方性的生活經驗。在後冷戰和後革命的時代，重新講述革命的故事，是在革命行動本身已經喪失了與當下歷史情境和生活形態的共生性的情況下，對革命的重新想像和塑造。因此，探究革命如何在當下生活中重新喚起觀眾的觀看意願，獲得認同，甚至激發出新的思想活力，一方面能夠折射出時代的精神症候，另一方面，則清晰地顯示了觀看者主體位置的位移。就革命敘事中的主人公──英雄形象來看，則充分地印證了這一看法。

一、革命之根與草根英雄

　　中國長期以來的封建體制以皇權為唯一的政體，儒學中精忠報國的傳統思想是中國英雄主義的主要理念。中國古代的英雄類型大致分為民族英雄、帝王英雄、民間英雄和武俠英雄四類。但不管是以岳飛為代表的民族英雄，還是由秦皇、漢武、唐宗、宋祖所代表的帝王英雄，或是由宋江、李逵、武松所代表的民間英雄，其為人稱道的共同的歷史功績，體現的都是維護中國大一統地位、反抗分裂的理念。而武俠英雄作為具有「超人」特質的民間英雄，雖然身在江湖，但心繫廟堂或與廟堂合謀的也不在少數。因此，中國的英雄觀著重於守衛國土，維護皇權。〔註 19〕在新世紀革命電視劇（除了表現領袖人物的重大革命歷史題材劇）中，大部分英雄形象似乎都遙遙呼應了中國古代傳統中的英雄敘事，或可將他們稱之為「民間的民族英雄」，而水滸殺富濟貧、除暴安良、替天行道的一百單八將模式，正好使我們可以更好地理解這些形象的獨特意義，越來越多的優秀之作，以更細膩的手法、更從容的節奏，塑造了更為栩栩如生、個性鮮明的英雄人物群落，基本實現了對處於中心的革命領導主體的取消。

　　傳統的革命者形象是理論上的先覺者，其革命行動受系統化革命理論的

─────────────

〔註 19〕潘天強，英雄主義及其在後新時期中國文藝中的顯現方式〔J〕，中國人民大學學報 2007（3）

指導，他們所踐行或最終走向的是黨的革命理念，在文化修養和理論素質上都正面體現著黨的革命思想。如《紅旗譜》裏的賈湘農、嚴運濤，《青春之歌》裏的盧嘉川、江華，《紅岩》裏的許雲峰、江姐，《野火春風鬥古城》裏的楊曉冬、銀環，《鐵道游擊隊》裏的老洪、《敵後武工隊》裏的魏強、楊子曾等等。在新世紀的革命敘事中，作爲絕對正面主人公的八路軍和新四軍的指戰員突破了過去理論先行、革命意志決定革命行動的「眞理」模式，在政治上高大、道德上完美的革命英雄，被不按常理出牌、優缺點都至爲突出的草莽英雄形象所取代，這些草根出身的民間英雄既戰功赫赫，又錯誤不斷，是令上級領導頗爲頭疼的聰明的劣等生。

　　《激情燃燒的歲月》中的石光榮，終身保持著濃厚的東北農民的氣息，這表現在他既英勇善戰，又獨斷專橫。他既看重夫妻、父子親情，但在情感表達方式上卻粗暴蠻橫，而且處處流露出深受傳統倫理綱常影響的痕跡，如男尊女卑、家長專制等。當然，石光榮的這種草莽習氣還只是一種供觀眾獵奇的景觀化要素，劇作通過石光榮戰鬥英雄／高級將領與蘑菇屯吃百家飯的農民之間的身份差異，以及農民出身的石光榮與城市小資產階級知識分子儲琴之間的文化差異，使全劇呈現出一種喜劇效果。柏拉圖說產生喜劇的滑稽和可笑是一種缺陷，亞里士多德也認爲喜劇對醜和滑稽之人的模仿，而滑稽的事物是某種不致引起痛苦或傷害的錯誤或醜陋。〔註20〕如果說「英雄」是石光榮身上令人肅然起敬的品質，那麼「草莽」則是他給觀眾帶來輕鬆一笑的另一種特質，而「笑」則意味著善意的否定。但「恰恰因爲『英雄』身上的『毛病』而使閱讀者感到了某種親切，這種親切不僅來自於共同的『凡俗』性質，更在於由此確立了某種政治認同，並在這一政治認同中，感知到了自我的『成長』可能。」〔註21〕到了《亮劍》，英雄的「草莽」性格得到了更爲正面的呈現。劇中的李雲龍作爲來自底層社會的粗魯血性的鄉間漢子，他性格中既有民間社會不拘小節、粗獷灑脫、眞誠大度的一面，同時又有文化程度低導致的粗暴專橫、滿口髒話和儀表不檢；他的農民式的質樸、忠勇、專斷和狡黠，與儀表堂堂的「國軍」將領和嚴謹的知識分子政委形成鮮明對比和巨大反差；同時，他的火爆脾氣和江湖義氣，他的勇猛果斷和嫉惡如仇，又與古代傳奇中的梁山好漢形象一脈相承；而他的「英雄事跡」則是通過不斷闖禍、違紀來呈現的。在《歷史的天空》

〔註20〕亞里士多德，詩學〔M〕，北京：人民文學出版社，1962年，第16頁。
〔註21〕蔡翔，重述革命歷史：從英雄到傳奇〔J〕，文藝爭鳴，2008（10）。

中姜大牙長著一顆大齙牙，留著茶壺蓋頭，滿嘴粗話，一身豪氣和匪氣，文化程度低、生活習慣差。他的歷史文化知識和倫理道德觀念大多來自「戲裏說的」俚曲戲文，其革命動機來自打鬼子陞官發財的願望，其仿傚的榜樣是綠林好漢狂放不羈的形象。沒有革命主義的支撐，沒有軍事紀律的觀念，有的是樸素的忠孝俠義思想、根深蒂固的等級尊卑觀念和對民間原始情愛方式的認可。但正是這種沒文化、有智慧的草莽英雄，以其粗獷、率真的做人方式和奔放、激盪的生命活力，征服了城市中生活日益精緻、情感卻漸趨壓抑的觀眾。正如亨利·基辛格所說，「革命者一般都個性突出、堅忍不拔。鮮有例外，他們都是起初在政治環境中處於劣勢，而最後取得成功的，那是因為他們具有獨特的領袖氣質和個人魅力，能夠激起群眾的昂奮情緒，並能利用對手因開始走下坡路而產生的惶恐心理。」〔註22〕

總結而言，這些英雄人物的共同特徵是：農民出身，以及根深蒂固的農民習氣──包括由鄉土生活倫理造就的優良傳統和由於文化程度低下而導致的生活方面的缺點。這種對革命力量的塑造應該說是符合中國革命基本狀況的，因為中國革命尤其是共產黨領導下的革命，其成功的秘訣就在於動員了最廣泛的基層民眾力量，包括「以農民為基礎的社會性盜匪勢力」，但這種大眾動員的原因幾乎與革命意識形態無關，由於在中國農村的社會政治結構中，農民不能在制度上形成與地主相對立的自治和團結，「但是，在政治─經濟危機時期卻形成了這種自治和團結，並產生出了被遺棄的貧苦農民的邊緣階層，而這些社會邊緣分子的活動又加重了危機，他們的存在為反對派精英領導的造反──包括20世紀的革命運動──提供了潛在的支持。因此，中國共產黨在1927年以後的活動和1949年的最終勝利，就是既直接依賴於這種起義的潛能，又依賴於將自發的農民造反納入既有的中國農會秩序的阻礙因素。」〔註23〕這種分析，恰好說明中國革命的基礎性構成力量，不是思想上純而又純的進步者和覺醒者，而是在動員結構中被動用的力量的提供者，從這些力量中，一些優秀者憑藉自身的實力和時勢的造就成長起來，而他們身上還保留著農民的特徵也就不足為奇了。

〔註22〕 〔美〕亨利·基辛格，論中國〔M〕，胡利平，林華等譯，北京：中信出版社，2012年，第86頁。

〔註23〕 〔美〕西達·斯考切波，國家與社會革命──對法國、俄國和中國的比較分析〔M〕，何俊志、王學東譯，上海：上海人民出版社，2007年，第184頁。

　　當然，革命農民在新世紀電視劇中成爲審美的對象，也包含了都市觀眾的反現代性的懷舊情緒和「原生態」情結，這使劇中與農民生活相關的地方性景觀，也被進一步突出，如鄉村風景的呈現，方言的大量使用。正如賀桂梅《以父／家／國重敘當代史──電視連續劇〈激情燃燒的歲月〉的意識形態批評》所分析指出的，在《激情燃燒的歲月》中，「與『主旋律』不同的是，這個劇首先相當成功地肩負了『地方特色』，石光榮滿口的東北話，不僅一洗『主旋律』字正腔圓的主流氣味，添加進『現實主義』風格的作料，而且成功地將其納入類似《東北一家人》、《劉老根》以及趙本山小品、雪村新民歌等構成的『東北風』中，並相當有意識地把這種語言風格結合進家庭情景喜劇當中。」〔註24〕除此之外，《我的團長我的團》、《永不磨滅的番號》、《民兵葛二蛋》等革命題材劇中都大量地使用了方言，這些操持各地方獨特口音的英雄形象，的確更符合底層革命的眞實情況，同時，這些形象還可以歸入由大量影視作品所構成的亞文化序列中進行理解（如《武林外傳》、《炊事班的故事》、《瘋狂的石頭》、《天下無賊》以及更早的《傻兒師長》等等）。方言劇在官方推廣的普通話之外另闢一方天地，顯示出邊緣文化對抗主流文化擠壓的姿態。實際上，在 20 世紀中國的現代語言運動中，「普通話」作爲用「科學化」的方式形成的普遍的現代民族共通語言，是以民族主義爲動力形成「民族語言」的過程，它爲統一國家提供了語言上的依據，因此，克服方言的差異和消滅口語的多樣性是現代語言運動的主流，它同時還伴隨著一種文化的過濾。在尋求建立現代民族國家的過程中，普遍的民族語言和超越地方性的藝術形式始終是形成文化同一性的主要方式。〔註25〕而在新世紀，方言雜糅的《武林外傳》（2006 年）卻成爲了收視奇跡。人們普遍感覺它非常「時尚」，特別是在方言的運用上，劇中雜糅了陝西話、東北話、閩南普通話、山東話、天津話、河南話等多種方言。原本作爲封閉、保守、落後的地方文化標籤的方言，卻一改「土」的面貌，出人意料地給人帶來「時尚」感，這恰好是因爲方言雜糅的形式呼應了全球化時代民族文化認同的破裂與地方文化自覺的現實，同時，在當今中國，人口流動性的增大與社會階層的固化是同時存在的，前者使方言帶給觀眾故鄉般的溫暖，後者則喚起了大多數觀眾的「草根」

〔註24〕賀桂梅，歷史與現實之間〔M〕，濟南：山東文藝出版社，2008 年，第 49 頁。
〔註25〕汪暉，現代中國思想的興起（2 版）〔M〕，北京：生活・讀書・新知三聯書店，2008 年，第 1515～1526 頁。

身份認同。然而，由於越來越多的電視劇都幾乎在同一個影視基地拍攝，導致了地方風景日漸趨同，「2012 年全國上星頻道黃金檔播出電視劇 200 多部，其中抗戰劇及諜戰劇超過 70 部，遙遙領先於其他類型劇。新的一年到來，正在橫店拍攝或已經拍完的抗戰劇依然有增無減。用編劇高滿堂的話說，『去橫店一看，四五十個劇組都在打鬼子。』」〔註26〕地方風景的空洞化與方言的豐富迥異，一定程度上形成了一種撕裂感，削弱了亞文化的對抗力度，暴露出大眾文化的平庸面目。

除了性格上的鮮明特徵，新世紀的英雄在形貌上也越來越趨近於普通人，相對於《羊城暗哨》裏冒名 209 的公安人員王練的一表人才，相對於《敵營十八年》裏張連文飾演的江波的器宇軒昂，新的「當代」英雄如《潛伏》裏孫紅雷飾演的余則成其貌不揚、唯唯諾諾，《民兵葛二蛋》裏黃渤飾演的葛二蛋齜牙咧嘴、傻頭傻腦，《懸崖》中張嘉譯飾演的周乙雖然五官端正，但遠遠說不上英俊挺拔，《生死線》中廖凡飾演的歐陽山川瘦弱陰鬱，暮氣沉沉。由於革命英雄本身是由普通人在普通的情感驅使下而成長起來的，因此，他們從思想覺悟到外在形貌都不必非要優於一般人。

「草根」英雄形象的出現，表面看來顯示的是當下大眾美學趣味的轉移，實際上摺射的卻是新世紀以來大眾主體位置又一次轉移。「草根」來自於對英文「grass roots」的直譯，在美國的語境中，多指「基層民眾」的含義，它延續了「草」的底層身份，但被賦予了現代民主政治的想像。作為中文詞彙，「草根」最先在港臺地區使用，80 年代末期臺灣民主化運動，草根政治也被作為一種紮根基層的民主實踐。在大陸，「草根」在 2005 年前後才成為一種社會流行語，在此之前人們用「老百姓」、「平民」、「普通人」等詞彙來表達「草根」之意，這些表述往往與「人民」、「黨」、「幹部」、「基層」、「群眾」等命名方式聯繫在一起，標誌著一種毛時代遺留下來的社會治理方式。直到 2005 年湖南衛視選秀節目《超級女聲》（第二屆）大獲成功，人們將之描述為「一場草根階層的狂歡」，李宇春等平民歌手「一夜成名」的事跡被認為是草根階層成功的典範。「草根」一詞流行開來，但其基層政治／民主的意味被抹去，變成了一種個人／人人都可以獲得成功的「草根夢」／「美國夢」。〔註27〕在

〔註26〕抗戰劇全年走紅：四五十個劇組都在打鬼子〔J/O〕，2013-01-30，中國新聞周刊：http://news.inewsweek.cn/news-44217.html。

〔註27〕楊早，薩支山編，話題 2011〔M〕，北京：生活・讀書・新知三聯書店，2012

張慧瑜的觀點中,他認為「草根」的流行具有身份整合的功能,它使隱匿的底層和弱勢群體得以顯現,並使底層精神成為更高社會階層人們眼中理想的他者,「一方面『草根』吸收了 90 年代以來作為非體制、非官方象徵的『民間』想像,『草根』的成功被指認為一種民間社會／公民社會的勝利;另一方面『草根』取代、收編或是改寫了底層、弱勢群體、人民、群眾、百姓等偏左翼或集體性的描述概念,去除了底層、弱勢群體所帶有的批評、不和諧的政治色彩。」〔註28〕的確,「草根」的身份標籤是在國家話語體系之外的一種自我選擇,是在「百姓」、「大眾」、「基層」之外的一種「去政治化」的政治立場,它顯示出持這一標籤者選擇了與「中產」、「白領」等社會階層的對立立場,同時,也對「官二代」、「富二代」等各種「二代」所代表的社會資源分配不公正現象表達了微弱的嘲諷。然而,與其說「草根」是一種話語的收編,不如說它是一種無意識的「遮蔽」,因為以「草根」這類充滿自嘲和戲謔精神自謂的群體,恰好是那些至少能在網絡這樣的「化外之地」、「法外之地」發出聲音的群體,這個群體的構成成分龐大而複雜,其中可能有大學教授,也可能有回不了鄉村的「農二代」,而那些更貼近大地的「草根」如農民、農民工、留守兒童、老一代城市失業者等等,是真正不能發出聲音的。雖然他們可以在電視熒幕上看見似曾相識的自己,但以革命電視劇所塑造的「草根」英雄而言,它同樣只是表徵了小資、中產們對底層民眾的一種想像,也是「理想的他者」。

二、群眾的崛起和主體的位移

其實,自從毛澤東在 1942 年《在延安文藝座談會上的講話》中將文藝服務於工農兵群眾、表現工農兵群眾確立為一項長期的文藝政策以來,當代中國的文藝作品中就不乏對「群眾」尤其是「革命群眾」這一「草根」群體的表現,然而,是否直至新世紀,這種對「群眾」的真實描摹才頭一次大量湧現並得到認可呢?在中國現代以來的文藝創作中,知識分子對人民群眾的書寫常常帶有一種居高臨下的批判,此後,在「感時憂國」意識的驅使下,對救亡的欲求壓倒了啟蒙的渴望,才出現了革命的「大眾」形象。進入 80 年代

年,第 183~184 頁。
〔註28〕楊早,薩支山編,話題 2011〔M〕,北京:生活・讀書・新知三聯書店,2012年,第 196 頁。

以來，對「群眾」的書寫，一方面繼承了五四的批判現實主義傳統，尤其是
魯迅的國民性批判，另一方面又包含著開掘本土文化資源、為走向現代化和
走向世界提供思想資源的訴求，前者批判國民的惡劣本性，後者放大本土文
化中的詩性部分，由此而遮蔽了對「群眾」更全面和更直觀的表現。

　　就 40 年代的《講話》而言，其中提倡的「面向工農兵」，要旨在轉換文
藝工作者、知識分子立場，使他們通過向群眾學習而完成改造自己的過程，
並由此建立起黨的文化領導權。其作為文藝策略的意義大於文藝主張的意
義。「《講話》和『整風』運動對知識分子在文化上的獨尊／霸權地位予以取
消，完成了『去知識分子化』的過程，建立了政黨對文化的領導權。知識分
子開始寫『工農兵群眾』，而在寫作中，知識分子的『啟蒙』視角，則完全被
『解放』視角所取代。」〔註 29〕在 50 年代的文藝創作中，「群眾」的確當仁
不讓地是文藝著重表現的對象，然而，由於對革命主體──執政黨的中心地
位的強調，對革命理念──共產主義、階級鬥爭的強調，「群眾」作為被領導
甚至被改造的對象，其自身的特點，被不斷克服，直至最終消失。而在新世
紀的革命敘事中，一個非常顯著的現象，恰好是革命主體的位置遭遇了不斷
被掏空甚至被取消的命運。這種被取消，一方面表現在對革命主體的僭越和
抗拒，另一方面則表現為對英雄群像的生產。

　　對革命主體的僭越和抗拒，最突出的表徵是「犯錯誤的英雄」。在被人們
津津樂道的《亮劍》中，論者常常認為李雲龍身上的豪爽、血性的性格特徵，
導致了他反常規的思維、行為和語言，而正是這種「反」使他深受觀眾喜愛。
然而，若從政黨組織紀律和戰場上的軍紀軍規來看，李雲龍的「反」，既包括
採取出奇制勝的戰略戰術，也包括自作主張的意氣用事，前者可以理解為「將
在外軍令有所不受」的因地、因時制宜，後者在實際操作中則恰好是不被鼓
勵的。比如為了救回新婚妻子秀芹，替被殺害的老鄉和受傷的政委報仇，他
不顧敵我力量的懸殊，不考慮失敗可能會付出的代價，更不用說聽從部下的
勸阻，直接不經請示，襲擊了日軍守備堅固的平安縣城。英雄總是受到更多
的垂青和庇祐，雖然戰況不明，但兄弟部隊不惜代價、全力配合併支持了他
的「瘋狂」行動，因此他得以全殲了山本特工隊，於是李雲龍受到了上級「功
過相抵」的處理。另一個常被人提及的「大快人心」的事件，是他替警衛員

〔註 29〕李潔非、楊劼，解讀延安──文學、知識分子和文化〔M〕，北京：當代中國
　　　　出版社，2010 年，第 143 頁。

魏和尚報仇，魏和尚被剛剛收編的土匪部隊殺害，李雲龍不顧孔捷的勸阻，
率隊拔了黑雲寨，砍了殺人兇手的頭，並因此被八路軍總部降為營長。由於
魏和尚和李雲龍之間的情誼非同一般，因此，觀眾也認同李雲龍用「殺人償
命、欠債還錢」的江湖規矩來處理此事。如果說，賞罰分明是上級對李雲龍
行使領導權力的標誌之一，那麼，這種標誌的正當性卻又不時受到削弱，在
第一集中，李雲龍就因抗命被調去後方做被服廠廠長，由丁偉代行他的職務。
然而，日軍派出戰鬥小分隊，突襲了 386 團，因團長指揮不利，致使全團損
失慘重，總部首長不得不讓背著處分的李雲龍官復原職。李雲龍的不可或缺
突出了他作為軍事奇才的品質，也顯示了上級知人善用的領導能力，但同時
也標識出這種能力是有邊界的。除了李雲龍，「犯錯誤的英雄」家族裏還有石
光榮（《激情燃燒的歲月》）、姜大牙（《歷史的天空》）、常發（《狼毒花》）等
為觀眾所熟知的名字。這些「犯錯誤的英雄」與革命領導集團之間形成了一
種奇特的關係：一方面他們通過裝傻、耍賴等「撒嬌」的方式，獲得上級的
原諒和認可，如同孩子和父母之間的關係，形成了革命隊伍裏的一種家庭管
理的氛圍，另一方面，為了突出英雄的事跡，電視劇敘事總是通過各種鋪墊
為他們的僭越行為開脫，因此，向領導權威的挑戰成為一種常態化的行為，
從而導致了革命主體從政黨領導集團向基層革命者的位移。

如果說僭越者所導致的位移是有限的，「犯錯誤的英雄」始終要服從上級
的領導和賞罰，那麼，隨著書寫「英雄群像」的敘事模式的興起，曾經作為
絕對的革命主體的政黨組織，其中心地位則悄然被取消。在過去的革命敘事
中，革命群眾作為被動員的力量，往往聚集在領導者的周圍，聽從他們的調
度、指揮和教化，但是，新世紀的革命電視劇讓這些力量擺脫了動員結構的
中心引力，成為具有自主想法和個體智慧的自行其是者，他們與領導中心的
關係不是動員與被動員，而是在共同目標指認下的認同與合作關係。

《永不磨滅的番號》（2011 年）中，民兵隊長李大本事和他帶領的兄弟們
一直渴望用戰功換取一個正式番號，最終，這個英雄的群體為了掩護大部隊
的轉移，與日軍山下師團誓死搏鬥，直至全體陣亡，也沒有得到一個正式的
番號，沒有被吸納進正規部隊的序列。電視劇表現這一沒有被命名的英雄群
體，便是意圖於革命正典的官方序列之外，另外挖掘和書寫那些非主流的人
生軌跡，而曾經的革命主體——黨的領導，不僅被取消，而且還顯得有幾分
不近人情。在劇中，縣大隊升格為獨立團之後，上級委派了張六斤給李大本

事當政委,張六斤是抗大正規畢業生,跟隨王牌師參加過正面戰場的作戰,用他的正規軍的要求來看,李大本事所帶領的「烏合之眾」實在一無是處,而李大本事則對他的到來抱有很大的希望,希望能夠將自己的隊伍改造成「正規軍」。然而,不僅張六斤的改造方式不可行,而且,隊伍和政委之間齟齬不斷。劇中,李大本事與丁大算盤展開的「土地改革」引起了張六斤的不滿,根據他的舉報,上級首長命令李大本事代表獨立團做出檢討,但檢討大會卻變成了李大本事的表彰會,李大本事道出了實情,反而說服了大家。同時,在對付日軍新一輪作戰計劃的時候,張六斤一味冒進,不顧李大本事、陳鋒、孫成海等人的勸阻,造成重大戰略失誤,導致獨立團傷亡殘慘重。而張六斤在深深地自責之後,重新振作,認同了李大本事他們的行爲方式。這兩起事件形成了鮮明的對比,顯示出八路軍領導力量的代表者反而遭到被領導者的「詢喚」。此外,李大本事的隊伍既包括民兵、孫成海的匪眾(甚至也可以包括賽貂蟬的紅槍會),還有一個國軍軍官陳鋒。如果說獨立團與八路軍有著隸屬關係,那麼,身爲國軍連長的陳鋒,與李大本事的獨立團則更像是一種合作關係,在劇中,孫成海和陳鋒搶了日本人的錢莊,解決了獨立團缺少統一軍裝的問題,而在大家喜悅地試穿八路軍軍裝的時候,陳鋒卻繼續穿著國軍的軍服,小北平說:「我還沒看過你穿八路軍裝的樣子呢。」陳鋒回答她:「我不能穿,我要穿上這身衣服啊,會漸漸把自己的過去給忘了的,所以你看我一直都穿著國軍的衣服,我要提醒著自己的身份,我是客,早晚是要走的。」在小北平的要求下甚至強迫下,他試戴了八路軍的軍帽。這個場景中,國軍的軍裝和八路軍的軍帽在此構成一種隱喻,表明冷戰意識形態下國共之間勢不兩立、你死我活的絕對對立,已經在新的歷史語境下,借民族大義的名義被彌合,雖然誰也沒能收編誰,但合作是存在的。

電視劇《生死線》(2008 年)同樣講述的是平民抗戰的傳奇,劇情圍繞潛伏在沽寧的地下黨員歐陽山川、原子物理學家、美籍華人何莫修、黃包車夫四道風、國軍沽寧守備軍副官龍文章等人展開,這四個職業、身份、教養和性格完全不同的青年男子在殘酷的革命鬥爭中結下了生死之誼,也成就了一段情義無價的英雄壯舉。在沽寧這個幾近封閉的港口小城,面對同樣的敵人——侵略者日軍,黨派、階級的對立被一一打破:城市無產者四道風組建抗日組織「四道風」,共黨潛伏人員歐陽山川是「軍師」,這個組織中有國軍軍官、有黑幫成員,有科學家也有乞丐,有富家小姐,也有共黨潛伏組織的高

級領導者。這些成員之間，不僅有著彼此難以清算的過命的交情，而且在臨近戰爭勝利時，「四道風」組織和沽寧百姓被囚禁在日軍修建的沽寧機場當勞工，是國軍在游擊隊的引領下攻克了機場，救出了被囚的百姓。而援軍團長華盛頓吳隨後收到調往西北、準備對付共產黨部隊的命令，撤退之時，他將全對的武器裝備，留給了即將成為敵人的沽寧城的「朋友」。

當然，共產黨歐陽山川是劇中的靈魂人物之一，然而，他與抗日組織成員之間卻並非是領導與被領導或教化與被教化者的關係，即使在具體行動中存在說服，這種說服也是情感性和生活化的，劇中歐陽、思楓、四道風三人去救被日軍設計挾持的何莫修，四道風不願意為了替美國人救何莫修而與沙觀止為敵，歐陽告訴他高小姐在船上，高小姐輸血救過他的命，他這一輩子都還不清的。四道風於是毅然前去。看著四道風的背影，思楓說：「這不好吧。」歐陽微微一笑說：「他就喜歡這種歪理。」政黨的理論灌輸和詢喚被民間倫理道德的說服取代，在濃濃的人情味中顯得順其自然。此後，歐陽等人成功地救出何莫修和高昕，也抓獲了李六野，與李六野有深仇大恨的唐真情緒激動，意圖立即手刃仇人，歐陽告訴他李六野是接下來行動的關鍵，但是唐真回答說：「這和我有什麼關係？」因此，歐陽不得不再一次展開說服工作，「你雖然誰都不理，但我明白，這一群人對你很重要，你為了大家你也不會開槍的，是嗎？我希望你為了你自己也不要開槍，我說得不客氣一點，你不必用自己的一生來報復一條瘋狗。」此處，重要的首先是生死之交的「兄弟」情誼，其次，重要的是自己的人生，一個健康、完整的人生必然應該淡化殺戮和仇恨，曾為唐真老師的歐陽更像是一個真正的人生導師，他不止一次地引導唐真回覆心靈的健康，「別把殺字掛在嘴上，我的學生。……人總是會長大的，但不是你這種長大。」很顯然，這種對生命的尊重、對心理健康的重視，更多地符合和平年代的思維習慣。

而在《我的團長我的團》（2009 年）中，以龍文章為代表的川軍團裏的中國軍人，是被日寇擊敗後潰散的烏合之眾，他們被一個冒牌「團長」收撮起來，被上峰譏為「垃圾」、「破爛貨」。這是一群人不像人、兵不像兵、賊不像賊、匪不像匪的傢夥和他們的偽團長的故事，在劇中，有一個場景清晰地呈現了這個故事的「草根」性質：審訊龍文章之後，大家發現了失散的彈藥手豆餅，在氣若遊絲的豆餅面前，郝軍醫感慨豆餅的可憐，因為到死了都沒人知道他的名號。這引起了眾人的唏噓感慨，他們猛然想到也應該要在世間留

下自己的名字，然而，他們的名字可以寫在哪裏呢？「寫衣服上？燒沒啦。刻槍上？你有槍嗎？刺屁股上？額頭上？胳臂上？炮彈炸不爛？揣口袋裏？埋你的人有心思翻？你身上哪塊是由你自己做主的？」〔註30〕因此，這是一個關於「炮灰團」和無名者的故事，是關於一群注定被遺忘者的故事。而偽「團長」龍文章，更是一個「前無古人、後無來者」的軍人形象。他的以招魂爲職業的家庭出身，由軍需中尉自封爲團長的經歷，強烈的領軍的欲望和短兵相接的天才，他凝聚隊伍和追求勝利的獨特方式，渾身的痞子氣與頑強的意志相糅合的獨特個性，與傳統革命敘事中堅決抗日的「工農子弟兵」迥然有別。然而，性格如此難以言喻的龍文章和來歷如此複雜多樣的川軍團戰士，卻有著一個共同的特點：他們想打鬼子、想爲死去的人報仇、想回到平靜安寧的家。因此，此劇在最簡單質樸的人生訴求和最頑強不屈的堅持與最殘酷慘烈的犧牲之間造成了巨大的反差，也由此形成了巨大的張力。

對英雄的塑造總是有兩個方面的風險，一是個體與集體的關係，一是權威與服從關係。英雄的塑造是通過抽取和雜糅來完成的，它將分散於多人身上的優秀品質賦予到特定群體中的單個個體身上，從而爲人們提供一個具體可感而又高不可及的榜樣人物，藉以傳達出特定時期中社會群體應該追求的目標，並激勵人們以英雄爲參照來完成偉大的事業。正如蔡翔所指出的，在50年代的革命敘事中，由於英雄的榜樣性力量與社會多數人的普遍心理期待相符，使普通人願意將自己的命運交付給這些英雄人物，因此，「英雄」敘事中所可能包含的「權力委派」傾向，與集體主義的意識形態恰好構成衝突，而解決這一個體與集體的衝突的方式，是塑造出植根於人民群眾之中的、「平凡」的英雄，「一方面，革命的目的是動員人民挺身而出反抗周圍的環境，因此，它必然需要那些『英雄』式的人物，並通過對他們的敘述，而形成一種『榜樣』的力量；但是，這一革命並不是少數人的事業，而必須有群眾的廣泛性的參與，因此，『英雄』不僅不能成爲革命的壟斷性人物，相反，它還必須起到『人人皆可爲英雄』的參與可能。在這一意義上，所謂的『群眾英雄』恰恰緩解了中國革命的這一現代性的焦慮，也就是說，在這一概念中，英雄既是『平凡』的，也是『集體』的。」〔註31〕在新世紀的英雄敘事中，英雄所具備的左右歷史進程的能量，似乎是在建立起新的權威中心。漢娜·阿倫特認爲，權威與使用外在強制手段的

〔註30〕電視劇《我的團長我的團》第13集。
〔註31〕蔡翔，重述革命歷史：從英雄到傳奇〔J〕，文藝爭鳴，2008（10）。

權力或暴力不同，也與強調平等主義秩序的說服不同，它建基於等級並總是要求服從，「一方面命令，另一方面服從的權威關係，既不是基於共同理性，也不是基於命令者的權力；等級制本身是命令者和服從者共享的，雙方都認同等級制的正當性和合法性，在等級制中他們彼此都有預先規定好的牢固地位。」〔註32〕而幾個世紀以來，隨著宗教和傳統的被侵蝕，權威繼之而失落。雖然權威的喪失使世界陷入變動，但在漢娜・阿倫特看來，權威失落並不意味著人類將真的無所適從，相反，她對人類建造新的世界秩序的能力是充滿信心的。「世界持久性和可依賴性的喪失（在政治上等同於權威的喪失）並不意味著，至少不必然意味著人類喪失了一種能力，即建造、保存和照料世界，這個在我們死後依然存在，對在我們後面到來的人來說仍不失為一個安居之所的地方的能力。」〔註33〕對「草根」英雄的表彰，顯示出了某種反權威的姿態，正如《生死線》裏龍文章這樣詰問他的隊友：「我們有吃的嗎？樹皮管夠。有醫藥嗎？治牛治馬的草藥很多。有子彈嗎？到屍體上去找啊。你以為我們很受別人歡迎嗎？等你們這幫鄉下佬敢見人再說吧。我們只會灰飛煙滅就此沒有蹤影，像個臭蟲一樣。」〔註34〕但是革命英雄在天資與智慧上的高人一等，以及由他們的人格魅力形成的眾人服從的中心，都顯示出對權威的認同，它一方面滿足了權威失落之時，人們對權威時代的懷念（權威曾經作為人類生活中比宗教、傳統更為穩固的要素，一時之間的確令人懷念也不奇怪），但是另一方面又具有重新奴化庸眾、培育服從心態的危險，因此，解決這一權威與服從之矛盾的，是將個體英雄形象的塑造，改變為對英雄群體的摹寫，從前那些耀眼奪目的英雄「一將功成萬骨枯」，如今的英雄則是前赴後繼、慷慨赴死的無名之輩。這看似是對集體主義的召回，但恰好又是非常個人化的。

三、個體生命的成長記錄

　　如果說新世紀革命電視劇中對平凡人甚至「匪」的慷慨接納，一定程度上是對中國古代歷史敘事和新中國成立後的革命敘事中的「民間」傳統的繼承，那麼，這種繼承中又存在著改寫。蔡翔在《重述革命歷史：從英雄到傳

〔註32〕〔美〕漢娜・阿倫特，過去與未來之間〔M〕，王寅麗，張立立譯，南京：譯林出版社，2011年，第88頁。

〔註33〕〔美〕漢娜・阿倫特，過去與未來之間〔M〕，王寅麗，張立立譯，南京：譯林出版社，2011年，第89～90頁。

〔註34〕電視劇《生死線》第20集。

奇》中，探討了「讀者」和「市場」在中國革命歷史講述中對關於「匪」的
敘事的影響，以及當代文學對這一通俗敘述方式的改造。在實際的革命實踐
中，毛澤東、李大釗、彭湃、劉志丹等人，都充分意識到盜匪勢力在農村社
會中的存在和重要作用，並將這些複雜力量吸收到革命隊伍之中。新中國成
立後，當代文學重新展開對「土匪」的敘事和想像，「土匪」被分為惡霸與英
雄好漢兩類，前者如《林海雪原》中的許大馬棒，是鬥爭的對象，後者如《紅
旗譜》中的李霜泗，是革命通俗小說的敘事對象。但是，英雄好漢類型的「匪」
在小說中是「次級英雄」而非主要角色，他們要接受另一些更高級的「英雄」
的領導和改造，也即革命政治既吸納又改造著「遊民文化」。因此，通過對改
造者的形象進行重釋，可以為革命通俗敘事注入必要的政治意義。如《紅旗
譜》中的「改造者」是知識分子賈湘農，他擁有理論的力量，同時也是「現
代」的化身，在他的改造和召喚下，「次級英雄」完成了「成長」的過程，通
俗小說也因此被成長小說所代替。〔註 35〕在當代文學中，這種改造與被改造
的模式佔據著主流地位。如在小說《鐵道游擊隊》中，政委李正第一次見到
自己的隊員時，心中湧起的是「驚異和不安」，他無法相信英雄人物的形象是
「滿身滿臉的炭灰，歪戴著帽、敞著懷；隨著各人喜歡的樣式，叼著煙捲；
大聲的說笑，甚至粗野的叫罵。」〔註 36〕在幾天的相處之後，他認識到了隊
員們的草莽特徵，他們的可貴品質在於「豪爽、義氣、勇敢、重感情」，但「由
於在他們頭腦裏還沒有樹立起明確的方向，生活上還沒有走上軌道，所以他
們身上也沾染些舊社會的習氣：好喝酒、賭錢、打架，有時把勇敢用到極次
要而不值得的糾紛上。他們可貴的品質，使他們在窮兄弟中間站住腳，而取
得群眾的信任；但是那些習氣，也往往成了他們壞事的根源。他需要很快地
進入他們的生活裏邊去，堵塞他們那些消極的漏洞，不然，它將會葬送掉這
已經組織起來的革命事業。」〔註 37〕革命事業的目標是建立一個現代民族國
家，它的現代性訴求與草莽習性所代表的傳統文化結構是相矛盾的，因此，
黨的領導的重要責任就包括為人們「樹立起明確的方向」、對民間社會中「消
極的漏洞」的堵塞和對草莽習性的祛除。由此，英雄人物也沿著從傳統到現
代的路徑完成了自身的成長。

〔註 35〕蔡翔，重述革命歷史：從英雄到傳奇〔J〕，文藝爭鳴，2008（10）。
〔註 36〕知俠，鐵道游擊隊〔M〕，北京：人民文學出版社，1958 年，第 73 頁。
〔註 37〕知俠，鐵道游擊隊〔M〕，北京：人民文學出版社，1958 年，第 76 頁。

　　但是，在新世紀電視劇的革命敘事中，草根的革命者以他們與古典敘事傳統中的好漢形象的遙相呼應，喚起了觀眾的觀看熱情。同時，這些英雄身上的「毛病」和普通人一般無二，這構成了對普通人的最積極的肯定，當然，這些英雄好漢也在「成長」，但是，這種成長不是在「改造者」的意識形態指引下完成的，相反，他們的成長幾乎是在實際的環境和實踐歷練中，自我完成的，而這種成長，也並不指向更高遠的外在政治目標，相反，他們努力成長爲他們自己，就像《我的團長我的團》裏那群操持著各種方言、鬆鬆垮垮的「炮灰」士兵，他們爲最簡單的目標而戰，並在這種純粹的戰鬥中，成就了自己的人生。在成長小說中，成長不是指生理上的長大和成熟，而是「從某個設定的點上的水平向某種理性方向提高，這種具有相當強烈的歷史目的論色彩的小說無疑是一種典型的現代文學。既然存在一個理性的方向，主人公的發展就不可能是純個人的、偶然的事件，而是把她的個性投入到這種得到廣泛認同的、『客觀』的方向中去。」〔註38〕在電視劇中，個人的「成長」似乎成了一個空洞的概念，它既無更「高」的理性方向，也缺乏被廣泛認同的社會意義。《亮劍》中的知識分子政委趙剛，雖然被李雲龍眞心認同，但電視劇／小說以趙剛罵髒話這一細節，顯示出他反而接受了李雲龍草莽習氣的改造，而電視劇中的李雲龍雖然有幸與一群知識分子交往密切，但他卻始終保持了自己的「英雄／草莽本色」，因爲他的「成長」早在殘酷的戰爭歲月中就已經完成了，也即他只接受了革命實踐而非某種理念／理論的指引。《生死線》中則有這樣的場景：龍文章帶隊在叢林裏僞裝隱蔽，附近逃難村民不擅僞裝，暴露在日軍的炮火襲擊之下，龍文章明白自己隊伍遭到的襲擊乃是由於村民的牽連，不是主動幫助村民，而是希望盡快和他們分道揚鑣，而村民則服膺於龍文章的見識，死心塌地地要跟他一起走。此處，不僅沒有「改造者」，沒有改造行爲，甚至連革命者和群眾之間的動員與被動員的經典關係也不復存在，革命者不僅沒有動員群眾，反而也沒有主動幫助群眾的意思。「在50～70 年代的抗戰敘述中，共產黨及其領導下的革命群眾是抗戰敘述的歷史主體，而在80 年代清算左翼文化的意識形態改寫中，革命者的位置受到了多重的懷疑和放逐。」〔註39〕與其把革命主體的懸置看做是電視劇在消費左翼

〔註38〕李揚，抗爭宿命之路——「社會主義現實主義」（1942～1976）研究〔M〕，
　　　　時代文藝出版社，1993 年，第 55 頁。
〔註39〕張慧瑜，視覺現代性——20 世紀中國的主體呈現〔M〕，北京：人民出版社，

遺產的同時，清算左翼文化的內核，不如說是在市場意識形態的邏輯下，一種新的意識形態對空缺位置的填補。

英雄人物形象塑造始於新中國成立後，在「十七年」文藝作品中，它包含著建設獨立的現代化強國的現代性訴求，也借「平凡的英雄」產生一種激勵全體民眾參與現代化進程的力量，而在「文化大革命」中，「革命樣板戲」和「三突出」理論，抽去了英雄敘事中的「成長」維度，將英雄形象高度提純至常人難以企及的抽象化程度。這樣的敘事前提，導致了 70 年代末、80 年代文藝的「反應性」回歸：向文革和「十七年」之前回歸，向「五四」啟蒙傳統回歸，它意味著對「人性」的召回，或者說對人性中「非政治」的部分的召回。而 90 年代躲避崇高、放逐革命、迴避國家意識形態框架內的政治教化，則是對社會經濟結構調整的另一次「反應性」應答，一批重新解讀歷史和革命的文藝作品浮出水面（以小說為主），構成了當下革命敘事的另一重潛文本和對話者。到了新世紀，革命敘事在電視劇中再度興起，這意味著對革命的不斷重釋正在從文學的「廟堂」向大眾文化的「江湖」轉移，它也說明，80 年代思維方式中的矯枉過正之處，因為作為「公民」的個體，不僅應該是感性的、人道主義的，而且還應該是政治的。

第三節　專業主義與中產階級趣味

一、專業主義與工作倫理

2006 年日本管理學家大前研一的《專業主義》一書與中國讀者見面。在書的導讀部分，北京錫恩企業管理顧問有限公司總經理姜汝祥這樣寫道：

> 當大前研一強調「希波克拉底誓言」對於企業職業價值的意義時，我們彷彿又回到了 SARS 時期，多少醫護人員在這個誓言下獻出了生命？而當時，也恰恰正是紅包在醫院流行的時候。
>
> 當有一種誓言，讓人從「紅包世界」中重新喚起職業尊嚴，甚至有人為此獻出生命的時候，我們彷彿也看到了中國企業的未來——我們多麼渴望中國企業家與企業員工們也能夠找到一種誓言，讓他們信守誠信，讓他們崇尚公平競爭，讓他們永不放棄對

2012 年，第 265 頁。

客戶價值的追求呀。〔註40〕

這種對「專家社會」的渴望並不僅僅著眼於個人專業技能素養的提升，而是顯示出在職業倫理道德上的對從業者的更高期待，在 SARS 中獻出生命的醫護人員，被認為並非因為「為人民服務」的抽象信念所驅動，相反，只是嚴格忠於自己職業操守、恪守了對職業的誓言，這種並非出於「崇高」目的的「崇高」行為，正是作者個人和企業界推崇備至的。忠於自己職業的「專業主義」作為一種新的職業信仰，是對曾經革命動員中的意識形態詢喚的具體化、現實化處理，也是在社會原有價值系統崩潰的氛圍中，對個人倫理道德準則的提純和簡化，它假定這一「主義」既可以為企業最大程度地創造價值，也能在一種方便個人執行的層面上最終帶來個人道德的生活完善及社會道德秩序的重建。可以說，它把職業精神作為新的信仰，以一種非功利的面目，教導讀者如何取得功利意義上的成功，從而蒙上了一層曖昧不明的與理想甚至信念有關的色彩。

在書的前言「預言將自我實現」中，大前研一指出「在職業化的時代，資本主義越來越純粹，自由競爭越來越健全，真正擁有實力的人越來越受到推崇。企業家無處不在，他們根據問題、情況和優先順序，利用知識與技能解決問題。努力鑽研、力求在更高水平上解決問題的專家不斷增多，這正如電腦處理信息的能力在不斷提高一般。」「被稱為『專家』的這個社會階層並非與生俱來，而是由真正擁有實力的人們組成的。我之所以作出這樣的預言，是因為我非常希望這個社會階層的勢力增強，能夠有越來越多的人才掙脫羈絆，提高效率，為 21 世紀的日本開闢道路。」〔註41〕對個人才能和實力的肯定，在長期以來講求人治、習慣以社會關係網絡來劃定個人生存發展空間的中國社會，無疑是具有進步意義的，它至少把一部分的晉升通道還給了勇於拼搏奮鬥的個人，雖然這種恪守紀律、勤勤懇懇、不斷進取的原子化和機械化的狀態也許與傳統倫理精神中完善的個人生活相去甚遠，但對於市場經濟條件下追求利潤最大化的目標而言，卻是最好的選擇。因此書的封面上寫著「專業 21 世紀你唯一的生存之道」這樣的句子。

〔註40〕〔日〕大前研一，專業主義〔M〕，裴立傑譯，北京：中信出版社，2006 年，第 IV～V 頁。

〔註41〕〔日〕大前研一，專業主義〔M〕，裴立傑譯，北京：中信出版社，2006 年，第 IX～X 頁。

在「全國書業巨擘聯合推薦」的推薦語中，有這樣的表述：「上至企業高管，下至普通上班族，缺乏專業精神與技能是無法成就一番事業的。《專業主義》不啻爲所有職業人士的成功手冊。」「2006 年最值得一讀的一本書！」「這本書在日本一直穩居排行榜之首，臺譯本上市僅一個月銷售就超過 5 萬冊。」因此我們可以判斷大前研一及其著作正合當今社會職場人士的胃口，他之所以能產生一定的影響，恰好是因爲他表達的正是被越來越多的人認同的觀念。

在大前研一的眼中，專家與專業技術人員並非一回事，「專家要控制自己的情感，並靠理性而行動。他們不僅具備較強的專業知識和技能以及較強的倫理觀念，而且無一例外地以顧客爲第一位，具有永不厭倦的好奇心和進取心，嚴格遵守紀律。以上條件全部具備的人才，我才把他們成爲專家。」〔註42〕從這個意義上，再來理解新世紀革命電視劇中革命主人公，我們會發現，有越來越多的「專家」型革命者出現在電視熒幕上。

以《潛伏》爲例，余則成本是一個受過專業訓練的軍統特務，負責專業性很強的竊聽業務，大家都留意到在電視劇的一開始，他是個很盡責的「職業人」，他兢兢業業地工作，最切近的打算是與戀人結婚，過上踏踏實實的家庭生活，因此，他沒有信仰，如果一定要說有，戀人左藍就是他的信仰，生活就是他的信仰。這和今天的白領、專業技術人員甚至職業經理人的狀態正好吻合，和中產階級的生活觀念、家庭觀念也相同，他代表懷揣通過努力上升到中產階級的生活願望和奮鬥目標的群體。雖然電視劇中提供了空間，供這個無信仰的專業技術人員轉變爲一個堅定的共產主義戰士，當左藍去世時，他反覆念誦毛澤東的《爲人民服務》，作爲對左藍的痛切的祭奠，充分地說明他在內心已經完成了「階級立場」的轉變，（應該說這是編劇的神來之筆，它將「信仰」如此自然、無痕地縫合在了一部商業性質的類型片中，從而脫離了僅僅在驚險刺激上做文章的「低級趣味」。）但這並不妨礙觀眾將《潛伏》作爲職場寶典、解讀爲「辦公室政治」的再創造行爲。

與此同時，還有一個人的「成長」也在同步進行，那就是黨派來的假扮妻子的游擊隊長陳翠萍。從革命意識和階級立場來看，翠萍是個根正苗紅已經定性的人物，她是江姐而不是林道靜，她不需要再進一步成長了。但是，特殊的工作環境讓她首先要轉變的是對敵鬥爭的方式，從明槍實彈的戰場激戰，轉變

〔註42〕 〔日〕大前研一，專業主義〔M〕，裴立傑譯，北京：中信出版社，2006 年，第 43～44 頁。

為步步為營的攻心和防守，在這個過程中，翠萍學會了時髦的都市生活方式：穿旗袍、打麻將、燙頭髮、戴首飾，從原來言語粗直的大嗓門進化為溫文爾雅的城裏人，當然學習文化知識、練習識字寫字也是很重要的工作內容，這使她成長為一個越來越「專業」的間諜，同時這個過程還是一個讓革命者翠萍放下槍和手雷的過程。但是，又恰恰是在她拿起槍在野外練習射擊的瞬間，讓余則成發現了她的美（甚至產生了愛），這個瞬間，正是翠萍作為一個「神槍手」最具有職業美感的瞬間。這與醫生在手術臺上嫻熟的手法、運動員在賽場上漂亮的運動技能所具有的美感，性質相同，這裏的悖論體現出文明對粗鄙進行馴化的巨大作用。

而在更多的革命電視劇中，除了人物所具備的專業知識和技能，其對待職業的態度，也不乏令人肅然起敬之處。實際上，在革命電視劇敘事中，存在著兩種「挪用」，一方面是對大眾敘事模式的挪用，如《激情燃燒的歲月》套用「言情劇」模式。〔註43〕如果說《激情燃燒的歲月》是以言情劇或家庭倫理劇的方式來放置了一段革命軍人的故事，城鄉矛盾成為劇中的衝突的起源，主人公的農民習氣具有幾分喜劇的性質，那麼另有一部分革命劇則使用了偶像劇的方式來講述革命軍人的故事，《潛伏》、《雪豹》等都是如此。偶像劇中處理男女愛情的方法，通常是採用一種壓抑和延宕的手段，也就是說，幾乎從一開始，男女主人公之間就已經顯示出相愛和在一起的端倪，此後展開的一切，就是圍繞這種「在一起」而發生的種種矛盾、誤會和波折，以人氣很高的臺灣青春偶像劇《我可能不會愛你》來看，李大仁和陳友青本身是當仁不讓的完美情侶，他們有無數的機會可以坦白心跡，然而卻無數次地被打斷，於是，為了看到李大仁的吻印上陳友青的唇，觀眾不得不耐心地等待26集。美劇《吸血鬼日記》中有幾分邪惡的 Damon 對弟弟的女友 Elena 一往情深，無數觀眾對 Damon 因此同情不已，在該劇的第四季，似乎為了犒勞觀眾，編劇終於安排女主人公和 Damon 相戀，然而這種安排使此前保持在二人之間若即若離的張力瞬間落空，同時，也使代表正義的 Elena 因為愛情上的三心兩意而變得不那麼完美，因此，編劇隨即對此作出解釋，表明 Elena 是因為特殊的認祖現象才鍾情於 Damon，後者因為不願意在對方不知情的情況下保持戀愛關係，主動地拉開了距離，從而又回覆了三角戀情的穩定結構。因此，正是這種求而不得的狀況，才使愛情更具可看性，也可以說，正是這種「曖昧」所形成的張力，使觀眾彷彿在等待

〔註43〕賀桂梅，歷史與現實之間〔M〕，濟南：山東文藝出版社，2008年，第38頁。

另一隻掉到地板上的靴子，遲遲無法入睡。在《潛伏》中，推動劇情前進、吸引觀眾的一個很大因素是對男女主人公這對假夫妻何時才會「假戲真做」的好奇，敘事一直往後延宕至這個謎底揭開的時刻，而一旦他們結了婚，這個故事也就將近結束了。

革命電視劇中的另一種「挪用」是通過對革命精神的置換來完成的，表面上看，革命、信仰、忠誠、自我犧牲這些經典的革命敘事主題仍然存在，但其具體的、歷史的內容卻往往被掏空了，並以當下的主流價值觀填塞其中。〔註44〕在「專業主義」之風大盛的今天，「專家精神」和「職業／工作倫理」在革命事件中被一再放大，也就不足為奇了。

齊格蒙特‧鮑曼在《工作、消費、新窮人》一書中探討了工作倫理的起源，工作倫理認為，「即使你看不到工作所能帶來的那些你確實沒有，或者你認為不需要的東西，你也應該繼續工作。工作就是好事，而不工作，是種罪惡。」〔註45〕工作倫理出現在歐洲工業化早期，伴隨著現代化與「現代性」交纏的進程被提倡和接受。它用於吸引窮人進行規律的工廠勞動，並以此消除貧窮，確保社會安定。在實踐中，工作倫理用於培訓與規訓人們，把新的工廠制度所必需的服從灌輸給他們。

在過去的傳統習慣中，人們認為個人的自我需要是被給予的，他們往往止步於自我滿足，而沒有額外渴望更多的東西，這使滿足需要之外的工作顯得動力不足。而且，安於習慣的人類常常以昨天所擁有的來衡量今天要做多少事，如果得到更多和更好的生活需要付出許多額外的努力，人們就會選擇逃避它。這樣的「傳統」正是工作倫理所要奮起對抗的，一方面，工作倫理是為了解決蓬勃發展的工業所需的勞動力供應問題，它通過機械地訓練勞工習慣於不假思索地服從，既不為自己工作的出色而自豪，也不反感執行那些被他人設定和控制、對本人缺乏意義的任務，也就是說，工作倫理把人們所做的事，和他們認為值得、有意義的事完全割裂，把工作本身和工作過去可能提供的可以感知和理解的目的割裂開，更進一步，將生產從人類的需求中分割開，歷史上第一次

〔註44〕倪偉，中國電視劇的文化症候──以諜戰劇為例〔J/OL〕，「第八屆中國文化論壇‧電視劇與當代文化」，第五場「諜戰的背後」，2012-07-15，當代文化研究網站：http://www.cul-studies.com。
〔註45〕〔英〕齊格蒙特‧鮑曼，工作、消費、新窮人〔M〕，仇子明、李蘭譯，長春：吉林出版集團，2010 年，第 35 頁。

「能夠做什麼」比「需要做什麼」獲得優先權，〔註46〕因此齊格蒙特・鮑曼認為，「工作倫理的改造運動是一場控制與降服的戰役。除了名稱以外，這是一場徹底的權力鬥爭，以工作生活具有高貴的倫理為名義，強迫工作者接受一種既不尊貴、又不能與自己的道德價值相匹配的生活。」〔註47〕

另一方面，由於並不是每個人都能在工廠的流水線上工作，一些老弱病殘者也無法達到工業雇傭的要求，因此，工作倫理需要解決的另一個問題是，為那些無法適應環境改變、不能維持生存的「窮人」提供生活所需。由於並不存在消除窮人的簡便和直接的方法，依靠工作倫理的認知從道德上減少窮人成為了更可取的策略。工作倫理把工作視為唯一得體的、道德上行得通的使人獲得生存權利的方法，任何由勞動收入所支持的生活，不論多麼悲慘都具有道德的優越性，因為工作不但給予工人自身道德改善，而且能給國家帶來榮譽和財富。而社會只給那些「資格缺失」的窮人提供「非賺取」的資助，這意味著依賴救濟的人，比最窮困的雇傭勞動者還悲慘。在 2013 年 3 月 24 日開幕的中國發展高層論壇年會上，當時的新任財政部部長樓繼偉就認為，政府不能只要碰到民生問題就都去做，政府應該幫助窮人，而不應該幫助懶人。〔註 48〕可以說，對「窮人」與「懶人」的劃分和差別對待，體現的正是這種起源於歐洲的工作倫理的思路。

隨著工作倫理的建立，工作越來越成為現代體制的三個層面——個體、社會和系統的中樞。它是個人的社會方位和自我評價的主要因素；工廠不僅生產商品，而且製造了現代國家順從的主體；工作還關乎社會的生存和繁榮即「系統再生產」。〔註49〕「對現代工業社會的日常功能和延續來說，資本和勞動這種不可或缺的相互交織，被工作倫理表現為所有成員的道德責任、使命和職業；工作倫理號召人們自覺自願的、歡天喜地的、熱情高漲的去擁抱那個事實上就無法避免的必然——新經濟的從業者在新國家立法者的幫助和教唆下，盡可能致使這種情形讓人無法逃脫。但是自覺自願地擁護這種必然，

〔註46〕〔英〕齊格蒙特・鮑曼，工作、消費、新窮人〔M〕，仇子明、李蘭譯，長春：吉林出版集團，2010 年，第 35～40 頁。

〔註47〕〔英〕齊格蒙特・鮑曼，工作、消費、新窮人〔M〕，仇子明、李蘭譯，長春：吉林出版集團，2010 年，第 39 頁。

〔註48〕李明，不養懶人才能更好幫窮人〔N〕，每日新報，2013-03-26，中國日報評論頻道：http://www.chinadaily.com.cn/hqpl/zggc/2013-03-26/content_8601371.html。

〔註49〕〔英〕齊格蒙特・鮑曼，工作、消費、新窮人〔M〕，仇子明、李蘭譯，長春：吉林出版集團，2010 年，第 45～57 頁。

就意味著放棄了對那些經歷起來有如附加痛苦般的規則的所有抵抗。」〔註50〕

然而，由於人類生存條件的不平等變得越來越顯著、工廠規訓的壓力變得越來越無情，因此，不能指望勞動者會產生出對工作內在的崇高特質的信仰，與其聲明努力工作會導向道德優越的生活，不如直接宣揚努力工作是賺更多錢的方法，「充斥在現代生產者腦海裏以及行動中的，不是用『資本主義精神』，而是用金錢報償來評估人類的價值與尊嚴的傾向。這也將人類的動機和對自由的渴望，堅定且無法逆轉地轉向了消費領域。這些結果從很大程度上決定了現代社會之後的歷史，從生產者社會，轉移到消費者社會。」〔註51〕這樣的社會思想氛圍在電視劇革命敘事中折射出有趣的光譜。如《潛伏》播出之後，李涯成爲觀眾最喜愛的反派人物，甚至有網友稱他爲「唯一的正面角色」，還有網友撰文總結他的「動人之處」：與站長的看破紅塵相比，他有自己的理想和信念，與陸橋山的圓滑和工於心計相比，他做事光明正大、問心無愧，與馬奎的魯莽蠻幹相比，他善於學習，有很高的職業素質，與謝若琳的玩世不恭和拜金主義相比，他有信仰、更純粹。〔註52〕這樣敬業又勤奮、執著又眞實的李隊長，使很多觀眾產生認同，這種認同一方面顯示出職業倫理在對個人進行評價時的潛在作用，另一方面，李涯的「專業主義」精神，又顯示出大眾對「消費者社會」中以金錢爲標準評估一切的現狀的不滿。

二、專業社會與革命倫理

齊格蒙特‧鮑曼準確地指出了對工作倫理的認同意味著放棄自由這一事實，然而，在中國社會充分進入到工業化甚至後工業化階段的今天，對工作倫理、職業素養以及專家社會的大力提倡不僅不經反思、不受質疑，而且其被接受的範圍也相當廣泛。在越來越多的電視劇中，革命主人公都開始具備過硬的專業技能和素養。《雪豹》中，周衛國是復旦大學的學生，其父周繼先是同盟會早期會員，與孫中山共同締造民國，功成後隱退從商；作爲富豪子弟的周衛國因爲槍殺兩名日本人，被救出後遠走避禍，並考入了中央軍校，

〔註50〕 〔英〕齊格蒙特‧鮑曼，工作、消費、新窮人〔M〕，仇子明、李蘭譯，長春：吉林出版集團，2010年，第58頁。

〔註51〕 〔英〕齊格蒙特‧鮑曼，工作、消費、新窮人〔M〕，仇子明、李蘭譯，長春：吉林出版集團，2010年，第61～62頁。

〔註52〕 《潛伏》中李涯的動人之處〔J/OL〕，2009-06-12，天涯社區：http://bbs.tianya.cn/post-free-1590127-1.shtml

在軍校中表現出色，軍事素質得到欣賞，被送往德國柏林軍事學院留學深造。他在八路軍部隊中組建的特戰隊，與好萊塢電影中的美國海軍陸戰隊或者香港電影裏的飛虎隊基本使用一套通用的作戰術語，具備高超的戰鬥能力、乾淨利落的手眼身法、默契協調的團體配合水準，因其「專業水準」而具有極大的可看性。電視劇《5號特工組》講述了一個五人的特工小組在上海與日軍間諜進行一系列較量的富有傳奇色彩的故事。特工組是在中共地下黨組織的指示下建成的，成員包括中共地下黨員歐陽劍平（原國民政府國防部中校參謀）和四位專業素質高超的歸國人士，他們是德國慕尼黑通訊學院訪問學者、密碼專家高寒，曾任國民政府駐東京領事館武官的馬雲飛，英國考文垂機械廠工程師、爆破專家李智博，以及人稱「百變神偷」的原南京衛戍司令部副官何堅。高寒、李智博、何堅都是各自領域內的頂尖「專業」人才，馬雲飛的自我定位則是「中國軍人，職業特工」。他們住在法租界的別墅裏，那裏配備了一個裝備齊全、設施先進的豪華「工作室」。雖然這個特工組是在地下黨的領導下組建的，但地下黨領導老馮和他們的聯繫卻較爲鬆散，基本限於布置和驗收任務，在他們自己看來，他們乃是爲了「正義」而戰。在國共合作階段，他們也與國民黨的「復興社」／軍統合作，並爲軍統提供情報。看起來，這更像是一個依靠自己的專業水準解決問題的第三方組織，每當五個穿著黑色風衣的背影在慢鏡頭中出現，從中景「酷」勁十足地走向遠景時，便意味著他們又完成了一項任務。當然，革命主人公的專業技能，也並非都來自科班出身的專業訓練，那些草根英雄，也可能具備非凡的革命技能。在《我的兄弟叫順溜》中的順溜，他建功立業所依靠的百發百中的射擊才能，雖然是天賦才能與當獵人的爺爺培養的共同成果，卻也是一般革命大眾並不具備的專業技能，其實，他被指定爲隊伍裏的少有的狙擊手，也充分迎合了人們的技術膜拜心理。而順溜的扮演者王寶強在更早的《暗算》中同樣飾演一位天賦異稟的奇才，因其聽力方面所具備的超常的敏感成爲無線電偵聽員。而《暗算》中的黃依依是一名天性浪漫、才華出眾的數學家，共產黨資深諜報員安在天的父親錢之江表面身份是國民黨上海警備司令部的總破譯師，他的妻子羅雪與他並肩作戰，公開身份是國軍醫院的麻醉醫生，都是非常稱職的職業特工。這些英雄的形象，正與大前研一眼中的「專家」隔著時代遙相呼應：要靠理性行動、具備專業知識技能、有較強的倫理觀念、有好奇心和進取心、嚴格遵守紀律。

專業精神和職業倫理不僅意味著對專門技能的熟練掌握，還意味著對所從事工作的全力付出，自覺自願地擁護工作的必然。這種精神不僅是革命英雄所具備的，它還體現在主人公的對手身上，與以往淺陋的意識形態醜化手段不同，新近塑造的這些對手往往具有高度的敬業精神，和專業的職業技能，他們的失敗除了因為革命者技高一籌，又似乎總還有些「東風不與周郎便」的無奈，他們也因此贏得了觀眾的認可和尊重。《潛伏》中的李涯，為了調查內鬼一往無前，在國民黨內部貪腐成風的環境中，他所做的卻並不是為了錢。《懸崖》中的特務科科長高彬，一直死死地咬住線索不放，最終成功地將周乙捕獲，《黎明之前》中的特務科長李伯涵忠於職守，既賣力地執行「木馬」計劃，又執著地探查劉新傑的漏洞，是一個頭腦機敏、冷面無私的難纏的對手。《亮劍》中的楚雲飛與李雲龍的草莽形象形成鮮明對比，是一個一身正氣的職業軍人，在與李雲龍協同作戰時，他們出於對對方能力的欣賞而惺惺相惜，成為對手後，又能以各為其主的冷靜心態嚴陣以待，顯示出極高的職業素養。這些聰明的對手身上體現出的各為其主、各盡其責的職業精神，使劇情的發展更多地成為一種你來我往的智力遊戲，而不是理想或主義之間的博弈。當然，對職業倫理、專業精神的張揚也並非大陸革命電視劇的專利，2012年、2013 年美國艾美獎、金球獎劇情類雙料大贏家《國土安全》——獲得第64 屆艾美獎最佳劇集、最佳劇本及最佳男女主角四個最重要獎項〔註53〕以及第70 屆金球獎電視類獎項劇情類最佳劇集、劇情類最佳男主角和劇情類最佳女主角三項大獎〔註54〕，也塑造了一個對情報工作癡迷到病態的患有精神焦躁症的 CIA 女探員，對恐怖分子的徹底偵破不僅是她的職業，更是她生命的意義所在。（當然，由克萊爾‧丹尼斯飾演的凱莉之所以會在調查中「不擇手段」，主要是因為她在「9‧11」時漏過情報信息而身負罪惡感。）

狙擊手、特種部隊、專業領域內的天才，這樣的角色定位，一方面增強了電視劇的可看性，使革命題材電視劇在擺脫了「只見戰爭不見人」的套路的基礎上，又開創了「既見性格也見本領」的新路子，更重要的是，在革命電視劇中的「信仰」被逐漸抽空的同時，專業精神和職業倫理適時出現填補

〔註53〕64 屆艾美獎結果揭曉《國土安全》攬四獎成贏家〔N〕，2012-09-24，鳳凰網娛樂：http://ent.ifeng.com/tv/special/64themmy/zxbd/detail_2012_09/24/17852417_0.shtml。
〔註54〕金球獎電視類獎項揭曉《國土安全》再次稱王〔N〕，2013-01-14，騰訊娛樂：http://ent.qq.com/a/20130114/000610.htm。

了這一空缺，成為新世紀革命電視劇中的新倫理。正如賀桂梅在《以父／家／國重敘當代史——電視連續劇〈激情燃燒的歲月〉的意識形態批評》一文中談到的，石光榮的革命激情是一種被抽象化了的「激情」，它與革命年代階級解放、民族的解放目標關係不大，因此，這種空洞、抽象的理想和信念，也容易被今天的人們方便地挪用，「它有時被作為新時代的國家『現代化』的精神支柱，有時被作為倡導新的家庭倫理的內涵，更多的時候，它被挪用為一種新的職業倫理的倡導。相當有趣的是，不同的職業行當，包括電腦業、汽車業、房地產業，也包括不同的階層如白領階層、各行政系統，當他們回顧 2002 年的業績，或描述一種職業倫理時，均援引《激情》一劇，並如同使用一個時髦的行當語言一樣使用『激情』一詞。將革命激情轉換為職業倫理，或許是一個消費主義時代在將『理想主義』具體化時，最可能做出的闡釋。於是，『革命』本身所帶有的反叛、重新創造世界的意味，在這裡成為了一種加固資本市場的倫理秩序的文化資源。」〔註55〕

三、中產話語與知識分子

　　對專業精神和職業倫理的強調，也導致了新世紀革命電視劇中知識分子形象的重新定位。在 20 世紀二、三十年代，文學由啟蒙向救亡轉向，知識分子與革命的關係問題凸現出來，當時普羅小說中流行的「革命＋戀愛」模式，則可以看作是表徵知識分子與革命之關係的歷史修辭，是對「知識分子作為革命的追隨者」這一命題中所包含的悖論關係的回應，一方面，作為革命的追隨者，意味著知識分子不是真正的革命者，或者不構成革命的主體，知識分子只有放棄自己成為「農工大眾」才真正是革命的。但是，事實證明，正是知識分子才是「宣傳、鼓動和組織革命的歷史主體。這裡的關鍵問題是，其一，如果說知識分子必須使自己不成為自己才能是革命的，那麼，促使知識分子『革命化』的動力是什麼；其二，知識分子在革命運動中到底扮演怎樣的歷史角色。正如知識分子在革命中成為『看不見』的角色一樣，『革命文學』的倡導者也隱匿了是『誰』在宣傳並實踐這種理論，儘管這其中存在著極為複雜的改造／被改造的互動關係。」〔註56〕

〔註55〕　《以父／家／國重敘當代史——電視連續劇〈激情燃燒的歲月〉的意識形態批評》，賀桂梅，歷史與現實之間〔M〕，濟南：山東文藝出版社，2008 年，第 48 頁。

〔註56〕　《性/政治的轉換與張力——早期普羅小說中的「革命＋戀愛」模式解析》，見

　　同時，毛澤東 1926 年的《中國社會各階級的分析》和 1942 年的《在延安文藝座談會上的講話》確立了知識分子屬於「小資產階級」的經典關係，致使當代文學的革命、歷史敘事，站在民粹主義的立場對知識分子採取了排斥的姿態，在書寫「人民的歷史」、讓底層「發聲」的過程中，知識分子群體始終站在一個曖昧而尷尬的位置上。其實，中國知識分子遭遇的第一次致命危機是 19 世紀現代化進程開啟之時，正統儒家文化在現代性面前喪失功效，一直在「超穩定結構」中發揮通訊作用和一體化組織功能的儒家文化和儒生階層隨即成了受過者。「讀書人」三個字，突然之間有了醜陋可笑的意味。〔註 57〕而在延安時代，毛澤東《講話》和延安文藝實踐進一步瓦解了知識分子在文化中的中心地位，「知識分子自命精英，則對以『大眾化』和『爲工農兵服務』、知識分子崇洋媚外，則對以『民族風格』、『民族氣派』；知識分子追求高精尖，則對以『普及』、『通俗化』、『民間形式』。」這是因爲《講話》最爲關切的乃是建立馬克思主義政黨的文化領導權，這與傳統上知識分子掌握文化領導權的狀況構成直接衝突。因此，首先「要排除傳統知識分子價值觀這個障礙。在這個意義上，它極其自然地選擇了利用和弘揚一切爲知識分子價值觀所排斥所貶低的東西，以顛覆知識分子價值觀的統治地位。」〔註 58〕

　　「毛澤東時代的一個重大失誤就是對知識分子的無情壓制和利用。中國知識分子本來是革命的眞正骨幹，傳播馬克思主義的正是五四時代的啟蒙激進主義知識分子。他們是中國都市社會中最開放和最早接受現代觀念的階層，也是共產主義革命的先鋒。」〔註 59〕對知識分子長期的貶抑和對工農大眾的拔高，形成了歷史敘述中以人民爲主體的模式，它有助於現代民族政治／文化認同的形成，但是，「在這樣一種主要由農民戰爭構成的『史前史』的歷史書寫中，一個主要由精英話語構成的『文化中國』則可能因此而得不到歷史地再現或呈現。而『文化中國』的缺席，則在民族的身份認同上，必將帶來危機性的結果。」〔註 60〕

　　　　賀桂梅，歷史與現實之間〔M〕，濟南：山東文藝出版社，2008 年，第 212～213 頁。

〔註 57〕李潔非、楊劼，解讀延安——文學、知識分子和文化〔M〕，北京：當代中國出版社，2010 年，第 298～300 頁。

〔註 58〕李潔非、楊劼，解讀延安——文學、知識分子和文化〔M〕，北京：當代中國出版社，2010 年，第 143 頁。

〔註 59〕劉康，在全球化時代「再造紅色經典」〔J〕，中國比較文學，2003（1）。

〔註 60〕蔡翔，重述革命歷史：從英雄到傳奇〔J〕，文藝爭鳴，2008（10）。

在新世紀的革命電視劇中，一方面延續了20世紀中國文學對於革命主體的經典表述，刻畫了以工農兵大眾為主體的革命者群體，如石光榮、李雲龍、李大本事、葛二蛋等形象，另一方面，隨著社會發展方向和重心的根本改變，「科學技術是第一生產力」的觀念深入人心，同時，在全球化浪潮席捲下信息時代全面到來，「知識」以及「知識分子」在社會中的地位和價值已經被重新評估——雖然人文知識分子在90年代以來痛徹地感受到被放逐的邊緣化命運，但理工科、醫藥、信息技術、金融等專業性、實用性強的學科門類則被高度重視。儘管電視劇的觀眾依然是「人民群眾」，但是他們作為觀看主體的位置早已發生了挪移，因此，在電視劇中，知識分子與革命的關係也得到了調整。

《亮劍》中與渾身毛病的李雲龍相比，他的搭檔、政委趙剛則似乎毫無瑕疵：他畢業於燕京大學，是資深的革命運動領導者，理論水平高超、軍事技術過硬，作為一個儒雅的學者型將領，他與知識分子所謂的「小資產階級」習氣、軟弱動搖及「落後」思想毫不沾邊。在《人間正道是滄桑》中，楊家兄妹三人都是知識分子出身，楊立青是精通測繪的「專業型」知識分子，後入黃埔軍校，楊立仁原本就是學校教員，楊立華則是在廣州讀書期間受到了革命的感召，她繼而在無意中將楊立青引上了革命的征程。劇中另一個令人印象深刻的堅定的共產主義革命戰士是瞿恩，他和妹妹瞿霞以及母親曾留法接受共產主義思想，歸國後任教於黃埔軍校，是楊立青等一批黃埔軍校的軍事人才共產主義思想的啟蒙老師和革命引路人，瞿霞隨哥哥從事革命工作，她精通俄語，翻譯黃埔的教材，被捕入獄之後堅持學習日語和英語，既是個信仰堅定的戰士，也是個才華出眾的奇女子。瞿恩的妻子林娥參加過特務培訓班，潛伏在中統，也是個幹練又敬業的職業革命者。《人間正道是滄桑》是當代少見的以知識分子作為革命主體進行講述的原創劇，播出後，引發了觀眾對劇中人物的現實原型的猜想，「作為新中國成立60週年的獻禮大戲，該劇幾乎描寫了一部完整的民主革命時期的歷史，從大革命時期到土地革命時期，到全民族抗日戰爭時期，再到全國解放戰爭時期，小的如北伐戰爭、四一二政變、南昌起義、秋收起義、反國民黨『圍剿』等歷史事件都有所涉及。這讓不少網友開始積極地考證劇中人物的歷史原型，比如：瞿恩的原型是不是犧牲的革命黨人瞿秋白？楚材的原型是陳立夫嗎？楊立仁身上有蔣介石機要秘書鄧文儀的影子，至於楊立青的原型，閻揆要、陳賡、許光達和肖勁光

都有可能！」〔註61〕這種猜想，其實正好顯示出在 20 世紀中國革命的歷史上，知識分子所曾經發揮的巨大作用。如果說，如此集中反映知識分子從事革命工作的電視劇並不多見，那麼，對這一現象的局部呈現則越來越多，前述「專家型」革命者即是典型的例子。在《潛伏》中，甚至對知識分子與革命大眾的關係進行了「反寫」：電視劇不僅通過余則成和陳翠萍之間的關係，隱喻了一個中產階級優雅生活改造鄉土習氣的過程，而且身在臺灣的余則成接到的新任務，竟是與寫詩、彈鋼琴的小資產階級青年晚秋組成家庭共同潛伏。當回到鄉村的翠萍抱著孩子站在山坡上觀望的時候，很多觀眾心裏應該非常明白：余則成是回不來了。因此，與以往知識分子接受貧下中農改造相反，知識分子余則成反向改造了文盲陳翠萍，而這樣的過程當中包含的戲劇性張力，也正是吸引觀眾的最大亮點。

孟繁華先生在《眾神狂歡：世紀之交的中國文化現象》中對當代中國中產階級的形成與其話語空間的擴張問題有過精彩的分析。「中產階級」和「小資產階級」的概念在毛澤東 1926 年寫成的《中國社會各階級的分析》即已出現。但在中國 20 世紀漫長的歷史敘述中，「中產階級」這個概念的使用頻率不高。一直到 90 年代之後，中國的社會階層發生結構性改變，新的社會階層逐漸形成並趨於穩定，以職業為基礎的新的社會階層分化機制逐漸取代過去的以政治身份、戶口身份和行政身份為依據的分化機制，「中產階級」這一概念重新出現並有效地表達了一個新階層的出現，這一當代中國的「新富人」階層確實具備了「中產階級」的所有特徵，尤其專門化的職業是中產階級共同的特徵。同時，發達資本主義國家的「中產階級」文化趣味已經滲透到社會各個角落，並有了標準的中國版，對「中產階級」的身份嚮往，也已經成為我們這個時代的最大時尚。而在建立和擴張中產階級話語空間的過程中，90 年代出現的「貴族刊物」／白領雜誌功不可沒，它引導人們建立以品牌符號為標誌的「品位」，並通過「改造身體」迎合、創造中產階級趣味和意義。中產階級話語空間的建立和擴張，強化了急於奔「小康」人們的貧困感和焦慮感。〔註62〕

〔註61〕觀看《正道》請對號入座　觀眾熱衷尋找歷史原型〔N〕，2009-6-8，騰訊網：http://ent.sina.com.cn/f/v/rjzdscs/。
〔註62〕孟繁華，眾神狂歡：世紀之交的中國文化現象〔M〕，北京：中央編譯出版社，2003 年，第 217～228 頁。

　　如果說白領雜誌率先建立和擴張了中產階級話語空間，那麼，新世紀革命電視劇中以職業倫理偷換革命的主義與信仰，強調個人知識和專業能力，並以城市生活趣味改造農村生活習氣的現象，則顯示出在當今社會階層差異進一步擴大、城市化進程進一步加深的現實環境中，「中產階級」話語和趣味已經廣泛流佈，從少數人才能消費的貴族刊物，擴散到了可供社會最底層消費的電視屏幕上，成為了名符其實的「大眾」意識形態。

　　新世紀初，對於在電視屏幕上流露出來的「中產階級」趣味，文化管理者就有所覺察，他們把這一現象概括為電視劇裏「愈刮愈猛的豪華風」，「這些作品，不是滿腔熱情地把鏡頭對準祖國改革開放和現代化建設的廣袤大地，對準日新月異的東南沿海發達地區和正在開發的大西部地區，更不是為變革大潮中湧現出來的社會主義新人傳神寫貌，而是熱衷於用鏡頭去追蹤和瞄準那極少數遠離廣大人民群眾現實生活的『大款』們的豪華生活形態及其貴族畸型靈魂。於是乎，在熒屏上沒完沒了地展現他們出入於高級賓館、酒醉於豪華宴席、調情於私人別墅，揮金如土，胡作非為。觀眾對此，很是反感。」〔註 63〕觀眾是否「很是反感」猶未可知，文化管理者一開始所持的否定態度卻是顯而易見的，但是，在整個社會以經濟建設為中心、鼓勵一部分人先富起來的時代語境中，要想「剎住」這股「豪華風」，並不是靠行政命令能辦到的，因為電視劇中的「炫富」一定程度上迎合了觀眾的渴望，是與觀眾共謀的結果。更重要的是，這充分暴露了觀看中的「政治」，觀看是一個建構主體的過程，也是一個認同形成的過程。電視劇作為大眾生活的鏡像，其中所流露出的美學趣味和社會立場清晰地折射出了觀看主體所處的位置。革命電視劇中以個人情感為敘事起點、以草根英雄為表現對象的狀況，顯示出電視劇觀看中的「底層」認同，也即大多數觀眾會不自覺地站到民間和底層的觀看位置上去，形成較為一致的觀看視角和結果。而革命劇裏的中產階級趣味，則是深得他們認可但卻遠未達到的風尚。

〔註63〕仲呈祥，2000 年中國電視劇創作概況——兼評第 20 屆「飛天獎」獲獎作品〔J〕，
　　　　中國電視 2001（8）。

第四章 革命歷史與改編藝術

第一節 電視劇革命敘事的資源

伴隨著傳播媒體的演進，通俗敘事發展出電視劇這一新的敘事形態，而它與文學敘事的傳統自然保有著難以分割的關係，很多時候，它甚至是文學直接從紙媒向電子媒介轉移的成果。由於文學有悠久的歷史和深厚的傳統積澱，所以一直是電影、電視這樣的後起之秀獲取養分的精神母體，這一現象，中外皆同。世界文學名著中，一大批作品曾被改編，有些甚至是數度改編，如《巴黎聖母院》、《悲慘世界》、《茶花女》、《基督山伯爵》、《傲慢與偏見》、《羅密歐與朱麗葉》等等，若要盡數開列，勢必是長長的一串名單。尤其是在影視行業發展之初，文學改編為其提供了最有力的支持。

一、文學改編的傳統

在當代中國電視劇生產中，由於電視業發展相對較晚，大陸電視劇從 50 年代開始起步，一直到 90 年代以《渴望》為標誌的長篇電視連續劇崛起，電視劇才逐步走向成熟。早期電視劇製作在體制、機構和經費的約束下，多以改編為主。根據肖驚鴻的整理和統計，大陸第一部電視劇──1958 年 6 月 15 日播出的《一口菜餅子》，是由《新觀察》雜誌上刊登的同名小說改編而成，從此拉開了小說改編電視劇的序幕。到「文革」前將近 8 年，北京及各地電視臺共計播出了 180 餘部電視劇，這期間的改編作品包括《我的一家》（陶承同名長篇革命回憶錄）、《桃園女兒嫁窩谷》（馮忠譜同名小說）、《綠林行》（梁

斌長篇小說《播火記》)、《江姐》(羅廣斌、楊益言長篇小說《紅岩》)、《相親記》(柯岩的話劇劇本)。這一時期還沒有錄像技術,電視劇都是現場直播,這些直播劇多數根據先進人物事跡報導改編,謳歌爲建設新中國獻身的英雄和創造新生活的勞動人民。「文革」期間只有 3 部電視劇《考場上的反修鬥爭》、《公社黨委書記的女兒》和《神聖的職責》播出,素材來自眞人眞事的新聞報導。〔註1〕

　　另一方面,在社會主義文化建設的框架中,電視劇與文學除了傳播媒介不同,在啓蒙大眾、教育人民、反映現實生活的使命上並沒有本質的不同,因此,直接從成熟的文學敘事中取材,用電視劇的形式加以推廣,也是應有之義。尤其是「文革」結束後電視劇重新恢復生產,直至電視劇尚未推向市場的 80 年代,在文藝創作和批評中的現實主義仍居於獨尊地位,電視劇改編成爲經典名著和主流文學作品轉譯的上好手段。這一時期,文學創作和閱讀的潮流帶動著電視劇的前進,電視劇以原著爲中心進行「忠實」的改編,是對文學爲表徵的精英文化趣味的呼應,二者形成交相輝映的格局。其中產生較大社會反響的電視劇如《有一個青年》(張潔)、《新岸》(李宏林報告文學《走向新岸》)、《喬廠長上任記》(蔣子龍)、《蹉跎歲月》(葉辛)、《高山下的花環》(李存葆)、《蝦球傳》(黃谷柳)、《今夜有暴風雪》(梁曉聲)、《夜幕下的哈爾濱》(陳嶼)、《四世同堂》(老舍)、《凱旋在子夜》(韓靜霆)、《秋海棠》(秦瘦鷗)、《便衣警察》(海岩成名作)、《上海的早晨》(周而復)、《籬笆・女人和狗》(韓志君《命運四重奏》)、《努爾哈赤》(臺灣作家林佩芬)等等。茅盾的作品如《春蠶》、《虹》、《春蠶・秋收・殘冬》、《子夜》、《霜葉紅似二月花》等也被搬上熒幕。其中,1981 年由唐佩琳同名電影文學劇本改編的《敵營十八年》是我國第一部電視連續劇。〔註2〕

　　90 年代王朔小說《劉慧芳》改編的《渴望》(50 集)成爲長篇連續劇崛起的標誌和國產室內電視劇的典範。此外,由中長篇小說改編而成的電視劇包括:《圍城》(錢鍾書)、《南行記》(艾蕪)、《孽債》(葉辛)、《唐明皇》(吳因易)、《女人不是月亮》(楊廷玉)、《北京人在紐約》(曹桂林)、《過把癮》(王

〔註1〕肖驚鴻,《文學作品改編電視劇的歷史記憶》,見閻晶明主編,沉思與凝望〔M〕,
　　　　北京:作家出版社,2010 年,第 373~374 頁。
〔註2〕肖驚鴻,《文學作品改編電視劇的歷史記憶》,見閻晶明主編,沉思與凝望〔M〕,
　　　　北京:作家出版社,2010 年,第 375 頁。

朔《過把癮就死》)、《年輪》(梁曉聲)、《蒼天在上》(陸天明)、《趟過男人河的女人》(張雅文)、《青衣》(畢飛宇)、《一地雞毛》(劉震雲)、《車間主任》(張宏森)、《人間正道》(周梅森)、《紅處方》(畢淑敏)、《抉擇》(張平)、《雍正王朝》(二月河《雍正皇帝》)、《刑警本色》(張成功《天府之國魔與道》)、《貧嘴張大民的幸福生活》(劉恒)等等。〔註3〕80、90年代,四大名著先後被成功改編並推上電視熒屏,《儒林外史》、《鏡花緣》、《封神榜》、《官場現形記》、《東周列國志》、《七俠五義》、《聊齋》、《隋唐演義》、《三言》、《二拍》等古典名著和通俗經典,也幾乎都被改編成了電視劇。

　　1995年之後民營影視公司涉足電視劇生產領域,新世紀以來,先後取消了許可證制度、電視劇題材規劃立項制度,電視業飛速發展,電視頻道和觀眾群體快速增加,網絡視頻業務也蓬勃發展,因此對電視劇的需求也大大增加,越來越多題材各異的文學作品被搬上屏幕,如《突出重圍》(柳建偉)、《紅色康乃馨》(陳心豪)、《康熙王朝》(二月河《康熙大帝》)、《DA師》(王維)、《五月槐花香》(鄒靜之)、《喬家大院》(朱秀海)、《血色浪漫》(都梁)、《士兵突擊》(蘭曉龍《士兵》)、《戈壁母親》(韓天航《母親和我們》)、《奮鬥》(石康)、《中國往事》(劉恒小說《蒼河白日夢》)、《馬文的戰爭》(葉兆言)、《血玲瓏》(畢淑敏)、《國家幹部》(張平)、《我是特種兵》(劉猛)等等。〔註4〕

　　同時,一大批作家成為倍受電視劇製作者青睞的寵兒,如王海鴒(《牽手》、《不嫁則已》、《大校的女兒》、《大姐》、《中國式離婚》《新結婚時代》、《相伴》);嚴歌苓(《小姨多鶴》、《一個女人的史詩》、《幸福來敲門》/《繼母》,《金陵十三釵》改編為電視劇《四十九日・祭》);池莉(《來來往往》、《超越情感》、《口紅》、《所以》、《幸福來了你就喊》/《有了快感你就喊》);海岩(《永不瞑目》、《一場風花雪月的事》、《你的生命如此多情》、《拿什麼拯救你我的愛人》、《玉觀音》以及改編自小說《深牢大獄》)和《五星飯店》的《陽光像花兒一樣綻放》);萬方(《空鏡子》、《空房子》、《空巷子》/《華沙的盛宴》、《一一之吻》);六六(《蝸居》、《雙面膠》、《王貴與安娜》);陸天明(《蒼天在上》、《大雪無痕》《省委書記》《高緯度戰慄》、《命運》);周梅森(《忠誠》、

〔註3〕肖鷹鴻,《文學作品改編電視劇的歷史記憶》,見閻晶明主編,沉思與凝望〔M〕,北京:作家出版社,2010年,第375~377頁。
〔註4〕肖鷹鴻,《文學作品改編電視劇的歷史記憶》,見閻晶明主編,沉思與凝望〔M〕,北京:作家出版社,2010年,第376~379頁。

《人間正道》、《天下財富》、《絕對權力》、《國家公訴》、《至高利益》、《我主沉浮》）；石鍾山（《激情燃燒的歲月》、《軍歌嘹亮》、《幸福像花兒一樣》、《遍地英雄》、《幸福還有多遠》、《天下兄弟》、《大院子女》、《紅顏的歲月》）；以及瓊瑤、金庸、古龍這樣的暢銷書作家（恰如現代時期的張愛玲、張恨水）的名字，更是意味著收視率的保證。自 20 世紀 80 年代以來，電視劇改編作品至少佔了整個電視劇產量的一半，「飛天獎」獲獎劇目 70%以上選自這些改編作品。〔註5〕

在電視劇對革命歷史的講述方面，文學從兩個最重要的方面成為其敘事的源泉：其一，20 世紀中國文學為電視劇改編提供了直接的母本，其二，已經形成的文學成規決定了電視劇革命敘事的基本模式。

新世紀中期，一批表現革命歷史的「紅色經典」作品被直接搬上電視屏幕，再度出現在大眾的視野之中。在新中國成立之後，革命歷史小說得到了極大的發展。在當代文學史上，革命歷史小說專指 1921 年中國共產黨成立之後，以中國共產黨為主體的歷史活動為題材的小說，以及中國共產黨領導下建國的光輝過程。這些小說既對新社會的真理性作出證明，推動對歷史的既定敘事的合法化，也為處於社會轉折期中的民眾提供生活準則和思想依據，〔註6〕並以浪漫主義和樂觀主義的風格成為新的歷史條件下動員民眾進行社會主義建設的精神源泉。這些作品中塑造出的英雄也在人們記憶中留下難以磨滅的深刻印象，許雲峰、江姐、少劍波、楊子榮、嚴運濤、高翔、楊曉冬、王強、老洪等成為幾代人心目中英雄的代名詞。

十七年時期「紅色經典」對於當代電視劇改編的首要價值不僅在於它對英雄形象的塑造，更在於它建立了一種具備史詩品格的文學範式。「民族史詩關注整個民族社會的形成，這種形成或者是在與其他部族或民族的外部衝突中實現的，或者是在全體社會階級之間、在廣大人民群眾與國家政權之間等內部鬥爭中實現的。它們建立在政治衝突的基礎上，而個人關係（『私情』）在作品中只能起次要的輔助作用。」〔註7〕這些作品集中展現了 20 世紀上半

〔註5〕毛凌瀅，從文字到影像 小說的電視劇改編研究〔M〕，成都：四川大學出版社，2009 年，第 19 頁。

〔註6〕洪子誠，孟繁華主編，當代文學關鍵詞〔M〕，桂林：廣西師範大學出版社，2001 年，第 113～114 頁。

〔註7〕〔蘇〕波斯彼洛夫，文學原理〔M〕，北京：三聯書店，1985 年，第 318～319 頁。

期中國新民主主義革命時代的壯闊風雲，爲覺醒並投入革命鬥爭的民族大眾樹碑立傳。「就意識形態而言，革命歷史小說是典型的黨性文學，它不僅以中國共產黨作爲歷史敘事的主體，也就是以中國共產黨黨史爲題材，而且全力以赴地表現中國共產黨的思想理念乃至方針政策。於是整個革命歷史小說構成了一個中國共產黨從成立到發展再到奪得政權的『宏大敘事』，具體的革命歷史小說作品則成爲這一宏大敘事的一個組成部分，猶如交響樂中的一個樂章。」〔註8〕

　　另一方面，這些作品所確立起來的敘事模式，極大地影響了當今的電視劇敘事。這些作品分別以戰爭史詩、成長小說、通俗傳奇的模式，講述中國共產黨領導下的革命活動，既包括正面戰場發生的戰爭，也書寫黨領導下的群眾運動和地下鬥爭。如《保衛延安》、《紅日》受蘇聯戰爭小說的影響，以全景的方式再現戰爭歷史，表現已經被證明爲正確的毛澤東軍事思想，以及中國人民解放軍的革命英雄主義和革命樂觀主義精神。《紅旗譜》、《青春之歌》作爲成長小說的代表，講述了主人公從一個普通人成長爲革命者的歷程，由此證明中國人在現代中國歷史與人生道路選擇上的唯一正確性。《林海雪原》、《烈火金剛》等通俗傳奇則繼承中國古代英雄傳奇的特徵，上承延安時期的同類創作如《呂梁英雄傳》、《新兒女英雄傳》、《抗日英雄洋鐵桶的故事》、《李勇大擺地雷陣》、《雞毛信》、《海娃沒有死》等，通過傳奇性的敘事、跌宕起伏的情節，表現革命的正義性和艱苦卓絕，呼應當時文學敘事的主旋律。〔註9〕可以說，新世紀革命電視劇雖然在消費性大眾文化敘事策略的影響下有所變化，但戰爭史詩、成長小說、通俗傳奇這三種模式還是可以囊括絕大部分的電視劇作品。同時，這些文本更是爲英雄人物塑造提供了話語範型，王寰鵬在《英雄主義的敘事模式和喻義闡釋》中對抗戰小說進行了詳細的分析，並歸納了幾種主要的英雄敘事模式：「農民／抗戰英雄」成長模式、「傳奇英雄／民族復仇」隱喻模式、「匪類／抗戰英雄」轉化模式。〔註10〕可以看出，很大程度上，革命電視劇的英雄塑造基本上也是在這一框架中展開的。

〔註8〕洪子誠，孟繁華主編，當代文學關鍵詞〔M〕，桂林：廣西師範大學出版社，2001年，第117頁。

〔註9〕洪子誠，孟繁華主編，當代文學關鍵詞〔M〕，桂林：廣西師範大學出版社，2001年，第115～116頁。

〔註10〕王寰鵬，英雄主義的敘事模式和喻義闡釋〔J〕，中國現代文學研究叢刊，2005（4）。

　　這一系列的文本構成了新世紀電視劇改編的基礎和對話者。其實，在現代時期，就已經出現了左翼文學對革命的書寫，但是，它們並沒有成為新世紀電視劇的直接精神來源，這是因為，一方面，延安解放區與新中國成立後十七年革命歷史小說，本身就是編織社會主義社會話語的一部分，因此，在進入被文化管理部門高度重視、目為愛國主義教育和重要宣傳陣地的電視傳媒流通的時候，不需要作過多的修剪。另一方面，1942 年《講話》確立的新的文藝方針，使這些文本在民族形式和大眾化方面比現代時期左翼敘事更為成功，它們幾乎徹底地擺脫了「知識分子氣」和「文藝腔」，其通俗性特徵，使它們在與 90 年代之後消費社會的「大眾文化」產品進行對接的時候，顯得尤為合拍。

　　正是這些已經通過文學—政治的權力被正典化的文本，在今天既為電視劇改編提供了直接的文學文本，也為這段歷史提供了基本的敘述模式。當然，在新的歷史語境下，對這些敘事資源的取用不可能一味照搬、一成不變，很多時候，它們是創新活動的主要參照，我們處處可見電視劇創作人員將它們作為改造對象而實施手術的痕跡。這是一個繼承與背叛、挪用與改寫同時進行的過程，作為一個龐大的潛文本體系，它們盤亙至今，不曾離去。在新世紀中期，紅色經典改編行為遭遇了不期然的巨大阻力，電視劇生產者轉向別處尋求資源，一大批當代作品甚至是網絡小說也成為電視劇的母本，如《雄關漫道》（歐陽黔森、陶純）、《歷史的天空》（徐貴祥）、《高地》（徐貴祥）、《我是太陽》（鄧一光）、《狼毒花》（權延赤）、《戰爭目光》（郭富文）、《亮劍》（都梁）、《狼煙北平》（都梁）、《遍地英雄》（石鍾山《遍地鬼子》）《記憶的證明》、（黃仁柯《世界沒有末日》）、《日出東方》（黃亞洲）、《我的團長我的團》（蘭曉龍）、《中國兄弟連》（楊昭仁）、《暗算》（麥家）、《潛伏》（龍一）、《我的兄弟叫順溜》（朱蘇進）、《鐵梨花》（肖馬）、《玉碎》（周振天）、《懸崖》（全勇先《霍爾瓦特大街》）、《雪豹》（改編自骨科醫生周軍的網絡小說《特戰先驅》）、《一個鬼子都不留》（佰川）、《民兵葛二蛋》（改編自王外馬甲網絡原創軍事小說《「另類民兵」葛二蛋》）等等。但當這些作品被轉譯為電視劇的光影模式之後，我們卻發現，由紅色經典所建立的敘事範型並未被移除。（當然，當紅色經典的「紅色」被逐漸掏空和偷換之後，我們發現潛入其中填充意識形態真空的恰好是八九十年代的一批新歷史主義小說——雖然它們絕大多數並沒有被直接改編。）

　　文學作品改編的成功，也使作家和電視劇生產之間的關係更為緊密，越來越多的作家涉足編劇領域，如著名編劇王朝柱，80 年代發表文學作品，新世紀以來，他憑藉《辛亥革命》、《開國領袖毛澤東》、《周恩來在上海》、《長征》、《延安頌》、《八路軍》、《周恩來在重慶》、《解放》、《解放大西南》等電視劇作品，在「飛天獎」和「金鷹獎」中數次獲得優秀編劇獎和最佳編劇獎；軍旅作家江奇濤，是《人間正道是滄桑》、《無國界行動》、《亮劍》、《漢武大帝》、《大唐芙蓉園》、《忠誠》等電視劇的編劇；鄒靜之從 90 年代開始發表文學作品，作為編劇創作了電視連續劇《康熙微服私訪記》、《鐵齒銅牙紀曉嵐》《傾城之戀》《五月槐花香》等有影響力的作品；軍旅作家朱蘇進 90 年代涉足影視改編，成為職業編劇，先後創作了《康熙王朝》、《江山風雨情》、《鄭和下西洋》、《朱元璋》、《我的兄弟叫順溜》、《三國》等電視劇劇本；第一代網絡寫手領軍人物寧財神則創作了《都市男女》、《健康快車》等電視劇作品，其章回體古裝情景喜劇《武林外傳》則成為青年亞文化的一個代表性作品。2008 年 12 月 25 日，由中國電視藝術家協會組織評選出的為電視劇藝術發展作出突出貢獻的編劇、導演和製片人，在梅地亞中心舉行的頒獎典禮上接受了表彰，獲獎編劇共 35 名，其中馬繼紅、王朝柱、朱秀海、朱蘇進、江奇濤、張宏森、李功達、陸天明、麥家、周梅森、柳建偉、趙琪、趙韞穎、海岩、海波、黃亞洲等人是小說家或詩人，錢濱、高滿堂、馮延飛、黃暉、張永琛、劉和平、李曉明、趙冬苓、陳枰、徐萌、石零、程蔚東、邵鈞林、謝麗虹、韓素真、張魯、廖致楷、張曉亞、周振天等優秀編劇也大多有過文學創作的經歷。〔註 11〕

　　文學作品成熟的敘事手法、豐富的題材領域、細膩的藝術表現和深厚的人文底蘊，為電視劇改編提供了莫大的方便，在原創劇數量上難以支撐製作需求的時候，它成為電視劇生產的首選並不意外。同時，作家的知名度、文學作品本身的影響力或者文本質量，則可以幫助投資人預測劇作的市場前景，規避投資中的風險，相比原創劇，依據現成文學文本進行改編一般會更為快捷、高效，有利於縮短投資週期。另一方面，由於當下中國編劇機制有待完善、職業編劇群體尚未壯大，沒有形成像美劇或日、韓劇編劇那種基於消費文化生產理念的流水線作業模式，從現成的小說入手，或者由作家擔綱，可以避免劇本生產中的幼稚病。

〔註 11〕　全國優秀電視劇編劇、導演、出品人名單〔J〕，當代電視，2009（2）。

二、改編與電視劇「情商」

長期以來，在國內的電視劇生產中，編劇都處於被忽視的狀態，長期單兵作戰的編劇各方面的權益都無法得到保障。近幾年來，「編劇維權」逐漸成為浮現在人們視野中的一個熱門話題。對於編劇而言，首先希望能夠加強對自己作品的版權保護，提高編劇的話語權及影響力。電視劇《闖天下》編劇周振天表示：「中國編劇在行業中的弱勢地位依然沒有改變。海報上永遠沒有編劇，出來就是主演、導演，編劇沒有。」《金婚》編劇王宛平透露：「高希希導演拍的《眞情年代》，是我從頭到尾改編的，但是沒有署我的名。」另一方面，他們認為一劇之本是最重要的，希望提高能編劇片酬。相比演員，一線演員動輒 10 多萬元一集的身價，就是普通二三線明星 2 萬元一集的酬勞，也比編劇的平均片酬高上幾倍。而一線編劇拿的稿酬還不如二線導演，有的甚至不如三線演員。〔註 12〕總結起來，編劇「是娛樂圈的弱勢群體」，其生存狀況是「拿錢不多，沒話語權，還常常受欺。報酬方面，美國編劇工會規定編劇每寫一部劇本的最低酬勞是 35079 美元，名編劇拿的則要高得多。而目前國內一線編劇能拿到 15 萬元一集，有的甚至更高，但眾多的編劇槍手，稿酬是一集三、四千元左右。海外影視劇的劇本一般占總投資比例的 10%～20%，但在國內，編劇收入能達到總投資 5%的都不多。另一方面，取得報酬也非易事，因為不公平的霸王條款一開始就讓編劇處於被動。最常見的兩條：（1）編劇要根據片方意見修改到令其滿意為止；（2）劇目不開拍不給編劇後面的酬金。這樣的條款使編劇常常遭遇賴薪事件，辛勤勞動的成果付之東流。如果說報酬上是『演員為王』，那麼在製作中，則是『導演為王』或『資方為王』，除了編劇在片頭的署名權被侵害之外，編劇也缺乏對作品的控制權，劇本被製作方肆意修改是常事，如果劇作成功，投資方和導演會說這是他們『二度創作』的結果，如果失敗，則是因為『劇本太爛』。此外，編劇在演員的選定等方面也毫無話語權可言。近年來不少煤老闆、房地產老闆們踏入娛樂圈，他們出錢拍電影的條件常常是要捧某人做主角，或者乾脆出高價搶演員」〔註 13〕，充分

〔註 12〕 編劇年會再議維權「演員為王」讓編劇很被動〔N/O〕，東方早報，2010-10-18，鳳凰網娛樂：http://ent.ifeng.com/tv/news/mainland/detail_2010_10/18/2814093_0.shtml?_from_ralated。

〔註 13〕 揭電視劇編劇生存狀態　知名編劇曾遭遇霸王條款〔N/O〕，成都晚報，2010-9-26，鳳凰網娛樂：http://ent.ifeng.com/tv/news/mainland/detail_2010_09/26/2631131_0.shtml。

體現了資本的話語霸權。

　　新世紀中期，國內影視編劇所面臨的尷尬處境，使他們逐漸聯合起來，以改變不合理的現狀。2006 年，中國影視界發生了兩起有代表性的侵權事件——「《墨攻》導演張之亮侵犯編劇李樹型署名權」和「電視劇《沙家濱》侵犯原作者文牧版權」。2007 年 1 月 6 日，數十位中國影視編劇會聚在北京香山飯店，聲討和抵制侵權行為，聲援《墨攻》編劇李樹型和已故的《沙家濱》原作者文牧兩位老編劇。並在會後發佈了聯合聲明，在這個聯合聲明中，編劇們採取了一個在中國影視界從未出現過的行動：聯名抵制張之亮和北京朱氏聯合傳媒有限公司，所有署名者宣佈——不與侵權者合作！〔註 14〕2008 年 2 月，美國數千名好萊塢影視編劇長達三個月的罷工剛剛結束不久，由中國電影文學學會主辦的「2008 編劇維權大會」在北京召開，「與會人數從 2007 年『香山會議』的 30 多名增至 80 餘人，針對編劇權益受到侵害、稿費被拖欠等現狀，80 多名編劇共同簽署了《編劇自律公約》，並聯名發佈了維權聲明，聲明呼籲維護作品的完整權和修改權、維護劇本著作權、改編權及合同的公平權，維護編劇的榮譽權、署名權和不受歧視權；在出現嚴重侵權並拖欠、拒付稿酬的情況下，要求停止侵權作品的出版、發行和公映；要求各大國家級獎項增設編劇獎或改編劇本獎；要求在各種媒介上產生的有關版權的收益中，劇作家享有相應分成等等。此外，曾創作過《離開雷鋒的日子》等影視作品的電影編劇、作家王興東還代表學會向廣電總局發出了一封公開信，提出了相關的請求。」〔註 15〕2008 年兩會期間，作為全國政協委員的王興東也向大會提交了《國內影視編劇權益屢受侵犯應該引起關注》的提案，十幾位委員一起簽名支持他的提案。〔註 16〕2009 年 3 月，石康（《奮鬥》編劇）、汪海林（《流星雨》（電視版、電影版）編劇）、彭三源（《親兄熱弟》編劇）、高大勇（新《鹿鼎記》編劇）、費明（《家有兒女》編劇）等二十名國內一線編劇，共同成立了編劇公司「喜多瑞」（英文名 STORY），想傚仿美國和日本的

〔註 14〕中國影視編劇聯名聲討張之亮和〈沙家濱〉侵權〔N/O〕，2007-1-9，中國網：http://www.china.com.cn/culture/txt/2007-01/09/content_7628313.htm。

〔註 15〕孫琳琳.08 編劇維權大會在京召開 80 多人聯名發維權聲明〔N/O〕，新京報，2008-2-25，新華網：http://news.xinhuanet.com/newmedia/2008-02/25/content_7665035.htm。

〔註 16〕編劇委員提交提案「編劇維權」引起領導關注〔N〕，2008-3-10，新華網：http://news.xinhuanet.com/newmedia/2008-03/10/content_7754001.htm。

編劇中心制，挑戰製片人中心制和導演中心制等固有模式。此番「造反」，不僅想求得更多經濟上的利益，更主要的是要從製片人手上奪權。〔註 17〕在「2010 電視劇編劇年會」上，數十位編劇希望「對編劇的尊重能達到符合藝術規律的程度，制止對劇本的『強行克隆』現象，保護編劇的『原創』權益，他們呼籲盡快建立編劇協會以及百花獎評選早日恢復『編劇』獎，同時也倡議同行，希望業界能常常展開自我檢視，審視自己的創作腳步是否『趕上了靈魂』」。〔註 18〕2011 年 3 月北京大學生電影節開幕前，汪海林在微博上批評電影節不設編劇獎，並呼籲編劇和網友在電影節開幕當天通過「刷屏」來「炮轟」、抗議。他表示，呼籲設獎並不是因為編劇要「求獎」，而是要求得社會的尊重。〔註 19〕

在持續的維權行動和強烈呼籲之後，2011 年 4 月 28 日，中國第一個國家級的電視劇編劇組織——中國廣播電視協會電視劇編劇工作委員會在北京召開了成立大會。高滿堂當選為會長，劉和平、周振天和王麗萍當選為常務副會長，王朝柱、陸天明當選為名譽會長。電視劇編劇工作委員會主要著力於組織電視劇編劇的學術活動、對優秀作家的優秀作品進行表彰和保護、對劇本進行評估、幫助投資者論證投資風險，以及定期舉辦培訓，解剖熱播劇目，提高編劇整體水平。〔註 20〕編劇工會成立之後，已經在 2011 年 11 月舉辦了首屆編劇論壇，2012 年 9 月舉辦了首屆編劇講壇。

雖然編劇、導演、演員之間的關係和地位一時尚難釐清，但電視劇編劇工作委員會的成立，意味著通過行業工會的模式，為職業編劇的生存和發展提供更好的保護，編劇從單個人「打游擊」變成「組織人」，也許可以把更多的精力投入到創作好劇本，而不是在討薪、打官司這一類的事件上費腦筋。美國編劇工會 20 世紀 40 年代就為電影和電視設立了編劇工會獎，60 年代就通過組織罷工為編劇申訴權益，2007 年的罷工也大獲成功。實際上，新世紀以來隨著電視劇產業化進程的快速推進，民營影視公司興起引發對劇本需求

〔註 17〕 中國編劇集體造反奪權　張紀中冷諷：癡心妄想〔N/O〕，2009-3-6，騰訊讀書：http://book.qq.com/a/20090306/000014.htm。

〔註 18〕 祖薇，2010　電視劇編劇年會召開　呼籲百花獎盡早恢復編劇獎〔N/O〕，2010-10-21，鳳凰網娛樂：http://ent.ifeng.com/movie/news/mainland/detail_2010_10/21/2851212_0.shtml。

〔註 19〕 設獎難，維權難，編劇倡議不容易〔N/O〕，2011-3-28，鳳凰網娛樂：http://ent.ifeng.com/zz/detail_2011_03/28/5410258_0.shtml?_from_ralated。

〔註 20〕 子英，中國電視劇編劇工作委員會在京成立〔J〕，當代電視，2011（6）。

量的增加，降低了編劇入行的門檻，從前只有名作家才有資格擔任編劇的狀況發生了改變，這對於電視劇職業編劇群體的形成和壯大具有極大的促進作用。雖然編劇行業內秩序還較爲混亂，但劇本質量與電視劇質量的關係也已經越來越受到正視，對於有志於從事編劇行業的人而言，這也是一種極大的鼓勵。

　　當然，也正是因爲編劇行業運行機制的不完善，致使幾十年來文學作品改編一直是電視劇劇本生產的重要路徑。以美劇爲例，美國編劇與中國的編劇工作模式有很大的區別。中國編劇基本上是個體戶，美劇則依靠編劇團隊。美國編劇卡爾頓·庫斯在介紹《迷失》的編劇經驗的時候指出，《迷失》這樣的電視劇，靠 1 個編劇是絕對完不成的，在撰寫初稿時，有 10 個編劇共同討論劇情，必須將情節細化到每一分鐘，而且每六分鐘就要有捉住眼球的「爆點」防止觀眾轉臺，然後再由 2 個編劇去另一個房間撰寫具體臺詞，其餘編劇繼續推進故事。〔註21〕在韓國，也有一整套較爲穩定、完善的編劇培養和薪酬體制，爲生產精良的劇本奠定了基礎。雖然美國、韓國的電視劇編劇體制都爲國內電視劇生產提供了很好的借鑒，但專業編劇團隊的培養也絕非朝夕之功，因此，在實際的編劇過程中，即便是學養深厚的作家捉刀，也很難做到情節設置、節奏控制、人物塑造以及臺詞對白的盡善盡美，尤其涉及歷史、刑偵、醫學、法律等專業性較強的知識領域時，則更容易出現疏漏，這也是很多觀眾把國產劇當成「喜劇」看、專門挑漏洞找樂子的原因所在。

　　以美國電影協會評爲 2009 年「10 大美劇」之一的《生活大爆炸》來看，劇情架構以「科學天才」與「鄰家女孩」在生活和感情中的碰撞展開，前者爲四個智商超群的量子物理學專家，後者則是個智商平平的快餐店打工妹，在她的襯托下，科學「宅男」們集高智商與低情商於一身的性格特點成爲喜劇的源泉。作爲一部笑料迭出的科學喜劇，該劇的製作過程堪稱嚴謹。劇組除了擁有科學專業出身的編劇團隊之外，還有一位來自加利福尼亞大學洛杉磯分校的物理學家薩爾茲保專門負責按照劇組要求創作劇本中關於科學部分的內容。其實，許多美國劇情片都涉及到非常專業的科技細節，如《CSI》中的生物技術、《怪醫豪斯》引發的醫學片浪潮、《別對我撒謊》中的心理學、《數字追凶》中的數學、《致命毒師》中的化學等。這些劇作幾乎都涉及到科學研

〔註21〕美劇 in 時代，中國編劇 hold 住嗎？〔J/O〕，2011-10-12，騰訊文化觀察：http://book.qq.com/zt2011/play/。

究的最前沿成果。薩爾茲保將物理學最新發現融入劇情,《怪醫豪斯》中則有病例來自兩三個月前剛剛發表的新論文。〔註22〕

　　因此,目前國內的電視劇編劇雖然也在盡力模仿美劇的手法,人們可以在諜戰劇、戰爭片甚至古裝宮廷劇中看到一些美劇的橋段和影子（如諜戰劇《青盲》和宮廷劇《美人天下》中都設計了「越獄」橋段）,但是,往往也只是形似而已。正是由於上述諸種原因,在大陸電視劇中最為發達的是與人文相關的劇作,革命歷史劇、古裝宮廷劇、家庭倫理劇、青春偶像劇、古裝武俠劇或家族歷史劇成為屏幕上的主流,即便是與特定行業有關的劇作,其重心也往往偏向人文,如醫療劇《心術》（編劇六六）,主要探討的不是醫術,而是仁術,著重在醫患關係方面展開,與同為醫生題材的《豪斯醫生》（美劇）、《白色巨塔》（日劇）有著質的區別,畢竟,即便作家六六在醫院花多少時間「深入生活」,在專業知識方面都難敵一兩個有醫學專業背景的編劇,因此,從世道人心的角度入手,也是作家們明智的選擇。然而,也正是由於文學改編的基底與作家執筆的傳統,許多大陸電視劇在不甚完美的技法中,卻時常透露出更多對當下社會生活的人文回應,即便是在它含混、模糊甚至搖擺不定的價值傾向中,也往往可以捕捉到關於一個時代的政治、文化信息。這也是現階段國產電視劇之所以具有解讀價值的原因所在。如果說美劇是「高智商」的遊戲,也許可以把國產電視劇看做是「高情商」的產物。在一種全球化與同質化的潮流中,在市場化和產業化的持續推動下,國產電視劇走上美劇、韓劇的道路也許指日可待,我們在電視屏幕上或網絡視頻中,也會欣賞到情節扣人心弦、細節無可挑剔的高度類型化的劇作,也許看的時候欲罷不能,但不知道看完之後會不會無從回味,就像好萊塢「爆米花」電影給人的觀感,這個問題,只能留給時間來回答了。

第二節　「忠於原著」的意識形態

　　電視劇革命敘事的一個重要資源來自延安時代和十七年的革命敘事,但這並不是說對這些資源的取用是一個理所當然、輕而易舉的過程,相反,2004年對《林海雪原》的電視劇改編引發的關於「紅色經典」改編的討論,作為

〔註22〕徐德芳,熱播美劇《生活大爆炸》幕後科學家現身〔N/O〕,2009-12-21,新華網:http://news.xinhuanet.com/tech/2009-12/21/content_12680783.htm。

這一過程中一個具有重大意義的標誌性事件，證明了電視劇敘事中的權力話語之爭。

一、紅色經典的話語之爭

仲呈祥在一篇總結性的文章中將 2004 年稱爲「紅色經典改編年」，原本對「普及名作、提升電視劇文化品位和審美格調」都有益處的改編行爲，卻因爲製片商唯利是圖，「在英雄人物身上亂加三角戀情，變紅色爲桃色，在反派人物身上開掘善良人性，變黑色爲綠色」，藝瀆經典、浪費資源。另一些改編劇，則因爲「對原作的靈魂和精神理解得不夠準確、深刻」，「藝術魅力不如原作」。「由此引發的關於『紅色經典』改編問題的理論探討，對於維護和珍視經典名作這一寶貴的文化資源，加強電視劇改編理論建設，都產生了積極作用。」〔註23〕

紅色經典改編引發的「事件」源起於 2004 年 3 月電視連續劇《林海雪原》的播出，該劇導演李文岐的初衷是改變「以往對英雄的形象塑造流於表面化，過份『高、大、全』的狀況，」要從仰視英雄到平視英雄。每個人心目當中都有自己對英雄的一個定義，英雄不應該被束之高閣，我認爲一個眞實的、生活化的英雄形象才是眞正鮮活可信的英雄形象。」〔註24〕然而，他的改編並沒有讓觀眾產生「英雄的形象更立體、更可信」的看法，反而引發了普通觀眾的質疑和批評，他們認爲電視劇「誤讀原著、誤會群眾、誤解市場」。4月 9 日，國家廣電總局下發了《關於認眞對待「紅色經典」改編電視劇有關問題的通知》，要求「各省級廣播影視管理部門要加強對『紅色經典』劇目的審查把關工作，要求有關影視製作單位在改編『紅色經典』時，必須尊重原著的核心精神，尊重人民群眾已經形成的認知定位和心理期待，絕不允許對『紅色經典』進行低俗描寫、杜撰藝瀆，確保『紅色經典』電視劇創作生產的健康發展。請各省級廣播影視管理部門要切實負起責任，認眞檢查所屬製作機構創作生產『紅色經典』電視劇的情況，特別要嚴格把握好尊重原著精神，不許戲說調侃，切實保證此類劇目創作、生產、播出不出問題。」〔註25〕隨後，在紀念毛澤東《在延安文藝座談會上的講話》發表 62 週年之際，5 月

〔註23〕仲呈祥，2004 年度中國電視劇創作概觀〔J〕，中國電視，2005（3）。
〔註24〕我對改編「紅色經典」的想法——導演訪談錄〔J〕，當代電影，2007（1）。
〔註25〕關於認眞對待「紅色經典」改編電視劇有關問題的通知〔N/O〕，人民網，2004-5-26，http://www.people.com.cn/GB/14677/22114/33943/33945/2523858.html。

23 日中國文聯、中國劇協、中國影協、中國視協共同召開了「改編『紅色經典』創作座談會」，與會人員認為，「紅色經典」的改編之所以出現問題，是因為錯誤理解人性、唯利是圖迎合低級趣味以及理論批評的缺位，他們認為，「『紅色經典』的改編必須具備一個前提，那就是尊重原作的基本內涵、時代背景、主要情節，否則就不是改編，而是胡編亂造。」「紅色經典」作為一筆巨大的精神財富，「任何改編，都不應該脫離原作的基本內涵，偏離原作的主要思想；不應該脫離當時的時代背景，背離當時的時代特徵；不應該篡改原作的主要情節、增刪原作的主要人物。」〔註26〕5 月 25 日，國家廣電總局發出了更具強制色彩和指令性的《關於「紅色經典」改編電視劇審查管理的通知》，通知要求「全國所有電視劇製作機構製作的以『紅色經典』（即曾在全國引起較大反響的革命歷史題材文學名著）改編的電視劇，經省級審查機構初審後均報送國家廣電總局電視劇審查委員會終審，並由國家廣電總局電視劇審查委員會出具審查意見，頒發《電視劇發行許可證》。各省級廣播影視管理部門要增強政治意識，大局意識和責任意識，切實負起責任，認真檢查所轄製作機構創作生產『紅色經典』電視劇的情況，發現不妥，提早處理解決，避免給各方面造成不必要的損失。從收到本《通知》起，凡未經國家廣電總局審查並取得總局頒發的《電視劇發行許可證》的『紅色經典』電視劇，一律不得播出。」〔註27〕2004 年 12 月 18 日，《文藝研究》雜誌社組織召開了「紅色經典」改編問題研討會。來自中宣部、中國作協、中國社科院、中國藝術研究院以及中國傳媒大學、北京大學、首都師範大學等機構的近 20 位學者出席了會議。〔註28〕

與此同時，電視劇理論批評的幾大陣地也作出了及時回應。由中國電視藝術家協會主辦的《當代電視》在 2004 年第 7 期，刊出了仲呈祥《略論對經典名著的改編》、曾慶瑞《透視「改編」的誤區——我看「紅色經典」電視劇的改編》、張德祥《「紅色經典」是重要的文化遺產》等一組文章；由中國電影藝術研究中心和中國傳媒大學主辦的《當代電影》，在 2004 年第 6 期由苗

〔註26〕康偉，「紅色經典」改編創作座談會在京召開〔N/O〕，2004-5-24，網易娛樂：http://ent.163.com/ent_2003/editor/news/starnews/040524/040524_248415.html。

〔註27〕關於「紅色經典」改編電視劇審查管理的通知〔N/O〕，廣東廣播影視網：http://www.rftgd.gov.cn/node_15/node_42/2006/09/01/115707255344.shtml。

〔註28〕張賀，「紅色經典」改編為何難如人意〔N/O〕，人民日報，2004-12-24，人民網：http://culture.people.com.cn/GB/27296/3076646.html。

棣主持的一期「電視文化批評」中，集中刊發了熊文泉《「紅色經典」藝術生產的內在機理分析──以作品《林海雪原》的生成、改編爲例》、戴清、宋永琴的《「紅色經典」改編：從「英雄崇拜」到「消費懷舊」──電視劇《林海雪原》的敘事分析與文化審視》、彭文祥《「紅色經典」改編劇的改編原則與審美價值取向分析》、侯洪、張斌《「紅色經典」：界說、改編及傳播》等 4 篇探討「紅色經典」改編問題的文章；由中國電視藝術委員會主辦的《中國電視》也在 2004 年先後刊出相關討論文章，如陸紹陽、張嵐《「紅色經典」改編的背後》（第 9 期）、《經典改編四人談》（由詞作家閻肅，北大藝術系教授、博士生導師彭吉象，北京戲劇家協會秘書長楊乾武，電視劇《林海雪原》導演李文岐在中國教育電視臺的談話整理編輯而成。第 9 期）、彭文祥《電視劇改編「紅色經典」的新維度和新嘗試──電視劇〈小兵張嘎〉的敘事特色》（第 11 期）、齊殿斌《紅色經典重拍：讓「婚外情」、「三角戀」走開！》（第 12 期）；《人民日報》則先後報導了 5 月 23 日「改編『紅色經典』創作座談會」（《文藝界召開評說改編「紅色經典」座談會》，2004-05-24 日）和《文藝研究》雜誌社組織的研討會的情況（張賀《「紅色經典」改編爲何難如人意》，2004-12-2），刊出了雷達的評論文章《我對紅色經典改編問題的看法》（海外版，2004-06-08），而且推出了紅色經典改編的正面典範《〈苦菜花〉：成功改編的紅色經典》（海外版，2004-10-1）；《文藝報》則在四、五月間對這一事件頻頻回應，先後刊出了陳嬿如的調查文章《紅色經典在青少年中不可低估的魅力》（2004-04-17）、對一些文學界人士的訪談《不能隨意亂改「紅色經典」》（2004-05-18）、陳建功、曾鎮南等評論家的《重溫〈講話〉用正確的歷史觀和文藝觀指導創作》（2004-05-25）以及江西評論家七人談《「紅色經典」現象透視》（2004-06-08）。

　　在這些與文藝政策的制定密切相關的學者所發表的文章中，對紅色經典改編問題的態度基本一致。雷達在《我對紅色經典改編問題的看法》中認爲，改編中的人性化處理，不是「注入一點小資情調，作一點翻案文章，顛覆原有的人物關係，來個大逆轉」就算完成了。改編中重要的是「不能動搖原著的根本價值。許多『紅色經典』包括樣板戲，乃是左翼文學，包括左翼審美文化經歷了漫長的時間積累和不斷的總結經驗的產物，站在今天的高度來反思，它有它的失誤和偏頗，卻也有它的某種藝術表現上的精湛之處。事實上，把問題說到底，人物處理上的得失只是表象，爭論的實質牽涉到對革命傳

統、現代史和黨史的重新評價問題，這是頗爲複雜的，這也是眞正的難度所在；在藝術上，要勝出這些久經打磨的原著，沒有相當的功底，困難同樣也不小。」〔註29〕

中國視協的張德祥在《「紅色經典」是重要的文化遺產》中認爲，紅色經典作品具有獨特的價值，其一，它們是人民革命鬥爭歷史的藝術反映，表現了中華民族偉大的民族精神。其二，這些作品充滿了眞誠的理想和激情，充滿了英雄主義和樂觀精神，能給人以巨大的精神鼓舞。其三，這一批作品是從生活中、從民間來的，具有老百姓所喜聞樂見的藝術形式，有著自己獨特的生命力，已成爲重要的文學藝術遺產，也成爲電視劇生產的重要的資源。因此，改編中要尊重原著的基本精神、基本情節和人物形象。改編不能迎合低級趣味，不能以降低原作的品位爲代價。〔註30〕

侯洪、張斌《「紅色經典」：界說、改編及傳播》一文分析了紅色經典改編牽涉到的國家權力、市場權力、大眾權力及知識權力四種力量。國家權力維護紅色經典的核心價值，通過再造紅色經典來延續斷裂的歷史，重建文化遺產和打造文化市場；市場權力意欲借助國家文化資源從中獲得商業利潤；大眾權力通過收視、購買等具體舉動，對市場權力與國家權力之間的平衡起著監督作用；知識權力一方面警惕紅色經典中國家權力對個體的壓抑，令另一方面又推崇紅色經典中所蘊含入世精神和底層情懷。因此，改編紅色經典應該具備現代反思的能力，必須要考慮到四種權力的生態的平衡。〔註31〕

齊殿斌則反對褻瀆革命英雄形象，他認爲「紅色經典」是特定時代裏反覆錘鍊出來的文藝作品，在藝術形式上有了經典的格式，具有極其重要的歷史價值和審美價值，因而重拍應該愼重，尤其在描寫人們已經熟知的劇中英雄人物情感生活方面，更應愼之又愼。既然已經重拍的「紅色經典」招來「罵聲一片」，就需要權衡利弊得失，以免重蹈覆轍，特別是在觀眾反映強烈的情感描寫方面，應堅決讓「婚外情」、「三角戀」走開！〔註32〕

曾慶瑞在5月23日「改編『紅色經典』創作座談會」上發言，後整理發表爲《透視「改編」的誤區——我看「紅色經典」電視劇的改編》，文章認爲，

〔註29〕雷達，我對紅色經典改編問題的看法〔N〕，人民日報海外版，2004-06-08（8）。
〔註30〕張德祥，「紅色經典」是重要的文化遺產〔J〕，當代電視，2004（7）。
〔註31〕侯洪、張斌，「紅色經典」：界說、改編及傳播〔J〕，當代電影，2004（6）。
〔註32〕齊殿斌，紅色經典重拍：讓「婚外情」、「三角戀」走開！〔J〕，中國電視，2004（12）。

被稱爲「紅色經典」的文藝作品，儘管存在一些歷史局限性，但具有極大的思想震撼力和極強的藝術感染力。「紅色經典」改編電視劇，實質上是西方後現代主義思潮對傳統文化現象的激進解構。他認爲 90 年代「老歌新唱」即是這種解構的第一波，此後，由於國家主流意識形態的默許以及理論界的熟視無睹甚至支持鼓吹，才導致「紅色經典」改編浪潮的出現。而這種後現代式的解構，「要害是在於消解英雄主義和英雄崇拜。這一定會導致人們對時代英雄業績描寫的忽視。嚴重時，還會有意推行非英雄化，消解崇高和神聖。事實上，一個沒有英雄的時代至少是個沒有理想和奮鬥的時代，一個不要英雄的民族必定是個沒有精神也沒有前途的民族。我們的時代仍然是一個產生英雄的時代，我們的民族仍然是一個呼喚英雄的民族，因而，我們的電視劇藝術，不能不是一種描寫英雄、贊揚英雄的藝術。」〔註33〕

　　在對《林海雪原》改編事件的理論回應中，大致可以看出，不論對紅色經典作品藝術水準的認定達到何種程度，大家都認爲其作爲時代「史詩」的經典地位是不容褻瀆的，各方面也都認可在新的歷史條件下對紅色經典的改編在整合歷史敘述、高揚民族精神方面具有重要價值和意義。其次，這些討論都默認《林海雪原》的改編是失敗的，其原因主要是迎合低級趣味、將經典庸俗化，由此，大家對改編形成了「尊重原著」這一基本一致的看法，即，尊重原著中的愛國主義、集體主義和英雄主義精神，尊重原作中的基本人物形象和基本情節，不肆意挑戰讀者、觀眾幾十年來形成的心理定勢、情感態度和集體記憶。實際上，在對改編藝術的探討中，人們早已對「忠於原著」、「忠於歷史」的信條多方質疑，影視改編實踐也早已超越了「忠於原著」、「忠於歷史」的理論約束，而在新世紀對待紅色經典改編問題上的這種難得一見的「眾口一詞」，的確是意味深長的。

　　此後，對這一改編事件，也有學者繼續做出反思。陶東風認爲改編後的「紅色經典」是政治話語、革命話語與商業時尚話語的奇特結合物。紅色經典的原著本身就是權力的產物，維護原著即是維護其中敘述的那個歷史與眞實以及它所體現的意識形態。《林海雪原》改編事件反映出官方與民間、政治與商業相互藉重的初衷出現了分裂。另一方面，在「紅色經典」改編批判中，啓蒙主義者擔心「紅色」（極左意識形態）會毒害觀眾，而官方和左派批評家

〔註33〕曾慶瑞，透視「改編」的誤區——我看「紅色經典」電視劇的改編〔J〕，當代電視，2004（7）。

則批評改編改掉了「紅色」，危及社會主義的「精神長城」。但這兩種解讀方式都忽略了「紅色經典」所處的商業主義語境，因為商業邏輯不僅會消解紅色經典的「紅色」，想要借助某種「正確」改編來達到社會主義精神文明教育的目的，也是不可能的。紅色經典原著之所以要改編之後傳播，是因為「它們已經沒有觀眾市場，已經完全與今天的消費文化語境脫節；而一旦改編就必然依據消費文化的邏輯，所謂『人性化』、『性說』、『戲說』都乃紅色經典在今天這個時代的必然命運。而且即使這樣『性說』、『戲說』以後的『紅色經典』實際上也仍然沒有多少觀眾市場。在消費主義話語與革命政治話語的夾縫中，『紅色經典』也只能在『紅色』與『消費』、政治與經濟、革命與金錢之間左右不逢源。改編的『紅色經典』沒有多少藝術價值可言，也沒有什麼了不起的『危害』，它的價值是為我們提供了解剖當代中國文化症候的極好案例。」〔註 34〕當然，這一觀點的過激之處在於，僅僅將「改編」作為失去觀眾市場後的無奈之舉，而不是從一種文本形態轉換為另一種文本形態所必須經歷的過程。

趙勇則從受眾角度切入來剖析這一事件的文化政治涵義。他認為，當今那些牴觸、指責紅色經典電視劇的觀眾，實際上是被「意識形態國家機器」「詢喚」而成的主體。一方面，人們對紅色經典所生發出來的肯定性情感很大程度上是一種異化了的情感，另一方面，在「紅色經典」的推廣與傳播中，接受者處於「信息窮人」的位置，不能不完全認同於國家意識形態。「當普通的觀眾終於變成了『革命群眾』，他們也就擁有了與主流意識形態相一致的思想、信念、精神風貌和想像歷史的方式。而『紅色經典』則成為他們『政治無意識』中的一塊聖潔的領地，成為他們懷舊的由頭、契機和重要場所。對於政府相關部門來說，戲說『紅色經典』也許只是商業意識形態對政治意識形態的冒犯，而對於被『紅色經典』餵養大的觀眾來說，卻意味著對他們情感的一次嚴重傷害。」作者認為，電視劇改編與原作相比，只不過是「百步」和「五十步」的關係，而絕非次品和精品的關係。以觀眾和民間的名義也並不能證明「紅色經典」的魅力，只能說明經過改造的民間和經過整合的觀眾有一種集體的「政治無意識」。同時，當電視劇改編以文化消費時代的受眾為對象時，他們遭遇到的卻是紅色經典時代政治文化生產出的「革命群眾」，由

〔註34〕陶東風，紅色經典：在官方與市場的夾縫中求生存（下）〔J〕，中國比較文學，2004（4）。

此導致目標受眾和接受心理的錯位，「表面上看，這起事件是電視劇生產商與官方的衝突，實際上卻是生產商與『革命群眾』的衝突。只要『革命群眾』人還在，把『紅色經典』做成大眾文化產品就會冒出極大的風險。因為即使有一天取消了審查制度，生產商還必須想辦法穿越過『革命群眾』這道天然的保護屏障，如此才有可能抵達成功的彼岸。」〔註 35〕作者表現出對被詢喚而成的「革命群眾」的政治非理性的隱憂，這是有一定道理的，然而，「革命」情結的延留如果僅僅作為一種皮下注射之後未經新陳代謝的殘存物，或群眾情感中的慣性使然，也有將問題簡化的嫌疑。因為，此後很快興起的一批原創的革命敘事電視劇證明，「革命群眾」和「消費大眾」之間也有著共同的口味，相互之間並不是完全疏離的，「革命」被不同的腸胃消化了。

　　基本上，只有在對被歷代公認的經典名著的改編中才會出現「費力不討好」的現象，《紅樓夢》、《三國演義》等古典名著與一批風行的武俠名著的改編，都曾引發觀眾對原著、對不同改編版本的比較，然而，這些改編之作（除非過於離奇）按照上映年代，基本都擁有各自的觀眾群體，而由《西遊記》改編的電影《大話西遊》甚至引發了改編世界中的「大話」風潮，後者同樣基本無礙地被觀眾接受。唯獨在紅色經典的改編中，一時間出現了如此集中的討伐和較為一致的觀點和價值取向，這當然與各不相同的受眾群體特徵相關，「大話」文化作為青年亞文化的重要組成部分，主要被富有反叛意識、樂於接受新事物的青年群體消費，紅色經典改編則主要以「革命群眾」為目標受眾群體，但是，歸根結底，更重要的原因還是在於紅色經典的「紅色」性質。

二、「紅色」的文化焦慮

　　所謂紅色經典，「是指在《講話》精神指引下創作的具有民族風格、民族氣派、為工農兵喜聞樂見的文學作品。這些作品以革命歷史題材為土，以歌頌中國共產黨領導下的人民民主革命和社會主義建設為主要內容。它的不斷倡導和廣為傳播，不僅為人民大眾所熟悉，培育了他們獨特的文學欣賞和接受趣味，而且成為支配作家創作的重要目標。」〔註 36〕紅色經典通過一批代

〔註 35〕趙勇，誰在守護「紅色經典」──從「紅色經典」劇改編看觀眾的「政治無意識」〔M〕，南方文壇 2005（6）。
〔註 36〕孟繁華，民族心史：中國當代文學 60 年〔J〕，文藝爭鳴，2009（8）。

表性作品，產生了一整套的話語體系和情感結構，它們負責用形象化、藝術化的方式，向讀者解釋在當時社會政治生活中所發生的種種「必然」，如周立波的《暴風驟雨》展示了如何在中國共產黨的領導下，運用革命理論，與封建地主階級及反革命武裝作鬥爭，最終取得土改成功的「必然」結果；梁斌的《紅旗譜》不僅解釋了中國革命「發生」的歷史原因，同時揭示了中國革命走什麼樣的道路才能成功的「必然」規律。同時，紅色經典也對中國革命的力量進行正面的確證，以「史詩」的方式證明歷史發展的「必然」方向，如吳強的《紅日》。這些作品，上承 20 世紀二三十年代無產階級文學的傳統，具備戰時動員的諸種要素，「它關注和同情底層生活，把五四時代知識分子試圖把文學還與民眾的努力訴諸實踐，並以規模生產的方式引領了中國文學創作的潮流。」〔註 37〕同時，又以其「民族性」的訴求，在完成了民族獨立之後，有效實施了對民眾投身社會主義和現代民族國家建設的動員。

　　從藝術手法上看，從延安時期開始，「社會主義現實主義」就成爲這些作品堅持的創作路線。如果說西方十八世紀現實主義是對於社會、哲學和歷史概念中所發生的變化的反應，則「社會主義現實主義」在中國的出現，「與中國對西方的回應──反抗有關」（李揚）。它以敘事作爲基本手段，通過一種現代的線性時間觀念，將中國社會的現實狀況以一種「前因後果」的方式組織起來，並統一在「民族國家」這一主題之下，形成一個與西方這一「他者」相抗衡的「中國」主體。非現代國家通過敘事把「處於自然狀態的社會組織到一個層次分明的現代話語中去」，「在中國，這個話語表現爲『階級』話語，『中國』的本質就是從『我們』階級中生長起來，『我們』的確認就靠不斷地消滅『他們』階級。使複雜多義的傳統社會變成『無產階級』、『資產階級』、『小資產階級』、『封建主義』、『資本主義』等等現代的概念，這些意義明確的概念是組成一個現代民族國家的基本條件。」〔註 38〕「『中國』就是『社會於義現實主義』的最大作品。」〔註 39〕紅色經典的敘事完成的正是對當代中國的系統「造就」，它標示出作爲現代民族國家的「中國」在世界

〔註 37〕　《左翼文學與當下中國文學》，見孟繁華，文學的風景〔M〕，開封：河南大學出版社，2006 年，第 279 頁。

〔註 38〕　李揚，抗爭宿命之路──「社會主義現實主義」（1942～1976）研究〔M〕，時代文藝出版社，1993 年，第 38 頁。

〔註 39〕　李揚，抗爭宿命之路──「社會主義現實主義」（1942～1976）研究〔M〕，時代文藝出版社，1993 年，第 43～44 頁。

地圖和人類歷史中的座標位置，也標示出普通中國民眾與執政黨和自己的國家之間的相對位置。這樣一種「宏大敘事」，無疑會成為意識形態國家機器所維護的核心話語體系，這也進一步推動了其作為「超級文學」地位的不可撼動——所謂「超級文學」來源於「五四」時期所形成的救亡意識，借「思想、文化以解決問題」，將文學問題與科學、真理等問題置於同一觀照範疇之中，認為文學具有改天換地之功能〔註40〕，延安時期的文藝政策和文學、文化實踐進一步確立了文學的「超級」地位，並決定了當代文學、文化此後30年的狀貌，一直到80年代思想解放之後，在文藝界的論爭中還可以看見這一體系的深重影響。

然而，90年代以來，文學基本完成了由「歷史」向「話語」的轉移，以及由「政治」向「文化」的轉移，尤其在消費主義意識形態和大眾文化興起之後，「超級文學／文藝」也不復有教育民眾、重建道德、改造社會等類似「一攬子工程」的巨大魄力，文藝場域的分裂與其受眾的分流現象顯而易見，絕大多數人更願意接受大眾文化產品，並理所當然地以娛樂的心態來進行消費。因此，在「超級文學」的結構已然從文學實踐中移除之後，試圖通過影視或其他新媒體形式，來繼續承擔「超級文學」的功能、重建整體性的敘事，無疑是非常困難的。

當然，左翼話語和毛澤東文藝體系的影響與中國文學傳統中的現實主義品格依然是文學創作和文藝批評中的主流，在《林海雪原》改編事件中，批評話語又一次整體凸顯了以「社會主義現實主義」為標準來衡量電視劇創作的傾向，這也標識出電視劇生產兼備文化事業與文化產業雙重身份的事實。但同時，這一次略顯錯位的批評活動，也顯示了在新的歷史條件下，重建文化領導權的困難所在。

延安時代或五十年代的社會主義現實主義創作、批評方法始終與中國的現代性焦慮緊密相關，新時期以來的現實主義文藝也包含了另一種「全球化」的訴求——從東西陣營對抗、反抗殖民壓迫、無產階級革命的民族解放運動和社會主義運動的「全球化」向以西方發達資本主義國家看齊的經濟「全球化」轉移，則新世紀中葉電視劇批評領域內如此集中而熱烈地討論紅色經典改編的事件，可以看作是當整個國家已經內在於市場化、全球化這一更強有力的關係之中後，面臨市場化、全球化這一更具支配性的意識形態時，官方

〔註40〕南帆，文學的維度〔M〕，上海：上海三聯書店，1998年，第57頁。

在繼續建設社會主義文化領導權的過程中所釋放出的「焦慮」，以及對於如何充實社會主義意識形態的「焦慮」。因為執政黨在文化建設上雖然通過廣電總局進行行政管制，並借助相應的獎勵機制與批評平臺，試圖一以貫之地將文化領導權予以掌握，然而，一方面大眾文化的生產、流通機制已經迥異於此前的國家文化生產方式，另一方面，在「文革」結束後開始的「去政治化」和「去階級性」的過程中，執政黨本身也由戰時以及冷戰格局中的革命性政黨發生了變化，正如汪暉所總結的，這種變化表現在，「其一，國家或政黨與它所宣稱的階級代表性之間的關繫日益模糊。共產黨在革命時代以及建國後曾具有廣泛的代表性，然而，隨著共產黨成為永久的執政黨，其代表性本身難以用無產階級或勞動大眾的概念加以概括了，階級性宣稱往往成為政治合法性的論證方式，名實之間存在明顯的錯位。如果說共產黨和國家越來越成為或代表一個居於統治地位的利益集團，那麼，如何回應黨在代表性方面的危機和挑戰就迫在眉睫了。其二，政黨在執政過程中不再是某種政治理念和政治實踐的行動者，而更接近於一種常規性的國家權力機器，這一政黨國家化的後果是，國家以發展為由將最終的原則訴諸於社會穩定，所有的分歧都被納入現代化基本路線的技術性分歧之中，許多社會危機被解釋為特定發展進程的『代價』，而不是特定政治關係的結果，國家的社會主義意識形態退化為一種控制的手段。」〔註41〕

　　如果說執政黨作為左翼政黨的性質依然沒有變化，和平年代其執政方針在於通過不斷發展經濟，來增強國力、抵禦外辱，使廣大人民群眾享受到富裕、繁榮的物質、文化生活。但在政黨國家化的過程中，無論是前改革階段的政黨官僚化，還是市場經濟時期的政黨與資本聯姻，都與紅色經典年代的政治組織和群眾動員方式相去甚遠，也就是說，「代表性斷裂」〔註42〕所彰顯的問題在於，執政黨在國家意識形態層面的政治文化建設訴求和經濟基礎建設中實際遵循的道路是相悖的，前者是在代表最廣大人民群眾利益的基礎上談論「愛國主義」、「民族主義」、「英雄主義」與「奉獻精神」，後者則以有利於特定利益集團的方式向西方自由主義經濟模式不斷靠攏，底層大眾成

〔註41〕 汪暉，許燕，「去政治化的政治」與大眾傳媒的公共性（訪談）〔J/OL〕，2004年8月，人文與社會：http://wen.org.cn/modules/article/view.article.php/c10/123。
〔註42〕 汪暉，「後政黨政治」與代表性危機〔J/O〕，原文發表於《文化縱橫》2013年第1期，人文與社會：http://wen.org.cn/modules/article/view.article.php/c12/3746。

為被交付出去的「代價」。因此，社會主義文化建設的具體內容與核心價值觀的確立日益成為一個難題，向傳統文化的復歸看來是一個艱難的過程，左翼文化的遺產被「極左」經歷的濃重陰影所遮蓋，向西方普世價值進行認同又似乎動搖國本，在幾重難題中，文化管理方面的領導權也與共產黨延安時期和建國後的所向披靡大相徑庭，不僅文化政策是臨時而無力的，收效也往往難以預料。以廣電總局的「限娛令」來說，一方面限制娛樂節目的播出，一方面又倡議用電視劇來填充由此空出來的時間，殊不知電視劇也是人們茶餘飯後消遣的娛樂產品之一。此外，2013 年 3 月 4 日「學雷鋒紀念日」前夕，廣電總局下發了《廣電總局關於認真做好電影〈青春雷鋒〉、〈雷鋒在 1959〉和〈雷鋒的微笑〉發行放映工作的通知》，通知說，這 3 部影片是紀念毛澤東等老一輩革命家為雷鋒同志題詞 50 週年而精心創作的優秀影片，影片的發行放映工作對於弘揚雷鋒精神，體現雷鋒精神的薪火相傳，充分發揮影片在構建社會主義和諧社會、促進精神文明建設中具有重要作用。各廣播影視局和有關電影單位要精心策劃，充分發揮電影寓教於樂的作用，為全社會掀起向雷鋒同志學習新高潮營造良好文化環境和氛圍，為廣大群眾放映好影片，積極擴大影片的社會影響，發揮好影片教育、引導和激勵作用。〔註 43〕然而，在南京上映的《青春雷鋒》雖然在上映前便做過幾場組織首映，有媒體稱其「廣受讚譽」，而且片中不僅有生動的影像和鮮活的細節，還涉及了雷鋒的愛情生活，以還原一個真實的雷鋒。但 3 月 6 日影片在南京主城區的兩家影城內有四場均是零票房。〔註 44〕3 月 6 日下午，《青春雷鋒》出品方瀟湘電影集團有限公司即表示，雖然影片在南京的放映場次多安排在白天的非黃金檔，但首映當天仍有 90 人觀看。該片放映以包場為主，迄今為止，全國各地已組織超過 200 場團體包場，並且各地影院也在逐日增加排片場次。〔註 45〕如果說「零票房」的報導與媒體故意誇大事實、吸引眼球的新聞習慣有關，出品方的闢謠則從一個側面顯示出一個昔日共產主義戰士和為人民服務的楷模在當今的命運，在《人在囧途之泰囧》、《西遊降魔篇》這樣票房過

〔註 43〕 國家廣播電影電視總局：http://www.sarft.gov.cn/articles/2013/03/05/20130305
173720160717.html。

〔註 44〕 馬或，《青春雷鋒》南京上映首日「零票房」〔N/O〕，揚子晚報，2013-3-6，
揚子晚報網：http://www.yangtse.com/system/2013/03/06/016459152.shtml。

〔註 45〕 《青春雷鋒》出品方稱「零票房」報導不實〔N/OL〕，2013-3-7，瀟湘晨報：
http://www.xxcb.cn/show.asp?id=1222284。

十億的影片面前,「雷鋒」這一符號顯然不如王寶強、黃渤或者周星馳更有文化號召力。

在 2004 年紅色經典改編大討論中,陳思和撰文談及民間「隱形結構」對推動「十七年」紅色經典接受的作用,以及新世紀市場化媚俗行爲對民間趣味的傷害。文章最後,他頗爲無奈地感歎說:「我不明白的是,那些導演既然掌握了市場規律,爲什麼自己不發揮想像力,去編創一個全新的故事呢?」〔註46〕的確,一方面由於紅色經典資源畢竟有限,另一方面由於在改編中意外遭遇到的來自官方的阻力,一定程度上致使電視劇生產脫離了改編紅色經典之路,轉向別處尋找生產資源。而隨著原創劇的大量生產,革命敘事在國家意識形態和市場需求之間的空隙中遊走,甚至越走越遠。「網易評論」做過一期名爲「抗戰劇的雷人必殺技」的專題,總結了一批抗戰劇中種種不著邊際的肆意發揮之處,包括扔手榴彈打下日軍戰機、在敵機轟炸時圍成人牆保護女特派員背密碼本等離奇的場景,以及武藝高強、身手敏捷、刀槍不入的武工隊員或革命戰士以飛刀殺敵無數甚至「手撕鬼子」的咋舌片段,至於人物造型與武器裝備方面則更是五花八門、無奇不有,「按照目前的抗戰劇的發展勢頭,以後演員會孫悟空或奧特曼的技能,可能也將不再令人意外。」〔註47〕然而,對於這些越來越離譜的隨意發揮,這些若在紅色經典改編中則「絕不允許」出現的「低俗描寫、杜撰褻瀆」,卻再也沒有引發像 2004 年那種理論圍剿與政策鉗制呼應唱和的效應。

第三節　革命原創劇中的歷史與記憶

一、革命的另類敘事

紅色經典改編因其對「紅色」內核的偷換而引起文化管理部門的警惕和制止,另一方面,在改編過程中積累起來的革命講述經驗,使電視劇從 90 年代及新世紀的小說敘事中尋找到了新的突破口,當然,這批作品與紅色經典有著實質的不同,其寫作時代、革命觀念和歷史觀念發生了巨大的變化,因

〔註46〕陳思和,我不贊成「紅色經典」這個提法〔J/O〕,南方周末,2004-05-08,南方網:http://www.southcn.com/weekend/tempdir/200405080071.htm。

〔註47〕抗戰劇的雷人必殺技〔N〕,2014-3-7,網易新聞:http://news.163.com/13/0207/04/8N38FQA100014JHT.html。

此，理解今天的電視劇革命敘事，有兩個參照的視點，一是新中國成立之後的左翼革命敘事（以及延安時期的革命敘事），另一個則是 80 年代中期以來的新歷史小說對革命的另類書寫。

新歷史小說並不是一個有著明確宗旨的寫作流派，其寫作實踐由先鋒小說、尋根小說等構成。80 年代思想解放引發的西方理論熱潮，帶來了小說處理歷史問題的觀念和手法上的革命性變化：歷史確鑿無疑的性質被改變，歷史成為敘事的話語，甚至於，歷史是否具有確鑿的真相，也似乎存疑。如李洱的《花腔》，從白聖韜、趙耀慶和范繼槐三人的角度講述葛任的生死之謎，並以敘述者在副本中的零散記錄為補充。但是這絲毫不能修復歷史記憶中的錯訛與漏洞，也無法呈現光滑順暢、因果相繼的歷史「真相」。

在對革命的起源敘事上，左翼的革命敘事傳統也被改寫，革命行動的產生，不是來自反抗階級壓迫的需要或解放全人類的主義的召喚，相反，它被還原到人性中最基本情感需求甚至最黑暗、最猥瑣的「惡」的部分，「革命」彷彿人性之惡形成的黑洞，以一種非理性的力量吞噬了無數人的生命。劉震雲《故鄉天下黃花》中的糾葛開始於民國初年的權力之爭，孫、李兩家為了村長的職位明槍暗箭、互相廝殺，因為村長一職意味著日常往來中的尊卑高下，與個人感覺中的舒不舒服、服不服氣緊密相關。在這樣的鬥爭中，破落浪蕩子許布袋「成長」為村長，與孫毛旦一起掌權，「該殺殺該打打，就把村民給鎮住了。」而在此後的日子裏，不僅孫、李兩家有孫屎根當八路、李小武入中央軍，其他如賴皮光棍賴和尚、土匪頭目路小禿、趙小狗之子趙刺蝟等人也漸次登上了政治舞臺。小說中，歷史的主題變成了永無休止的權力之爭，「不論圍繞權力的拉鋸戰名目如何，百姓並沒有成為令人關注的主角；一茬一茬的百姓僅僅是權力的犧牲品。他們在殘殺之中輕而易舉地死去，而矗立於歷史地平線上的僅僅是權力結構本身。」〔註 48〕如果說十七年小說展現的是陽光下革命主人公光輝、明亮的面孔，在新歷史小說中，投射在革命主人公身後的陰影成為文學表現的主題，這條長長的尾巴被無情地揪出來加以放大，傷疤被揭開，膿血流出來。陳思和在分析《故鄉天下黃花》時指出「中國農村中的遊民無產者是一種非常可怕的負面的社會力量。他們混跡於底層階級的隊伍之中，在烏合之眾中起到了洪水猛獸的作用。他們興風作浪，很快成為核心人物。痞子因素從他們的身上表現得特別突出，然後會在混亂中

〔註 48〕南帆，文學的維度〔M〕，上海：上海三聯書店，1998 年，第 233 頁。

慢慢傳染到一般人的身上，成為一種運動中的暴力現象。」〔註49〕（這和五十年代革命敘事對「匪」的收編和改造也相去甚遠。）因此，小說敘事中隱含了對暴力的反思和對人性之惡的反思，同時，也包含了對政治的不信任，因為鋪陳革命人物的「前史」，具有一種釜底抽薪的效果，使他們在政治舞臺上的任何表演都顯出幾分鬧劇的色彩。這種對政治的懷疑態度並不少見，《舊址》中李紫痕為了支持弟弟李乃之的事業加入了共產黨地下組織，但她對收養的侄孫李之生說：「這個城裏幾十年來就是這樣殺來殺去的，姑婆也搞不清楚。」〔註50〕陳忠實《白鹿原》裏超凡脫俗的聖人朱先生有著名的「翻鏊子」之說，說國共與土匪三家在白鹿原上的角逐是爭一個鏊子，「煎得滿原都是人肉味兒」，對於三民主義和共產主義的區別，他認為是「大同小異」，「公字和共字之爭不過是想獨立字典，賣蕎麵和賣飴餎的爭鬥也無非是為獨佔集市！」〔註51〕在他墓室磚頭上的那句「折騰到何日為止」，「折騰」二字更是將面對政治紛爭的疲憊與無可奈何的情緒流露無遺。

在革命者身份的確立問題上，以階級分析的眼光來看，革命者與反革命最初的區別在於其社會經濟地位和階層不同，此後，這一劃分進一步被絕對化地與血緣和出身相等同，因此，革命者的純潔和革命對象的不純存在著天然的鴻溝，如《紅旗譜》裏，朱老忠和馮老蘭之間的反抗與壓迫關係代代相傳，《青春之歌》裏的林道靜在地主家庭長大，但她之所以會走上革命道路，是因為她血管裏屬於貧苦佃戶的那一部分血液和生活中被奴役與被傷害的事實起作用。在新的歷史書寫中，這種血統上的純正與否被重新打破，不僅革命的起源從意識形態的高點跌落到雞零狗碎的日常糾葛層面，革命者與其革命對象也被還原了其錯綜複雜、千絲萬縷的身份聯繫。中國的鄉土社會安土重遷、封閉保守，因此在長期的繁衍生息中，鄉土社會的人與人之間無不沾親帶故，這也是其依靠倫理綱常進行治理的重要依據和人情味重的主要原因，中國革命在底層爆發，革命者自然也無從擺脫這一縱橫交錯的人際網絡。李銳《舊址》中，共產黨人李乃之出身銀城望族，李家九思堂是銀城的鹽業巨頭，姐姐銀城才女李紫雲嫁給了國民黨守備軍軍長楊楚雄，新派商人白瑞德是李氏家族

〔註49〕陳思和《六十年文學話土改》，見王德威等主編，一九四九以後——當代文學六十年〔M〕，上海：上海文藝出版社，2011年，第60頁。

〔註50〕李銳，舊址〔M〕，北京：人民文學出版社，2007年，第155頁。

〔註51〕陳忠實，白鹿原〔M〕，北京：北京十月文藝出版社，2011年，第231頁、277頁。

的競爭者，他的女兒白秋雲則一直鍾情於李乃之，並最終成爲他的妻子，追隨他革命。銀城的革命，是九思堂的「九哥」李乃之「革」自己家族的「命」，革命中的生死愛恨也是在一張血緣與親屬的關係網絡中展開的。在莫言《豐乳肥臀》中，大姐來弟跟了土匪、漢奸沙月亮，二姐招弟是國民黨軍官司馬庫的人，五姐盼弟則與共產黨政委魯立人結合，一個家庭勾連起了中國社會當時的幾種主要政治力量，因此家族敘事中的國族隱喻顯露無餘。這意味著，新歷史小說在講述革命歷史的時候，敘事視點發生了大的轉移——從對「大歷史」的直接著筆轉移到對「小歷史」的興致勃勃，「歷史不僅是宮廷、議政、戰事、暴動這樣的巨型景觀，常見於家庭之中的血緣、人倫、性這些主題將進入歷史，提供奇異的歷史圖像。人們不該將家族史想像成政治史或戰爭史的補充圖解，也不該將政治史或者戰爭史從屬家族史。事實上，這些不同的歷史系列處於同一水平之上，互相糾纏又互相歧異。」〔註52〕新歷史小說中這種「家國同構」的敘事模式，在新世紀革命電視劇中，同樣以革命者身份的交織和糾纏得以表現，在《歷史的天空》裏是姜大牙、朱預道、陳默涵、韓春雲四人之間的關係，既有著鄉土世界的鄉鄰或親緣關係，也有著革命和政治道路上的分歧與認同。《人間正道是滄桑》更顯著地突出了這一特點，楊氏三兄妹不同的政治立場，使他們在中國革命的特殊歷程中既有協力合作也有無情對抗。

「一批歷史小說的實驗表明，不同類型的敘事話語能夠瓦解歷史的既定面目。如果將歷史視爲一種敘事效果，歷史所包含的某些重大範疇將被蛀空，歷史的光芒就會急劇收斂。在這裡，敘事話語解除了文學的歷史崇拜，作家甚至通過敘事話語的操縱戲弄了歷史。這是文學與歷史之間意味深長的另一幕。」〔註53〕歷史從神聖「事實」的高度跌落到被編織、被操弄的「話語」層面，某種程度上說，這的確也是歷史的「眞相」，但這種對歷史的不信任態度，或者更進一步說，對中國歷史政治性書寫慣例的拷問，尤其是對社會主義現實主義建構起來的整體性歷史、政治的強烈質疑和戲弄，顯示出一種歷史虛無主義和政治犬儒的味道。一方面，它表徵著作家甩掉歷史包袱、輕裝追趕西方步伐的強烈願望，伴隨著 80 年代中期政治文化的落潮，作家們「不再以代言人或人民利益守護者的身份從事寫作；他們的身份訴求是在另一種

〔註52〕南帆，文學的維度〔M〕，上海：上海三聯書店，1998 年，第 235 頁。
〔註53〕南帆，文學的維度〔M〕，上海：上海三聯書店，1998 年，第 230 頁。

表達中體現的：80 年代，趕超西方仍然是一個民族共同的情感願望。在文學上，『走向世界』的口號不僅被視爲是一種尊嚴的要求，同時還被賦予了一種『前赴後繼』的悲壯感，它密切地聯繫著 20 世紀中華民族的痛苦記憶，因此它也理所當然地成爲強勢的文學意識形態。」〔註 54〕因此，在 20 世紀中國文化中，如果說有兩次大的「起義」和「抗爭」，則一次是五四時期對古典傳統的決絕反抗，另一次，則是「文革」結束後，80 年代借力於「思想解放」，對左翼文化的反思，對包括「文革」在內的當代文學建構起來的政治話語和歷史話語完全不信任並徹底推翻。「五四時期的中國社會，經過幾十年無效的應變措施和內外戰爭，陷入了走投無路的境地，文化討論也因此充滿了激憤和徹底了斷的革命精神，表現了強烈的反傳統文化立場。80 年代的文化討論則不同。文化大革命造成的破壞是在並無外國威脅，而國家自 1949 年後已經獲得安定和相當發展的情況下發生的。人們在對社會主義這條救中國的出路嚴重失望後，再一次積極尋找社會變革的其他可能。」〔註 55〕

另一方面，在政治的風浪中顛沛起伏的中國知識分子，對政治心有餘悸甚至本能反感，由於在新中國成立後，「國家政權鞏固和公共政策推動中便一直並存著兩種意識形態手段，同時訴諸於理想和恐懼。一方面是用加強對社會主義理想的宣傳來訴諸民眾的正確相應，另一方面則是用階級鬥爭理論來『合理合法地』壓制任何可能的反對聲音。階級鬥爭在中國大陸的合理合法性不僅來自官方馬克思理論，而且更重要的是由於暴力革命在中國取得了勝利。隨著新政權的建立，革命暴力通過階級鬥爭的理念轉化爲合理的結構性暴力。」〔註 56〕「恐懼對社會生活和公眾關係的最大敗壞作用就是人們對公眾生活本身的徹底失望和反感，這表現爲厭惡政治，對社會公德不感興趣，對未來無信心以及普遍的懷疑主義和玩世不恭的生活態度。『文革』暴力和恐懼的這些影響至今仍在困擾著中國社會和公眾生活的重建。」〔註 57〕《花腔》中「民族英雄」葛任的意外活著，在「政治」上成爲一個錯誤，成爲延安和重慶方面

〔註 54〕孟繁華，中國當代文學通論〔M〕，瀋陽：遼寧人民出版社，2009 年，第 305 頁。

〔註 55〕徐賁，文化批評往何處去——八十年代末後的中國文化討論〔M〕，長春：吉林出版集團，2011 年，引言第 5 頁。

〔註 56〕徐賁，文化批評往何處去——八十年代末後的中國文化討論〔M〕，長春：吉林出版集團，2011 年，第 184 頁。

〔註 57〕徐賁，文化批評往何處去——八十年代末後的中國文化討論〔M〕，長春：吉林出版集團，2011 年，第 196 頁。

都無法坐視不管的事件，政治、黨爭又一次僭越了個體生命的尊嚴。在《舊址》中有這樣的描寫：李乃之在銀城組織暴動，曾被國民黨軍長楊楚雄抓捕入獄，通過姐姐李紫痕和李紫雲施壓在秘密槍決中保住性命，但這成為李乃之無法自證清白的污點，使他在延安遭遇審幹，在文革中被下放審查，妻子白秋雲則因出身問題被迫害自殺身亡，「肝腸寸斷之際，李乃之的心中陡然爆滿了泰山壓頂般的厭煩，這厭煩甚至讓他在一瞬間忘記了喪妻之痛，忘記了對兒子小若連心牽肉的愛憐。」〔註 58〕在新歷史小說中，那些先鋒式的惡作劇與解構嬉戲，流露出文學擺脫政治糾纏的喜悅心情、小說毋需「鐵肩擔道義」的輕鬆暢快。從邏輯上看，文學「趕超西方」與「擺脫政治責任」是矛盾的，但這樣的悖論在一段時期內的確存在，雖然很快就分崩離析了。

正是在這個意義上，戴錦華在《歷史、記憶與再現的政治》一文中認為，20 世紀 80 年代，自覺的歷史重寫啟動了中國新時期激變的政治文化，這一過程改寫了歷史書寫的座標與參數。首先，以現代民族國家取代了以共產主義為願景的世界革命想像，並確立了「現代化」作為「趕超」邏輯的新版本。其次，消去了歷史唯物主義的敘述邏輯及「階級」這一重要的基本參數。通過對「顛倒」的「再顛倒」，「歷史敘述恢復了現代世界的主流邏輯。然而，於中國，這一有效的文化政治實踐，同時形構並顯影了一個特定的社會政治及文化困境，即：政黨、政權的連續與政治、經濟體制的斷裂；前者要求意識形態的延伸以維繫合法性表述，後者則緣於新的合法性需求而必須傾覆昔日的意識形態建構。於是，它直接呈現為歷史書寫自身的矛盾性並存所製造的內在衝突與敘述碎裂，而且事實上無法確立任一版本的 20 世紀歷史的連貫敘述。」〔註 59〕由此產生了歷史敘述的「蒙太奇」策略，「通過『剪去』當代史的異質性段落，嘗試繞過困境並建立新的霸權邏輯。然而，當需要剪去的不只是某些特定的年份、而是當代史的主部：20 世紀 50 至 70 年代（乃至 20 世紀 40 至 70 年代）之時，它便不僅因巨大的時間跨度，因諸多異質、因邏輯的橫亙而呈現為敘述與文化的霧障，而且因當代史基本而重要時段的缺失，直接、間接地面臨著合法化危機。」〔註 60〕

〔註 58〕李銳，舊址〔M〕，北京：人民文學出版社，2007 年，第 173 頁。
〔註 59〕戴錦華，歷史、記憶與再現的政治〔J〕，藝術廣角，2012（2）。
〔註 60〕戴錦華，歷史、記憶與再現的政治〔J〕，藝術廣角，2012（2）。

二、在歷史的斷裂處

　　如果說四、五十年代紅色經典建立起來的敘事範式是新世紀電視劇革命敘事的表象，則八、九十年代之交對革命歷史的「反轉」敘事則成爲被電視劇繼承的精神氣質，雖然這些作品難以直接搬上電視屏幕（《紅高粱》、《白鹿原》都已拍成電影，前者給張藝謀帶來巨大聲譽，後者則顯得不那麼成功），但電視劇對「小歷史」的偏好、對家族史框架的採用都無不顯示出對新歷史精神的通俗化轉譯。當然，這種轉譯同樣會遇到中國當代歷史敘事「斷裂」與「蒙太奇」手法的合法性問題。因此，在絕大部分電視劇中，革命歷史是以片段的形式在一種目的論視野中予以再現的，「勝利建國」往往成爲這一敘事的終點，在更小的敘事片段中，則以某一個重大事件、重要人物的某一人生階段、甚至某一次戰役作爲敘事單元。而若要打通 20 世紀中國的歷史敘事，則必須要足夠機巧：家庭倫理或言情劇，常常將當代歷史作爲時間的暗流置於背景之中，它爲主人公的愛情和家庭生活增添別樣的風情，成爲供人觀賞的一道奇景（如《請你原諒我》、《一個女人的史詩》等）。革命歷史劇中，也往往借用這一手段，如《激情燃燒的歲月》是以大眾言情劇的情節構成和表現形態，近乎流暢地把當代歷史的講述延伸到現實之中。〔註61〕《誓言今生》中黃以軒和孫世安你來我往地鬥爭了五十年，這也代表了兩岸之間的秘密鬥爭歷程，故事以解放前夕爲起點延伸到 90 年代以後，自然必須面對當代中國的歷史敘述問題，劇中很巧妙地將建國後的故事主要放在香港這一近乎於獨立的特殊空間中來講述，從而既與臺灣形成有機聯繫，又將大陸發生的極端政治實踐推入到背景之中，而劇情在北京、上海、香港甚至美國等地頻繁的空間轉換，也有效地打斷了時間流動的連續過程，從而形成了依靠空間連綴的歷史敘事。而在革命敘事如何處理當代歷史的延續性的問題上，特別值得一提的電視劇有兩部——《亮劍》和《歷史的天空》。

　　《亮劍》是軍旅小說家都梁創作的一部戰爭藝術和傳奇色彩相融會的作品。小說講述了八路軍將領李雲龍富有傳奇色彩的一生：從他任八路軍獨立團團長率部抗擊日寇開始，到他在文革期間受到迫害自殺，並於 1978 年平反爲止。李雲龍以古代劍客爲榜樣，講求狹路相逢勇者勝，「明知是個死，也要

〔註61〕《以父／家／國重敘當代史——電視連續劇〈激情燃燒的歲月〉的意識形態批評》，見賀桂梅，歷史與現實之間〔M〕，濟南：山東文藝出版社，2008 年，第 39 頁。

寶劍出鞘，這叫亮劍，沒這個勇氣你就別當劍客。」「面對強大的敵手，明知不敵也要毅然亮劍。即使倒下，也要成爲一座山，一道嶺。」〔註62〕李雲龍的「亮劍」精神在小說和電視劇中都得到了濃墨重彩的表現。

　　《歷史的天空》是徐貴祥的長篇小說，曾獲第六屆茅盾文學獎。小說敘述了自20世紀30年代開始的近半個世紀中，梁大牙、陳墨涵、韓秋雲、朱預道等人的人生際遇，並以此爲線索，串聯起了抗日戰爭、解放戰爭、抗美援朝戰爭、文化大革命直至新時期，中國社會跌宕起伏的革命、政治歷史。

　　從小說文本來看，《亮劍》更像是一部面向軍事和歷史愛好者的大眾文化文本，而《歷史的天空》則把更多的筆觸深入到了戰爭場面之外的人性糾葛和政治紛爭之中，因此，雖然兩者都塑造了生動可感的草莽英雄形象的主人公，但兩部小說的電視劇改編卻呈現出不同的風格，前者在高揚的英雄主義情懷中顯示出一種粗糙的樂觀和激情，後者則展示一個粗野的草根英雄走向政治成熟的全過程，因而顯得更爲沈穩和雄健。在情節構成上，兩劇都基本遵循了小說原著的情節，又各有豐富。如《亮劍》攻打平安縣城一役中，小說描寫李雲龍向山木招降不成，三分鐘時間一到便命令炮兵連射擊，被警衛員和尚跪地阻攔，說秀芹嫂子還在裏面，不能開炮，而李雲龍一腳踢倒和尚，兩眼冒火，大吼道：「聽我命令，預備—— 開炮！」小說中李雲龍的勇武是一以貫之的，以至於在他砍掉黑雲寨山貓子頭的血腥場面中，大刀隊員張大彪都嚇得一愣，心想：乖乖，團長的刀法這麼嫻熟，八成是他媽的劊子手出身。而電視劇對炮轟平安縣城的一場戲則表現得較爲細膩：李雲龍在警衛員的哭諫之下不忍下令，是秀芹在城樓上鼓勵他開炮，並高喊道：「你李雲龍若是條漢子我下輩子還嫁給你，別讓我瞧不起你！」此後李雲龍在秀芹墓前獨白，更增加了他的人情味。小說中，警衛員魏和尚的塑造也較爲粗線條，只強調他武功高強、心理素質過硬，他和李雲龍的關係則幾乎以「多次和李雲龍深入敵穴」全部概括了，電視劇則以更大的篇幅，突出魏和尚的性格，尤其是他和李雲龍之間的生死交情，被表現得十分充分和感人，在這種情況下，李雲龍違命剿滅黑雲寨、砍了土匪的頭，也就顯得更合情合理。對於楚雲飛，電視劇中表現了1949年他率殘部去往臺灣，只帶走了一捧祖國的泥土，這一細節顯示了他的愛國情懷。在《歷史的天空》中，戰爭情節和政治鬥爭的段落基本保持原狀，只是電視劇將小說中較爲複雜的人際關係做了梳理和簡

〔註62〕都梁，亮劍〔M〕，北京：解放軍文藝出版社，1999年，第28頁。

化，劇中的情感設置將韓春雲與姜必達、高秋江與陳默涵進行組合，石雲彪的形象糅合了莫干山的經歷，並剔除或削弱了喬治馮、陳克訓、安雪梅、俞真等人的作用。這種處理使情節更為集中，線索清晰、主次分明，也有利於集中力量塑造更立體和豐滿的主要人物形象，因此，《亮劍》的觀眾印象最深刻的是李雲龍、趙剛等少數幾人，而《歷史的天空》中姜必達、陳默涵、朱預道、韓春雲、東方聞音、石雲彪、高秋江、張普景、楊庭輝、萬古碑、高漢英等正反面人物形象都給觀眾留下了難以磨滅的印象。

當然，兩劇最大的區別還在於，在涉及「勝利建國」之後的歷史時，《亮劍》直接中斷了敘事，編劇姜奇濤砍掉了原著中特種部隊突襲金門失利、三年經濟困難、尤其是「反右」運動和「文革」期間武鬥的章節，集中篇幅於抗日戰爭時期，在李雲龍 1955 年接受授銜和參加天安門國慶閱兵儀式的場景中結束全劇。《歷史的天空》則保持了原著的完整結構，敘述了姜必達、陳默涵等人在「文革」之後「歸來」，不僅平反昭雪，還有官位升遷，而姜必達就任軍區司令後主動提出退休，可謂功德圓滿。一個殘缺、一個完整，兩個文本構成了一組有趣的對比關係。如果說《歷史的天空》直陳歷史，讓觀眾又一次審視了當代中國革命和政治的波詭雲譎，《亮劍》的被閹割，卻「欲蓋彌彰」般地因其殘缺而引發了觀眾對歷史的探究興趣，成就了一種「格式塔」完形效果。因為在當代中國，革命歷史電視劇中那些在正面戰場或隱蔽戰線殊死搏鬥、英勇不屈的人物，常常使對當代歷史有所瞭解的觀眾生出對英雄命運的隱憂：「觀看這些電視劇，你不免要替古人擔憂，擔憂這些地下工作者們在 1949 年之後的命運。眾所周知，當年的地下黨員們在解放後都經歷了『鎮反』、『肅反』、『反右』、『四清』、『文革』等無數次政治運動的洗禮，很多人因為找不到『上線』或『下線』，無法證明昔日的地下黨員身份，而身陷囹圄，甚至遭到終身喊冤、不清不白離世的悲慘結局。」〔註 63〕雖然英雄的輝煌事跡在熒幕上已經戛然終止於最華采的篇章，但在觀眾的潛意識裏，卻還迴蕩著關於人物命運的餘響，或者因為英雄身後未講完的故事而發出悵惘的歎息。從這個角度來看，歷史遺留給中國大眾去承載的政治負荷，一直沒有徹底解除，它植根於人們記憶深處，甚至成為人們打量歷史時的一種思維慣性。

〔註63〕李楠《歷史時刻重繪歷史彩雲──評當下流行的「紅色經典」電視連續劇》，見王德威等主編，一九四九以後──當代文學六十年〔M〕，上海：上海文藝出版社，2011 年，第 191 頁。

在專供網友自由討論各種話題的「百度貼吧」裏，有專門的「亮劍吧」，其中有 1 萬 8 千多個相關主題，帖子數 19 萬多篇，2007 年 6 月 15 有網友發佈了「《亮劍》人物眞實生活結局（悲慘）！！」的帖子，羅列了李雲龍、田雨、趙剛、馮楠、丁偉、孔捷、楚雲飛、段鵬和田默軒夫婦在小說中「反右」和「文革」後的命運。其實，所謂「眞實」只不過是依照小說原著做了整理，小說的人物本身就是虛構而來的，因此準確的說應該是「完整」而非「眞實」。這個帖子引來眾多網友的回覆，算上被刪除的回帖，共有 4171 條回覆，是「亮劍吧」裏的熱門話題。這些回覆中絕大多數網友向英雄表示「致敬」，很多讀者表示是「淚水漣漣」地看完了小說。其他一些回覆則討論到了「文革」的歷史、中國的政治制度、公民的民主和法制意識，甚至人們對待生命的態度等問題。〔註 64〕因此，當代中國斷裂的歷史記憶與政治文化，就在這種「虛構」與「史實」、被「閹割」與被「完形」的交替中凸現出來。

應該說，《亮劍》和《歷史的天空》主要面對的歷史「問題」是對「反右」尤其是「文革」的處理。許子東將有關「文革」的當代小說分爲四個基本敘事類型，「一、契合大眾審美趣味與宣泄需求的『災難故事』（『少數壞人迫害好人』）；二、體現『知識分子─幹部』憂國情懷的『歷史反省』（『壞事最終變成好事』）；三、先鋒派小說對文革的『荒誕敘述』（『很多好人合做壞事』）；四、『紅衛兵─知青』視角的『文革記憶』（『我也許錯了，但決不懺悔』）」。〔註65〕其中「災難故事」「模式的主要敘事功能是滿足民間大眾『逃避文革』的心理宣泄需求及通俗審美趣味。這個類型的『文革敘述』通常有以下幾個特點：（1）『因禍得福』的意義結構，主人公如果不在文革後期死亡，結局必定幸福；（2）反派形象鮮明，大多都是直接導致災難發生的『迫害者』，其招牌標誌是醜惡的外表、不道德的行爲及與主人公的私仇；（3）善惡分明的角色功能，主人公純粹是『受害者』，不僅沒有犯錯，有時還做好事；（4）主人公難中獲救的主要形式是『民女遇到才子』，或者落難書生與受苦民女互救的模式；5）主人公脫離苦難的主要方式是『領導解救』，體現出企盼清官的民眾政治訴求。在憂國情懷的『歷史反省』模式中，則有以下幾種特點：（1）絕大多數作品均描寫災難前後的『歷史』過程，以結局勝於開端的情節框架，

〔註 64〕百度貼吧「亮劍吧」http://tieba.baidu.com/p/213590805?pn=1。
〔註65〕許子東講稿，第 1 卷〔M〕，北京：人民文學出版社，2011 年，第 154～155頁。

導出『壞事最終變成好事』的意義結構；（2）沒有鮮明的反派形象，很少具體的『迫害者』，但『背叛者』大量出現；（3）假借幹部的身份反省『文革』，小說主人公也要承擔『歷史』而不僅止於『控訴』，因此，主人公的過失也成了災難的重要前因，但災難來臨之後，主人公不再犯錯；（4）幹部靠有群眾身份的知識女性援手渡過災難；（5）主人公在災難過後陞官復職、地位上升，結局最爲光明，對歷史發展最有信心。」〔註66〕

在《亮劍》和《歷史的天空》兩個小說文本中，前者更傾向於「災難故事」模式，後者更具有「歷史反省」模式的特徵。當然，這其間並沒有截然分明的差別作爲界限，而且兩部小說也顯示出對許子東所提煉出的結構要素的交叉運用和改寫。在《亮劍》中，李雲龍是純粹的「受害者」，他爲新中國打江山、流過血，在「文革」中不僅沒有過失，反而還救濟災民、平息武鬥，在他落難期間，原本與之婚姻生活出現了危機的田雨重新認識了他的品格，並和他堅定地站在一起共度難關。電視劇的刪節，一方面符合審查的需要，另一方面，卻一定程度上刺激了觀眾的想像：李雲龍在文革中會怎樣？其實，從李雲龍的資歷來看，他根正苗紅，從未被俘，政歷清楚，絕無污點，連「欲加之罪」都很難「何患無辭」，馬天生想要扳倒他的時候就感覺到這種困難了。所以對他的命運的擔憂，其實是多餘的。然而，李雲龍偏偏自殺身亡了，並當著馬天生的面自殺，因爲「我李雲龍這條命，不喜歡聽別人擺佈，誰都不行，日本鬼子和國民黨不行，現在的中央文革也不行，我這條命得由我自己擺佈，我有權利選擇自己的死法。」〔註67〕李雲龍在批斗大會上拒不認罪、「公然反撲」，在特種部隊劫囚車將他救出之後，卻拒絕逃亡和躲藏。這無一不是在強化他任何時候不當縮頭烏龜的英雄本色，也以更強烈的悲情色彩滿足了大眾早已設定好的「受迫害」思路，因此，李雲龍的必死，一方面是給「期待視野」一個交待——不死，不符合人們對那個年代的認知，另一方面，則是對自身的一個交待——不死，不足以成就他作爲「英雄」的形象。從這兩個方面來看，小說與大眾心理是高度契合的。

對於八、九十年代的讀者來說，「文革」雖然結束，夢魘卻尙未過去，因此，閱讀「無罪」而遭「加害」的故事，可以清晰地劃分出好人與壞人、正

〔註66〕許子東講稿，第 1 卷〔M〕，北京：人民文學出版社，2011 年，第 156～170 頁。

〔註67〕都梁，亮劍〔M〕，北京：解放軍文藝出版社，1999 年，第 564 頁。

義與邪惡之間的邊界，並通過對敘事視點的認同，將自身轉移到「好人」的安全位置上去，從而滿足民間大眾「逃避文革」的心理宣洩需求。因此，孟悅在《歷史與敘述》中指出，新時期小說中的「傷痕文學」及其後出現的反思傾向、人道主義文學、改革文學等潮流，對「文革」當中中國社會的「眾生相」、「怪現狀」作出了令人激憤或怵然的逼眞摹寫，但很少使人對這場史無前例的悲劇性事件的本質及原因得出某種清醒的了悟。因為它們遺漏了更為重要的東西，「這場群體性的、造就了無數悲慘故事的『文化大革命』，在我們民族歷史上是一椿什麼樣的悲劇，是什麼力量促成和導演著這場悲劇，它為什麼會在我們民族的社會生活中發生和流行。」〔註 68〕如果說在新時期初期，與歷史的切近使人們無力通過審判自己進而審判「文革」的荒謬，那麼在新世紀，一日千里的現實生活節奏，大大拉開了人們和這段歷史的心理距離，敘述和閱讀「文革」時發生了一個重大變化——曾經作為當事人的心理體驗極大地被弱化了，尤其對於 70 年代以後幾代人來說，對「文革」的認知越發地有限，即便有人搭起歷史的浮橋，卻也很難揭開這雲山霧罩的龐然大物的眞實面目，相反，它往往被當作一個面目猙獰的敵人，等待後來者的攻擊和戰勝。《亮劍》的作家本人也正是站在後來者的角度著筆的。他以一種洞悉歷史的眼光，塑造了一批先知先覺的人物形象，如田默軒、趙剛、丁偉和馮楠，他們或者對激進革命抱有警惕和疏離的態度，或者對體制的欠缺所可能引發的悲劇有所警覺，或者出於對政治的不信任預知到國際關係的風雲巨變。雖然李雲龍是最後一個覺醒者，他與前者的相同之處在於，他們都選擇了不妥協，並以死亡來對世界做出了回答。同時，他雖然參不透文革這種政治風暴的風眼究竟何在，但他對投身到「文革」中的群眾，又表現出了最大程度的寬容和悲憫，如馬天生、杜長海、鄒明等人，他們並不存在道德上的不堪或缺陷，更沒有「災難故事」裏的醜惡的外表或與主人公的私仇，他承認他們是漢子，只是沒腦子，在政治風波中隨波逐流，缺乏獨立的思考和立場。（實際上，在不久之前的「反右」運動中，可以說李雲龍也和參加武鬥的復員軍人一樣，是沒有獨立想法的。）這樣的立場，使小說離開了「災難故事」的控訴路線。也使歷史的眞相又一次從行文中滑脫，甚至那些在政治鬥爭中保全自己或者迫害他人的「壞人」形象都沒有出現，都梁塑造了一個

〔註68〕孟悦，歷史與敘述〔M〕，西安：山西人民教育出版社，1991 年，第 31～32頁。

虛擬的堅持眞理、絕不妥協的群體，而這種對敢於「亮劍」、勇於反抗的英雄的政治想像，恰好又是未曾眞正經歷過政治風波、僅僅只是聽聞和感慨的那些讀者所期待的。因此，都梁的英雄主義不僅表現在戰場上的奮勇殺敵，還表現在人格上的完美無缺──「文革」作爲一個整體被戰勝和逾越了。戰場離人們已經非常遙遠了，也許只有後者才是最吸引讀者的地方。

但是，這樣一個符合大眾口味的文本卻無法被完整改編，究其原因大概不在於「文革」這個整體性的怪物不適宜出現在千家萬戶的熒幕上，而是由於小說中所涉及到的暴力問題。《亮劍》中包含著雙重暴力，一個是在民族──國家層面上的暴力，發生在戰爭中，在保家衛國、守護更多生命的意義上具有合法性，因此李雲龍殺日本人、殺土匪、殺國軍，都可以殺得酣暢淋漓，讀者甚至也可以看得十分解氣。而另一層暴力則是指向人民內部的暴力，作家不得不對這種暴力做出懲戒。雖然瘋狂的派系首領搶奪了軍區的武器裝備，隨時可能將整個城市和人民置於滅頂之災當中，但此時李雲龍的「亮劍」，卻顯出事件性質上的曖昧和模糊。不管是對「紅革聯」首領杜長海的暗殺，還是與「井岡山兵團」在師部大樓的攻防保衛戰，付出的代價是復原軍人、工廠職工、普通市民以及部隊戰士的生命，因此，當白髮母親前來「討還血債」的時候，也只有田雨帶著孩子們才足以抵抗這種情感上的傾覆。李雲龍平息了城市裏的武鬥，然而，如果讓他渡過「文革」並復出，在另一些人的心中，也許會出現《舊址》所描寫的情緒：「看著殺人者和被殺者，迫害者和被迫害者竟是如此的同聚一處，李京生和他的姐弟們對化悲痛爲力量的辯證法，頓時生出無可比擬的噁心和厭惡，頓時生出刻骨銘心的失落感，和無以訴說的傷感。」〔註69〕當然，小說並非在「懲戒暴力」、「殺人償命」的層面上替李雲龍安排了必死的命運，而是爲李雲龍的舉動做了充分的鋪墊和開脫。但這依然阻礙了呈現李雲龍後半生的合法性，因此，電視劇才將李雲龍克服婚外情的誘惑以及在軍事學院被規訓的歷程作爲最後的「亮劍」行爲，而他以「亮劍」精神論軍魂以及接受授銜的場景，則使一個傳奇的個人英雄的故事匯入到共和國軍隊建設的宏大交響之中，當他在紅旗下抬臂敬禮的時候，一次消費性文本和主旋律敘事的整合完美達成。

相比《亮劍》文本所帶來的改編困境，《歷史的天空》改編顯得尤爲水到渠成。由於梁大牙（在電視劇中姓姜）在政治上的迅速成熟，文本在清理「文

〔註69〕李銳，舊址〔M〕，北京：人民文學出版社，2007 年，第 14 頁。

革」記憶時是典型的「知識分子—幹部」的敘事視點，梁必達不僅在災難過後升任軍區司令員，而且，正因為受迫害下放到農場的經歷，使讀者得以借陳默涵的不斷探究，解開關於他生活作風隨意以及李文彬叛變、朝鮮戰場上布陣、與竇玉泉的權力之爭等諸多謎團，並且發現高秋江在「文革」期間也是受他暗中保護的，層層推進的解密過程，使梁必達作為高級將領在政治上的成熟和人格上的魄力漸次彰顯，而他為了現代化的國防建設竟然在剛升任軍區司令員之後就打算辭職讓賢，這正是許子東所說的「結局最為光明，對歷史發展最有信心」以及「壞事最終變成好事」的意義結構。同時，針對梁必達的迫害之所以能夠成功，乃是因為朱預道的「背叛」。但與大多數憂國情懷的「歷史反省」模式不同的是，文本中有具體的「迫害者」江古碑（在電視劇裏姓萬），這個具體的反派形象雖然在外貌上不至於醜陋惡劣，但人格上卻是個見風使舵、猥瑣陰損的小人，他與梁必達既有對東方聞音的情感之爭，又有凹凸山（電視劇裏是麒麟山）兩派的權力之爭，更有純潔運動中的宿仇未了，因此，在「文革」中，他借機報復的行為尤其可憎：「儘管在張普景和竇玉泉的面前都沒有達到預期的目標，但江古碑仍然不放棄努力，他可不在乎張普景的警告，積攢了幾十年的仇恨使這個『受排擠和受壓迫』的人不顧一切了。在梁必達的手下，他委實是委屈了，在凹凸山裝孫子裝了幾年，幾年都是如履薄冰膽戰心驚。想當年，開黑槍的念頭都有。如今，時勢造英雄，他再也不能放棄這個機會了。他梁必達剛愎自用，匪氣十足，就不信沒有人比他江古碑更仇恨梁必達。」〔註 70〕在此，我們看到《歷史的天空》與體現通俗趣味的「災難故事」的相通之處：知識分子作家既沒有「一廂情願地替幹部反省『文革』的政治悲劇」，沒有「自我反省」「我／我們怎麼會犯錯誤」〔註71〕，還以小人報私仇的邏輯將「文革」悲劇的政治歷史原因一筆勾銷掉，最後我們看到一個從「文革」的廢墟上大踏步走來的沒有任何失誤的英雄—幹部形象。

　　而當小說文本進一步轉譯為電視劇話語的時候，作品本身所包含的最後一點批判和反思也幾乎消失殆盡了：小說裏一生中不屈不撓、堅決與錯誤現象做鬥爭的、堅持原則的、純粹的布爾什維克張普景，在「文革」期間江古

〔註70〕徐貴祥，歷史的天空〔M〕，第二十二章，天涯在線書庫：http://www.tianyabook.com/xiandai/lishidetiankong/130.htm。

〔註71〕許子東講稿，第 1 卷〔M〕，北京：人民文學出版社，2011 年，第 168 頁。

碑的拷問下，終於從自我懷疑走向了徹底瘋癲，面對江古碑羅列出的十數條言之鑿鑿的反革命罪狀，張普景「在那一瞬間猶如霹靂擊頂。……只有這個叫江古碑的人才是毋庸置疑的革命者，而他張普景原來是這樣一個人，是一個每時每刻都在向党進攻、向同志下手的人民的敵人。他無法辯解和抗爭。江古碑所列的罪行或者說事實，那些言論或行爲在他身上確實存在，可是……可是，那正是因爲捍衛革命的純潔性，正是響應黨的號召，正是爲了革命事業的需要啊。可是……如今想起來，那些言行不是反革命又是什麼呢？」〔註 72〕張普景在一刹那發現了革命話語的秘密——這一套邏輯嚴密的話語竟然具有一種神奇的翻雲覆雨的力量，話語的交織甚至模糊了「革命」的原初意義，也使張普景的「原則」變得可疑，令他在話語的迷陣中最終喪失了自己。尤其令人「心驚肉跳」的是張普景在竇玉泉等人爲他設計的會議中的發言：「今天這個會，我想談一個問題，就是關於無產階級文化大革命的問題。文化大革命，很有必要。同志們要深刻理解文化大革命的意義。……」如果不考慮舉止或語態，僅從內容來看，這個發言「總體來看，還是嚴謹有序的，甚至還有一定的思辨色彩。如果是第一次聽到這樣的演講，不一定馬上就能聽得出這是一個瘋子的胡言亂語。」〔註 73〕這套話語顯示出，正常和瘋癲之間其實是沒有絕對界限的，而當一個社會中所有自認爲派別和立場大相徑庭的人都操持著完全一致的同一套話語時，歷史的荒誕面孔便得到了顯影。電視劇中雖然完整地保留了這一個場面，但文本閱讀中聯繫上下文所作出的解讀顯然和影像閱讀得到的信息存在出入：

「張普景最後掙扎開的會議是那麼地驚心動魄也是那麼地催人淚下，即使瘋了他還很『清醒』地知道 3 月 18 日是明大，明天我要開會，……可悲的是張普景就是這樣被整瘋了，遺憾的是他仍然不忘人民的事業。特寫張普景嘴唇乾裂地宣讀會議精神，眼前不斷重疊著眾多士兵的幻象，空蕩蕩的會堂裏只有他、竇玉泉和朱預道。演講完畢後的那一刹那的僵持，他完成了他的心願卻在那時含『痛』九泉。張普景被折磨後聲音的嘶啞與嘴唇的乾裂的特寫，這個人物在空寂的大禮堂更增加了些許的悲哀和淒涼；朱預道和竇玉泉

〔註 72〕 徐貴祥，歷史的天空〔M〕，第二十三章，天涯在線書庫：http://www.tianyabook. com/xiandai/lishidetiankong/133.htm。
〔註 73〕 徐貴祥，歷史的天空〔M〕，第二十三章，天涯在線書庫：http://www.tianyabook. com/xiandai/lishidetiankong/133.htm。

的反覷，眼淚的滴落，我們明白『文革』對人的迫害是如此地兇殘，沒有更多的赤裸裸，但更多的是精神上的完全摧殘和身心的殘害。」〔註74〕具有反諷意味的一幕被理解爲煽情或悲情的時刻，這種損耗也許是意義從「字裏行間」轉移到「熒屏方寸」時不得不付出的代價。

然而，儘管電視劇無力承擔解釋「文革」的政治使命，但它作爲當代中國受眾面最爲廣泛的大眾文化傳播形式，是大眾通俗記憶的重要組成部分，「文革通俗記憶並不總能告訴我們文革時到底發生了什麼性質的人間暴行，但它卻能告訴我們很多普通人的實際遭遇。更重要的是，通俗記憶使得這些遭遇流傳了下來。……相比之下，中國保留文革記憶『歷史的後形象』的擔子則單獨落在了通俗記憶那副並不堅實的肩上。這本身就成爲文革研究需要關注的一種獨特的中國後文革現象。」〔註75〕另一方面，諸如《亮劍》和《歷史的天空》等電視劇激發起觀眾連綴中國當代歷史敘事片段、試圖獲得整體性認知的願望，這種對特殊歷史階段的回訪和對社會政治事件的集體重溫，在建構公民政治認同方面具有積極的作用，哪怕它所喚起的僅僅是一聲「昔不如今」的感歎，也有助於促成人們對「好社會」的想像，有助於喚起現代國家集體性身份認同中的「公民性」認同。「現代群體不是抽象的，而是以國家社會組織形式存在的。個人的集體身份認同不能脫離他在這種組織中的有效成員的身份來討論，在現代國家社會中，這種有效身份只能是一種：公民。」〔註76〕正如徐賁所指出的，公民作爲一種社會政治定義而非單純的法定定義時，是從個人與國家的權利義務關係來對個人做最基本的社會成員身份定位。它要求每個人把自己從自然的「人」或抽象的「主體」轉化爲公民社會中的一員，更要求他把自己從附屬於他人的「臣民」轉變爲人格平等的「公民」。公民對群體（現代民族國家）的認同和忠誠，以特定的政治體制和價值爲先決條件，即社會成員的地位平等和政治自由，這兩個條件也是民主制度的基本倫理原則。〔註77〕這種「公民性認同」與我們需要一個怎樣的現代國

〔註74〕武繼賢，話語自由度的開拓——論電視劇《歷史的天空》中的「話語」〔J〕，見胡正榮編，傳媒新聲：傳媒學子論壇〔M〕，北京：中國傳媒大學出版社，2007年，第80頁。

〔註75〕徐賁，在傻子和英雄之間：群眾社會的兩種面孔〔M〕，廣州：花城出版社，2010年，第379頁注釋48。

〔註76〕徐賁，文化批評往何處去——八十年代末後的中國文化討論〔M〕，長春：吉林出版集團，2011年，第19頁。

〔註77〕徐賁，文化批評往何處去——八十年代末後的中國文化討論〔M〕，長春：吉

家或社會有關，其對群體的依附和聯繫包含了一種積極的參與意識。這種進取的身份構建，生產出共有社會變革事業和理想的「我們」，而不是倒退到依靠血緣親情這一神話般的象徵秩序，或者退縮成脫離政治社會結構條件的「泛文化主義」傾向。〔註78〕

　　然而，對於電視劇革命敘事促成公民性認同這一可能性的估計也不能過於樂觀，畢竟作爲大眾文化產品，它更多的功能是供觀眾消遣之用，它在從文字向影像的轉譯過程中已經削足適履地進行了意義的修剪，而在觀眾的娛樂心態中，其意義的表淺化程度也會進一步加深。這也是爲什麼略顯粗糙、虎頭蛇尾但卻樂觀昂揚的《亮劍》在 5 年間被重播了 3000 多次，甚至超過了86 版《西遊記》的重播記錄（已被重播超過 2000 次），在《還珠格格》、《家有兒女》、《喜羊羊與灰太狼》、《武林外傳》、《王子變青蛙》、《浪漫滿屋》、港版《射雕英雄傳》等「重播神劇」中，《亮劍》是當之無愧的魁首〔註79〕，而《歷史的天空》大概因其複雜的黨內鬥爭、沉重的歷史脈搏和濃鬱的政治氣息，難以舒緩觀眾忙碌而疲憊的心，自然也無法得到資本市場和媒體平臺如此青眼有加的禮遇。

　　　林出版集團，2011 年，第 8～9 頁。

〔註78〕 徐賁，文化批評往何處去──八十年代末後的中國文化討論〔M〕，長春：吉林出版集團，2011 年，第 16～22 頁。

〔註79〕 盤點十大重播神劇〔N/O〕，2013-2-20，新華網：http://news.china.com/zh_cn/hd/11127798/20130220/17689105.html。

結　語

　　應該說，電視劇在面對中國革命歷史記憶的時候，在敘述角度、內容廣度和思想深度上始終難以比肩於文學寫作。誠然，文學敘事的積累爲電視劇提供了最爲直接和豐富的敘事資源，但是，由於電視劇受到官方意識形態的要求、市場盈利的目標以及觀衆文化水平和收視心態的多方鉗制，其最終呈現出來的形態無疑是對文學作品的通俗化、表淺化甚至庸俗化轉譯。然而，作爲「新通俗敘事」，它本身卻從未打算將文學的傳統加以繼承並進一步發展到更爲精深的程度，甚至是借助於媒介的革新使文學的演進取得革命性的進展。實際上，當代電視劇最大的功勞是將最通俗的故事還給了眞正的大衆，至少在目前的中國，很難想像到還有另一種敘事形式可以如此徹底地延伸到百姓的日常生活現場中去。這種狀況隨著社會經濟的發展、國民受教育水平的提高、城市化和信息化進程的加快，必將成爲明日黃花，因此，在今天對中國電視劇做一番深入的研究，探討它如何在各種力量的掣肘中圓滑而頑強地生存，以及它如何鏡子般折射出當今大衆尤其是底層民衆的主體位置，以及他們的自我認識、自我想像和自我表述，就顯得特別有意義了。另一方面，新世紀中國電視劇在官方與市場、歷史與記憶、嚴肅與娛樂之間小心翼翼地遊走，雖然不能時時左右逢源地討好各路神仙，卻意外地開闢出一塊公共輿論的領地，它成爲一座浮橋，連接起官方文藝政策、學界文化批評、媒體娛樂追蹤與民間自發討論等一衆原本相互隔膜的話語場域。而它觸及革命話題的過程，則是在對革命歷史的通俗化、傳奇化講述中，誤讀和偷換了革命的理念，改造或挪移了革命的主體，它勾起人們對革命的回憶，但又令人忘掉何爲眞正的革命，更進一步說，這座浮橋隱約地指向對中國歷史與當代政治

文化的自由討論和再度反思，但在最接近目的地的時刻，它又總是隨著蕩漾的水波漂浮開去。

參考文獻

壹、專著類

一、電視、媒介研究

（一）國內

1. 崔保國主編，2011 年：中國傳媒產業發展報告〔C〕，北京：社會科學文獻出版社，2011 年。

2. 戴清，電視劇審美文化研究〔M〕，北京：中國廣播電視出版社，2004年。

3. 杜悅，新世紀國產電視劇的中國特色〔M〕，北京：中國傳媒大學出版社，2008 年。

4. 高滿堂等著，編劇課堂：著名編劇、導演、製片人傾囊相授編劇的秘密〔M〕，北京：作家出版社，2016 年。

5. 高鑫・電視藝術學〔M〕，北京：北京師範大學出版社，1998 年。

6. 國家廣播電影電視總局發展研究中心，2010 年中國廣播電影電視發展報告〔C〕，北京：新華出版社，2010 年。

7. 國家廣播電影電視總局發展研究中心、湖南廣播電視臺課題組編，中國電視劇產業發展研究報告〔M〕，北京：中國廣播電視出版社，2011 年。

8. 李琦，影像與傳播——1990 年代以來中國電視劇文化研究〔M〕，長沙：嶽麓書社，2011 年。

9. 李勝利，電視劇敘事情節〔M〕，北京：中國廣播電視出版社，2006 年。

10. 蘆蓉，電視劇敘事藝術〔M〕，北京：中國廣播電視出版社，2004 年。

11. 毛淩瀅，從文字到影像 小說的電視劇改編研究〔M〕，成都：四川大學出版社，2009 年，第 19 頁。

12. 歐陽宏生等，電視文化學〔M〕，成都：四川大學出版社，2006年。

13. 龐井君主編，中國廣播電影電視發展報告（2011版）〔C〕，北京：社會科學文獻出版社，2011年。

14. 宋強、郭宏，電視往事——中國電視劇五十年紀實〔M〕，桂林：灕江出版社，2009年。

15. 魏南江主編，中國類型電視劇研究〔M〕，北京：中國傳媒大學出版社，2011年。

16. 武漢大學媒體發展研究中心，中國媒體發展研究報告（2009年媒體卷）〔C〕，武漢：武漢大學出版社，2009年。

17. 武漢大學媒體發展研究中心，中國媒體發展研究報告（2010年媒體卷）〔C〕，武漢：武漢大學出版社，2010年。

18. 張海潮，張華主編，劇領天下：中外電視劇產業發展報告〔C〕，長沙：湖南文藝出版社，2011年。

19. 張慧瑜，視覺現代性——20世紀中國的主體呈現〔M〕，北京：人民出版社，2012年。

20. 張濤甫，紀實與虛構：中國當代社會轉型語境下的電視劇生產〔M〕，上海：復旦大學出版社，2007年。

21. 張曉明等主編，2011年中國文化產業發展報告〔C〕，北京：社會科學文獻出版社，2011年。

22. 張育華，電視劇敘事話語〔M〕，北京：中國廣播電視出版社，2006年。

23. 曾慶瑞，我的電視劇觀——曾慶瑞自選集〔C〕，北京廣播學院出版社，2004年。

（二）國外

1. 〔美〕愛德華·S，赫爾曼，〔美〕諾姆·喬姆斯基，製造共識：大眾傳媒的政治經濟學〔M〕，邵紅松譯，北京：北京大學出版社，2011年。

2. 〔英〕安德魯·古德溫，加里·惠內爾編著，電視的真相〔M〕，魏禮慶，王麗麗譯，北京：中央編譯出版社，2000年。

3. 〔英〕奧利弗·博伊德——巴雷特，克里斯·紐博爾德編，媒介研究的進路〔M〕，汪凱，劉曉紅譯，北京：新華出版社，2004年。

4. 〔英〕大衛·麥克奎恩，理解電視：電視節目類型的概念與變遷〔M〕，苗棣，趙長軍，李黎丹譯，北京：華夏出版社，2003年。

5. 〔英〕戴維·莫利，電視、受眾與文化研究〔M〕，史安斌主譯，北京：新華出版社，2005年。

6. 〔美〕勞拉·斯·蒙福德著，午後的愛情與意識形態 肥皂劇、女性及電視劇種〔M〕，林鶴譯，北京：中央編譯出版社，2004年。

7. 〔美〕羅伯特・艾倫編，重組話語頻道：電視與當代批評理論（第 2 版）〔M〕，牟嶺譯，北京：北京大學出版社，2008 年。

8. 〔英〕尼古拉斯・阿伯克龍比，電視與社會〔M〕，張永喜，鮑貴，陳光明譯，南京：南京大學出版社，2007 年。

9. 〔美〕尼古拉斯・米爾佐夫，視覺文化導論〔M〕，倪偉譯，南京：江蘇人民出版社，2006 年。

10. 〔英〕尼克・史蒂文森，認識媒介文化：社會理論與大眾傳播〔M〕，王文斌譯，北京：商務印書館，2001 年。

11. 〔法〕皮埃爾・布爾迪厄，關於電視〔M〕，許鈞譯，南京：南京大學出版社，2011 年。

12. 〔美〕約翰・費斯克等編撰，關鍵概念：傳播與文化研究詞典（第二版）〔M〕，李彬譯注，北京：新華出版社，2003 年。

13. 〔美〕約翰・菲斯克，電視文化〔M〕，祁阿紅，張鯤譯，北京：商務印書館，2005 年。

二、文學、文化研究

（一）國內

1. 蔡翔，革命／敘述──中國社會主義文學—文化想像（1949～1966）〔M〕，北京：北京大學出版社，2010 年。

2. 陳光興、孫歌、劉雅芳編，重新思考中國革命：溝口雄三的思想方法〔M〕，臺北：臺灣社會研究雜誌社，2010 年。

3. 陳平原，中國現代小說的起點──清末民初小說研究〔M〕，北京：北京大學出版社，2010 年。

4. 陳順馨，中國當代文學的敘事與性別（增訂版）〔M〕，北京：北京大學出版社，2007 年。

5. 陳永國主編，視覺文化研究讀本〔M〕，北京：北京大學出版社，2009 年。

6. 程光煒，文學講稿：「八十年代」作為方法〔M〕，北京：北京大學出版社，2009 年。

7. 崔衛平，我們時代的敘事〔M〕，廣州：花城出版社，2008 年。

8. 戴錦華，隱形書寫──90 年代中國文化研究〔M〕，南京：江蘇人民出版社，1999 年。

9. 戴錦華，涉渡之舟：新時期中國女性寫作與女性文化〔M〕，北京：北京大學出版社，2007 年。

10. 戴錦華，電影理論與批評〔M〕，北京：北京大學出版社，2007 年。

11. 戴錦華,書寫文化英雄──世紀之交的文化研究〔M〕,南京:江蘇人民出版社,2000年。

12. 高小康,市民、士人與故事:中國近古社會文化中的敘事〔M〕,北京:人民出版社,2001年。

13. 高小康,夢入江湖 大眾文化中的敘事〔M〕,天津市:百花文藝出版社,2003年。

14. 賀桂梅,歷史與現實之間〔M〕,濟南:山東文藝出版社,2008年。

15. 賀桂梅,「新啓蒙」知識檔案:80年代中國文化研究〔M〕,北京:北京大學出版社,2010年。

16. 洪子誠,孟繁華主編,當代文學關鍵詞〔M〕,桂林:廣西師範大學出版社,2001年。

17. 黃子平,「灰闌」中的敘述〔M〕,上海:上海文藝出版社,2001年。

18. 金觀濤,劉青峰,興盛與危機:論中國社會超穩定結構〔M〕,北京:法律出版社,2010年。

19. 金觀濤、劉青峰,觀念史研究:中國現代重要政治術語的形成〔M〕,北京:法律出版社,2010年,第384～385頁。

20. 李潔非、楊劼,解讀延安──文學、知識分子和文化〔M〕,北京:當代中國出版社,2010年。

21. 李揚,抗爭宿命之路──「社會主義現實主義」(1942～1976)研究〔M〕,時代文藝出版社,1993年。

22. 李揚,50～70年代中國文學經典再解讀〔M〕,濟南:山東教育出版社,2006年。

23. 劉禾,帝國的話語政治:從近代中西衝突看現代世界秩序的形成〔M〕,楊立華等譯,北京:生活・讀書・新知三聯書店,2009年。

24. 陸揚,王毅,大眾文化研究〔M〕,上海:上海三聯書店,2001年。

25. 羅鋼,劉象愚主編,文化研究讀本〔M〕,北京:中國社會科學出版社,2000年。

26. 羅鋼,王中忱主編,消費文化讀本〔M〕,北京:中國社會科學出版社,2003年。

27. 孟繁華,中國20世紀文藝學學術史,第三部〔M〕,上海:上海文藝出版社,2001年。

28. 孟繁華,傳媒與文化領導權──當代中國的文化生產與文化認同〔M〕,濟南:山東教育出版社,2003年。

29. 孟繁華,文學的風景〔M〕,開封:河南大學出版社,2006年

30. 孟繁華,程光煒,中國當代文學發展史(第二版)〔M〕,北京:中國人

民大學出版社，2008 年。

31. 孟繁華，堅韌的敘事——新世紀文學眞相〔M〕，福州：福建教育出版社，2008 年。

32. 孟繁華，中國當代文學通論〔M〕，瀋陽：遼寧人民出版社，2009 年。

33. 孟繁華，文化批評與知識左翼〔M〕，長春：吉林出版集團有限責任公司，2009 年。

34. 孟繁華，眾神狂歡：世紀之交的中國文化現象（最新版）〔M〕，北京：中國人民大學出版社，2009 年。

35. 南帆，後革命的轉移〔M〕，北京：北京大學出版社，2005 年。

36. 孫曉忠編，巨變時代的思想與文化——文化研究對話錄〔M〕，上海：上海書店出版社，2011 年。

37. 孫曉忠編，生活在後美國時代〔M〕，上海：上海書店出版社，2012 年。

38. 唐小兵，英雄與凡人的時代——解讀 20 世紀〔M〕，上海：上海文藝出版社，2001 年。

39. 唐小兵編，再解讀：大眾文藝與意識形態（增訂版）〔M〕，北京：北京大學出版社，2007 年。

40. 童慶炳，陶東風，文學經典的建構、解構和重構〔M〕，北京：北京大學出版社，2007 年。

41. 王德威，陳思和，許子東，一九四九以後——當代文學六十年〔M〕，上海：上海文藝出版社，2011 年。

42. 汪暉，現代中國思想的興起（全四冊）〔M〕，北京：生活・讀書・新知三聯書店，2008 年。

43. 汪暉，別求新聲：汪暉訪談錄（第 2 版）〔M〕，北京：北京大學出版社，2010 年。

44. 汪暉，去政治化的政治：短 20 世紀的終結與 90 年代〔M〕，北京：生活・讀書・新知三聯書店，2008 年。

45. 王曉明主編，在新意識形態的籠罩下——90 年代的文化和文學分析〔M〕，南京：江蘇人民出版社，2000 年。

46. 王曉明，半張臉的神話〔M〕，廣州：南方日報出版社，2000 年。

47. 謝少波，王逢振，文化研究訪談錄〔M〕，北京：中國社會科學出版社，2003 年。

48. 徐賁，走向後現代與後殖民〔M〕，北京：中國社會科學出版社，1996 年。

49. 徐賁，在傻子和英雄之間：群眾社會的兩張面孔〔M〕，廣州：花城出版社，2010 年。

50. 徐賁，什麼是好的公共生活〔M〕，長春：吉林出版集團有限責任公司，2011年。

51. 徐賁，文化批評往何處去——八十年代末後的中國文化討論〔M〕，長春：吉林出版集團有限責任公司，2011年。

52. 許紀霖主編，公共性與公民觀〔M〕，南京：江蘇人民出版社，2006年。

53. 許紀霖等，啟蒙的自我瓦解：1990年代以來中國思想文化界重大論爭研究〔M〕，長春：吉林出版集團有限責任公司，2007年。

54. 閻晶明主編，沉思與凝望〔M〕，北京：作家出版社，2010年。

55. 楊早，薩支山編，話題2011〔M〕，北京：生活·讀書·新知三聯書店，2012年。

56. 張旭東，全球化時代的文化認同：西方普遍主義話語的歷史批判（第二版）〔M〕，北京：北京大學出版社，2006年。

57. 鄭振鐸·中國俗文學史（上冊）〔M〕，北京市：作家出版社，1954年。

58. 鄒讜，二十世紀中國政治〔M〕，牛津大學，1994年。

59. 朱大可，孤獨的大多數〔M〕，北京：中國書籍出版社，2012年。

（二）國外

1. 〔英〕阿雷恩·鮑爾德溫等著，文化研究導論（修訂版）〔M〕，陶東風等譯，北京：高等教育出版社，2004年。

2. 〔美〕阿里夫·德里克，後革命氛圍〔M〕，王寧等譯，北京：中國社會科學出版社，1999年。

3. 〔美〕愛德華·W·薩義德，文化與帝國主義〔M〕，李琨譯，北京：生活·讀書·新知三聯書店，2003年。

4. 〔英〕安東尼·吉登斯，歷史唯物主義的當代批判：權力、財產與國家〔M〕，郭忠華譯，上海：上海譯文出版社，2010年。

5. 〔英〕安東尼·吉登斯，全球時代的民族國家：吉登斯講演錄〔M〕，郭忠華編，南京：江蘇人民出版社，2010年。

6. 〔英〕安東尼·吉登斯，現代性的後果〔M〕，田禾譯，南京：譯林出版社，2011年。

7. 〔英〕安吉拉·麥克羅比，文化研究的用途〔M〕，李慶本譯，北京：北京大學出版社，2007年。

8. 〔美〕本尼迪克特·安德森，想像的共同體：民族主義的起源與散佈〔M〕，吳叡人譯，上海：上海世紀出版集團，2008年。

9. 〔日〕柄谷行人，歷史與反復〔M〕，王成譯，北京：中央編譯出版社，2010年。

10. 〔法〕波德里亞，消費社會〔M〕，劉成富，全志鋼譯，南京：南京大學

出版社，2000 年。

11. 〔加〕查爾斯·泰勒，現代性之隱憂〔M〕，程煉譯，北京：中央編譯出版社，2001 年。

12. 〔日〕大前研一，專業主義〔M〕，裴立傑譯，北京：中信出版社，2006 年。

13. 〔英〕大衛·哈維，新帝國主義〔M〕，初立忠，沈曉雷譯，北京：社會科學文獻出版社，2009 年。

14. 〔英〕戴維·英格利斯，文化與日常生活〔M〕，張秋月，周雷亞譯，北京：中央編譯出版社，2010 年。

15. 〔美〕丹尼爾·貝爾，資本主義文化矛盾〔M〕，嚴蓓雯譯，南京：江蘇人民出版社，2007 年。

16. 〔美〕弗雷德里克·詹姆遜，政治無意識：作爲社會象徵行爲的敘事〔M〕，王逢振，陳永國譯，北京：中國社會科學出版社，1999 年。

17. 〔日〕溝口雄三，中國的公與私·公私〔M〕，北京：生活·讀書·新知三聯書店，2011 年。

18. 〔美〕漢娜·阿倫特，人的境況〔M〕，王寅麗譯，上海：上海世紀出版集團，2009 年。

19. 〔美〕漢娜·阿倫特，論革命（新編版）〔M〕，陳周旺譯，南京：譯林出版社，2011 年。

20. 〔美〕漢娜·阿倫特，過去與未來之間〔M〕，王寅麗，張立立譯，南京：譯林出版社，2011 年

21. 〔美〕赫伯特·馬爾庫塞，愛欲與文明——對弗洛伊德思想的哲學探討〔M〕，黃勇、薛民譯，上海：上海譯文出版社，2008 年。

22. 〔法〕居伊·德波，景觀社會評論〔M〕，梁虹譯，桂林：廣西師範大學出版社，2007 年。

23. 〔德〕卡爾·曼海姆，意識形態與烏托邦〔M〕，黎鳴、李書崇譯，上海：上海三聯書店，2011 年。

24. 〔美〕李侃如，治理中國——從革命到改革〔M〕，胡國成，趙梅譯，北京：中國社會科學出版社，2010 年。

25. 〔美〕劉劍梅，革命與情愛：二十世紀中國小説史中的女性身體與主題重述〔M〕，郭冰茹譯，上海三聯書店，2009 年。

26. 〔德〕馬克斯·韋伯，韋伯作品集XII：新教倫理與資本主義精神〔M〕，康樂，簡惠美譯，桂林：廣西師範大學出版社，2007 年。

27. 〔美〕馬泰·卡林内斯庫，現代性的五副面孔 現代主義、先鋒派、頹廢、媚俗藝術、後現代主義〔M〕，顧愛彬、李瑞華譯，北京：商務印書館，2003 年。

28. 〔英〕邁克‧費瑟斯通，消費文化與後現代主義〔M〕，劉精明譯，南京：譯林出版社，2000 年。

29. 〔法〕米歇爾‧福柯，瘋癲與文明：理性時代的瘋癲史〔M〕，劉北成、楊遠嬰譯，北京：生活‧讀書‧新知三聯書店，2003 年。

30. 〔法〕米歇爾‧福柯，規訓與懲罰〔M〕，劉北成、楊遠嬰譯，北京：生活‧讀書‧新知三聯書店，2003 年。

31. 〔美〕尼爾‧波茲曼，娛樂至死‧童年的消逝〔M〕，章艷，吳燕莛譯，桂林：廣西師範大學出版社，2009 年。

32. 〔英〕齊格蒙特‧鮑曼，作為實踐的文化〔M〕，鄭莉譯，北京：北京大學出版社，2009 年。

33. 〔英〕齊格蒙特‧鮑曼，工作、消費、新窮人〔M〕，仇子明、李蘭譯，長春：吉林出版集團有限責任公司，2010 年。

34. 〔斯洛文尼亞〕齊澤克，實在界的面龐〔M〕，季廣茂譯，北京：中央編譯出版社，2004 年。

35. 〔斯洛文尼亞〕齊澤克，斜目而視：透過通俗文化看拉康〔M〕，季廣茂譯，杭州：浙江大學出版社，2011 年。

36. 〔美〕喬納森‧弗里德曼，文化認同與全球性過程〔M〕，郭建如譯，北京：商務印書館，2003 年。

37. 〔英〕T，H，馬歇爾，安東尼‧吉登斯等，公民身份與社會階級〔M〕，郭忠華，劉訓練編，南京：江蘇人民出版社，2008 年。

38. 〔英〕湯林森，文化帝國主義〔M〕，馮建三譯，上海：上海人民出版社，1999 年。

39. 〔英〕特瑞‧伊格爾頓，文化的觀念〔M〕，方傑譯，南京：南京大學出版社，2006 年。

40. 〔英〕特里‧伊格爾頓，理論之後〔M〕，商正譯，北京：商務印書館，2009 年。

41. 〔美〕王斑，歷史的崇高形象：二十世紀中國的美學與政治〔M〕，孟祥春譯，上海：上海三聯書店，2008 年。

42. 〔美〕王斑，全球化陰影下的歷史與記憶〔M〕，南京：南京大學出版社，2006 年。

43. 〔奧〕西格蒙德‧弗洛伊德，夢的解析〔M〕，李燕譯，西安：陝西師範大學出版社，2008 年。

44. 〔美〕約翰‧費斯克，理解大眾文化〔M〕，王曉珏，宋偉傑譯，北京：中央編譯出版社，2001 年。

45. 〔美〕約翰‧菲斯克，解讀大眾文化〔M〕，楊全強譯，南京：南京大學出版社，2006 年。

46. 〔美〕張英進，影像中國：當代中國電影的批評重構及跨國想像〔M〕，胡靜譯，上海：上海三聯書店，2008 年。

貳、論文類

一、期刊文章

1. 白小易，熱播電視劇的社會心理解讀〔J〕，視聽界，2008（3）。

2. 蔡翔，重述革命歷史：從英雄到傳奇〔J〕，文藝爭鳴，2008（10）。

3. 唱響主旋律 多出精品劇——吉炳軒同志在 2000 年電視劇題材規劃會上的講話要點〔J〕，中國電視，2000（7）。

4. 陳曉明，「歷史化」與「去——歷史化」——新世紀長篇小說的多文本敘事策略〔J〕，杭州師範大學學報（社會科學版），2011（2）。

5. 程光煒，當代文學 60 年通說〔J〕，文藝爭鳴，2009（10）。

6. 戴錦華，諜影重重——間諜片的文化初析〔J〕，電影藝術，2010（1）。

7. 戴錦華等，超越「左」與「右」〔J〕，開放時代，2010（9）。

8. 戴錦華，歷史、記憶與再現的政治〔J〕，藝術廣角，2012（2）。

9. 戴錦華，當代「說書人」故事敘述的宏觀脈絡〔J/OL〕，2012-07-14，當代文化研究網站。

10. 丁振海，李準，文藝反映改革三題〔J〕，天津社會科學，1985（5）。

11. 關於全國電視劇題材規劃申報工作的問答〔J〕，中國電視，2003（1）。

12. 胡占凡，抓住機遇 深化改革 確保導向 促進繁榮——在 2004 年全國電視劇題材規劃會議上的講話〔J〕，中國電視，2004（4）。

13. 胡占凡，在 2005 年全國電視劇題材規劃會上的講話〔J〕，中國電視 2005（4）。

14. 胡占凡，在 2006 年度全國電視劇規劃創作座談會上的講話〔J〕，中國電視 2006（4）。

15. 胡占凡訪談錄〔J〕，中國電視，2008（12）。

16. 侯洪、張斌，「紅色經典」：界說、改編及傳播〔J〕，當代電影，2004（6）。

17. 機遇 挑戰 壓力 創新——電視劇產業發展的四個關鍵詞——訪國家廣電總局社管司司長才華〔J〕，中國電視 2004（9）。

18. 賈磊磊，中國電視劇的歷史與現狀〔J〕，文藝研究，2001（6）。

19. 賈磊磊，流行文化是提升國家文化軟實力的戰略力量〔J〕，西北大學學報，2010（9）。

20. 江澤民，全面建設小康社會，開創中國特色社會主義事業新局面 在中國共產黨第十六次全國代表大會上的報告〔N/OL〕，2002-11-08，人民網。

21. 金岱，文化現代化：作爲普世性的生活方式現代化——當下中國問題的文化進路論略〔J〕，學術研究，2011（1）。

22. 金耀基，周憲，全球化與現代化〔J〕，社會學研究，2003（6）。

23. 雷達，我對紅色經典改編問題的看法〔N〕，人民日報海外版，2004-06-08（8）。

24. 李從軍，弘揚中華民族偉大精神 書寫人民群眾奮鬥詩篇——在重大革命和歷史題材影視創作研修班上的講話〔J〕，中國電視，2003（10）。

25. 李紅玲，2010 年上半年我國電視劇收視市場盤點〔J〕，市場觀察，2010（9）。

26. 李楠，「紅色經典」電視連續劇的「新歷史」〔J〕，當代作家評論，2010（6）。

27. 李京盛，電視劇與當代文化建設〔N〕，人民日報，2007-11-17（007）。

28. 李雲雷，中國電視劇：爲什麼這麼火？〔J〕，藝術評論，2009（11）。

29. 林辰夫，「金鷹」回眸——紀念「金鷹獎」創辦20週年〔J〕，當代電視，2002（9）。

30. 劉彬彬，當代中國文化語境中電視劇改編觀念的演化〔J〕，現代傳播，2010（8）。

31. 劉建鳴等，「2007 年全國電視觀眾抽樣調查」分析報告〔J〕，電視研究，2008（3）。

32. 劉康，在全球化時代「再造紅色經典」〔J〕，中國比較文學，2003（1）。

33. 劉曄，本刊將與《中國廣播電視》、《電視周報》舉辦 1982 年度全國優秀電視劇評選活動〔J〕，電視文藝，1983（3）。

34. 劉雲山，反映偉大時代歷史巨變 描繪人民群眾精神圖譜 創作更多思想性藝術性相統一的文學精品〔J〕，文藝研究，2009（12）。

35. 劉雲山，堅持思想性藝術性觀賞性有機統一 創作更多深受群眾喜愛的影視精品〔N/OL〕，2010-9-26，國家廣電總局主頁。

36. 孟繁華，民族心史：中國當代文學 60 年〔J〕，文藝爭鳴，2009（8）。

37. 苗棣，工業化生產與電視劇藝術〔J〕，當代電影，1997（6）。

38. 苗棣，徐曉蕾，美國電視劇生產和消費模式的啟示〔J〕，視聽界，2008（3）。

39. 齊殿斌，紅色經典重拍：讓「婚外情」、「三角戀」走開！〔J〕，中國電視，2004（12）。

40. 秦曉，金耀基等，社會轉型與現代性問題座談紀要〔J〕，讀書，2009（7）

41. 孫家正，關於重大革命歷史題材影視創作的幾個問題〔M〕，電視研究，1997（9）。

42. 陶東風，紅色經典：在官方與市場的夾縫中求生存（下）〔J〕，中國比較文學，2004（4）。

43. 汪暉，許燕，「去政治化的政治」與大眾傳媒的公共性——汪暉教授訪談〔J〕，甘肅社會科學，2006（4）。

44. 汪暉，中國道路的獨特性與普遍性〔J〕，社會觀察，2011（4）。

45. 汪暉，中國道路的獨特性與普遍性（下）〔J〕，社會觀察，2011（5）

46. 衛建林，社會主義文學及其主旋律〔J〕，文藝理論與批評，1986（2）。

47. 徐立軍，王京，2012年全國電視觀眾抽樣調查分析報告〔J〕，電視研究，2013（2）。

48. 許紀霖，轉型中的思想分化〔J〕，史學月刊，2004（7）。

49. 許紀霖，共和愛國主義與文化民族主義——現代中國兩種民族國家認同觀〔J〕，華東師範大學學報（哲學社會科學版），2006（7）。

50. 許子東，中國現當代文學發展的若干線索〔J〕，當代作家評論，2004（3）。

51. 楊偉光，堅持先進文化前進方向 繁榮重大革命歷史題材影視創作〔J〕，中國電視2001（4）。

52. 尹鴻，意義、生產與消費——當代中國電視劇的政治經濟學分析〔J〕，現代傳播，2001（4）。

53. 尹鴻，衝突與共謀——論中國電視劇的文化策略〔J〕，文藝研究，2001（6）。

54. 尹鴻，陽代慧，家庭故事‧日常經驗‧生活戲劇‧主流意識——中國電視劇藝術傳統〔J〕，現代傳播，2004（5）。

55. 尹鴻，中國電視劇文化50年〔J〕，電視研究，2008（10）。

56. 尹鴻，馬向陽，話語‧身份‧景觀——從2009年諜劇熱看類型電視劇的生產、消費和意義生成機制〔J〕，電視研究，2010（1）。

57. 尹鴻，李瑗瑗，2010年中國電視劇備忘〔J〕，電視研究，2011（2）。

58. 尹鴻，劇領中國：當前電視劇的創作與生產〔J〕，今傳媒，2011（3）。

59. 俞吾金，歷史大錯位中的文化價值重建〔J〕，探索與爭鳴，2009（11）。

60. 張德祥，「紅色經典」是重要的文化遺產〔J〕，當代電視，2004（7）。

61. 張國濤，長篇時代的電視劇理論研究範式〔J〕，現代傳播，2009（3）。

62. 張國濤，對三種電視劇藝術本體觀的梳理〔J〕，當代電視，2009（11）。

63. 張頤武，「公民身份」與「新世紀文化」〔J〕，文藝爭鳴，2009（4）。

64. 趙尋，題材規劃與題材規劃的指導思想——在全國電視劇題材規劃會議上的講話〔J〕，電視文藝，1984（2）。

65. 趙勇，誰在守護「紅色經典」——從「紅色經典」劇改編看觀眾的「政

治無意識」〔M〕，南方文壇 2005（6）。

66. 仲呈祥，周月亮，論經典作品的電視劇改編之道〔J〕，文藝研究，2005（4）。

67. 周新城，對二十世紀八十年代我國反對資產階級自由化鬥爭的回顧──過程、性質和基本經驗〔J〕，貴州師範大學學報，2011（3）。

68. 曾慶瑞，透視「改編」的誤區──我看「紅色經典」電視劇的改編〔J〕，當代電視，2004（7）。

二、學位論文

1. 白小易，碰撞與整合──論全球化語境下中國大陸電視劇創作的本土化〔D〕，南京師範大學文學院，2004。

2. 段一，類型電視劇研究：理論與實踐〔D〕，華東師範大學，2008。

3. 劉點點，跨媒介時代的文化產業──市場關係中的中國當代影視〔D〕，北京大學中國語言文學系，2011。

4. 欒雪蓮，新世紀中國軍事題材電視劇研究〔D〕，吉林大學文學院，2010。

5. 任志明，「紅色經典」影視改編與傳播研究〔D〕，蘭州大學，2009。

6. 邵奇，試論當代中國電視劇的傳播理念〔D〕，復旦大學新聞學院，2004。

7. 田明，電視娛樂產業戰略發展研究〔D〕，復旦大學新聞學院，2005。

8. 吳秋成，中國古典文學名著的香港電視劇改編研究〔D〕，暨南大學，2009。

9. 項仲平，影視劇的影像敘事研究〔D〕，蘇州大學，2008。

10. 楊鼎，「後革命」時代的革命歷史影視劇研究〔D〕，浙江大學人文學院，2007。

11. 張永峰，中國電視劇的生產體制與人格形象（1979─199（3）〔D〕，上海大學，2011。

參、期刊及網站

文藝爭鳴

文藝研究

南方文壇

小說評論

文藝報

中國電視

收視中國

電視研究

現代傳播

人大複印報刊資料・影視藝術

人大複印報刊資料・文化研究

中國知網

中華人民共和國文化部 http://www.ccnt.gov.cn/

國家廣播電影電視總局 http://www.sarft.gov.cn/

央視——索福瑞媒介研究公司 http://www.csm.com.cn/index.php/

新生代市場檢測機構 http://www.sinomonitor.com/

中國互聯網信息中心 http://www.cnnic.cn/research/

新浪娛樂

鳳凰網娛樂頻道

搜狐視頻

優酷網

豆瓣影評

天涯社區影視評論

百度貼吧